조선
낭자
열전 ❷

진영낭자전

조선낭자열전 ❷
진영낭자전
초판 1쇄 발행 | 2014년 4월 9일
초판 3쇄 발행 | 2014년 10월 1일

지은이 | 월우
펴낸이 | 김형호
펴낸곳 | 아름다운날

주소 | (121-837) 서울시 마포구 서교동 351-10 동보빌딩 103호
전화 | 02)3142-8420
팩스 | 02)3143-4154
출판등록 | 1999년 11월 22일
전자우편 | arumbook@hanmail.net


ISBN 978-89-93876-48-2 (04810)
      978-89-93876-49-9 (세트)

* 이 도서의 국립중앙도서관 출판시도서목록(CIP)은 서지정보유통지원시스템 홈페이지(http://seoji.nl.go.kr)와
  국가자료공동목록시스템(http://www.nl.go.kr/kolisnet)에서 이용하실 수 있습니다.(CIP제어번호: CIP2014008985)

조선 낭자 열전

진영낭자전 ― 월우 장편소설

②

아름다운날

작가의 말

　많은 이야기들은 주인공의 이야기를 다룹니다. 주인공의 친구, 주인공이 스쳐 지나갔던 많은 주변의 인물들은 주인공의 이야기가 끝남과 동시에 사라지고 맙니다. 그것이 늘 불만이었습니다. 늘 궁금했습니다. 이야기 속의 그 많고 많은 사람들은 그 뒤에 어떻게 되었을까? 그들의 앞길에는 어떤 이야기들이 펼쳐져 있을까?

　《조선왕비간택사건》 1, 2권(아름다운날)을 세상에 선보인 후, 외전이라는 형식을 빌려 은호낭자, 진영낭자, 홍란등《조선왕비간택사건》의 주요 등장인물들을 각기 주인공으로 하는 글을 쓰려고 한 것도 그들 각자에게 그들만의 이야기를 선물하고픈 생각에서였습니다. 각자가 주인공이 되는 이야기를 써보고 싶은 욕심이 있어서였습니다.

　그 욕심에서 탄생한 것이 바로 이 책《조선낭자열전》입니다.
　이 책에는 《조선왕비간택사건》에서는 비록 조연에 머물렀지만 그 자신들의 인생에서는 주인공일 수밖에 없는 두 낭자의 이야기를 다루고 있습니다.
　열녀 가문 딸이라는 이유만으로 자신의 중병을 숨기고 병자의 아내

4

가 되어 열녀로 죽기를 소망하는 낭자, 은호.

형님 재산을 탐낸 제 부모가 사촌인 민영이를 죽인 것을 세상에 밝히고, 속죄를 위해 절로 들어간 낭자, 진영.

두 낭자는 각기 다른 삶을 살지만, 스스로 쉽지 않은 길을 선택했다는 공통점을 지니고 있습니다. 그런 두 낭자의 앞길에 이제 새로운 인연들이 찾아옵니다. 새로운 운명이 펼쳐집니다.

번민하고 방황하고 흔들리면서 낭자들은 과연 어떤 길을 선택하게 될까요?

그들은 온전히 자신의 삶의 주인공이 될 수 있을까요?

2014년 4월

월우

## 등장인물

오진영 "나는 죄인의 딸입니다."

홍천 부호(富豪) 오근우 대감의 조카딸.
5년여 전, 일찍 아내를 잃은 큰아버지 오대감이 급환이 들어 의식을 잃고 쓰러지자 부모인 오명근 영감 내외와 함께 오대감 집에 살러 들어갔다. 오대감의 외동딸 민영과는 나이도 이름도 비슷할 뿐 아니라 생김새도 비슷한, 친자매처럼 우애가 좋은 사촌지간이었다.
자신의 부모가 큰집의 재산을 탐내 민영을 해칠 것을 경계하여 늘 한 방에서 기거하였으나, 어느 날 스승님과도 같은 송화사의 은혜 스님이 돌아가실 것 같다는 연락을 받고 어머니와 함께 집을 비우고 말았다. 그리고 그 밤, 오영감은 사람을 시켜 기어이 민영이를 죽이고 만다. 진영은 민영과 큰아버지를 위해 사건의 진범이 제 부모임을 밝히고 민영의 명복을 빌며 살기 위해 송화사로 떠났다.


윤성현 "난, 당신 아버지에게서 당신을 샀어."

진영의 문중 할머니뻘인 황씨 부인의 조카 손자. 허튼 돈 한 푼 안 쓰기로 이름 높은 그지만, 살인교사죄로 감영에 갇힌 오명근 영감에게 진영을 담보로 큰돈을 빌려준다. 이 거래가 그저 더 큰 돈을 벌기 위한 수단인 건지 다른 꿍꿍이가 있는 건지, 이 사내의 속내는 아무도 알 수 없다.


6

정한군 이명 "내 아내가 되어주지 않겠소?"

젊고 총명한 임금 학의 사촌 아우 중 한 명.
다른 사촌인 현무군 이윤이 조선 최고의 미공자로 이름이 높았다면, 이명은 조선 최
고의 호색한으로 이름이 높다. 아직 후계가 없는 임금의 뒤를 이어 다음 보위를 넌지
시 욕심내는 외가와 어머니 때문에 부러 유람을 핑계 삼아 오랫동안 궁방에 돌아가지
않았다. 강원도 유람 중 우연한 기회에 진영의 사건에 휘말린 사촌 윤의 신분을 증명
해주기 위해 홍천에 들렀다가 친조카를 살해한 범인 내외를 도성의 의금부까지 압송
하는 데 동행하였다.


그 외

윤이현    성현의 죽은 쌍둥이 형. 천방지축이던 이현과 달리 앉은 자리에서
         늘 향이 날 것만 같이 점잖았던 선비.

오민영    진영의 아버지 흉계에 의해 죽은 진영의 사촌.
         늘 얌전하고 침착한 진영과 달리 명랑 활발했던 규수.

황씨 부인  오대감 형제의 당숙모. 오씨 문중에서는 제일 웃어른에 속한다.

기녀 홍란  아름답고 선한, 기루 은월각의 일패 기녀.


*오진영, 오민영, 홍란은 전작 《조선왕비간택사건》에서 주요한 인물로 등장했었다.

# 차 례

제 **1** 장

송화사의 여인

觀自在菩薩 行深般若波羅蜜多時 照見五蘊皆空 度一切苦厄
관자재보살 행심반야바라밀다시 조견 오온개공 도일체 고액

舍利子 色不異空 空不異色 色卽是空 空卽是色 受想行識 亦復如是
사리자 색불이공 공불이색 색즉시공 공즉시색 수상행식 역부여시

舍利子 是諸法空相 不生不滅 不垢不淨 不增不減……
사리자 시제법공상 불생불멸 불구부정 부증불감…….

벌써 몇 번째 외는 '반야심경'인지 몰랐다. 수를 세지 않았다. 그저
자신이 겪고 있는 고뇌와 고통, 번민에서 벗어나고자 진영은 송화사의
본당 부처님과 마주앉아 그저 죽어라 반야심경만 외워댔다.

"괴롭습니다. 슬픕니다. 아픕니다. 어찌해야 합니까?"
홀로 집을 나와, 속초에 있는 송화사에 당도한 진영은 은혜(隱慧) 스
님을 뵙자마자 그리 투정부터 하였다. 어렸을 적부터 친할머니처럼, 스
승님처럼 따르던 분이다 보니 예의와 격식을 차리기 전에 제 아픔부터
내어놓았다.

오래전부터 편찮으셔서 의식 없이 누워 계신 형님의 재산을 탐내 조카딸을 죽이고만 부모였다. 차마 인간으로서는 해서는 안될, 죽음으로서도 씻을 수 없는 죄를 저지른 그들이 원망스러웠다. 그런 부모인데도 자꾸만 불쌍하게 여기려 드는 제 안의 나약함이 미웠다. 그 모든 원망과 미움을 스님께 털어놓았다.

"모두가 어리석구나. 모두가 불쌍하구나. 모두가 가련하구나."

은혜 스님은 다정히 진영의 손을 어루만져주셨다. 그칠 줄 모르고 자꾸만 솟아나오는 눈물도 닦아주셨다. 마음의 평안을 찾기 위해 얼마든지 송화사에 머물러도 좋다고 허락해주셨다. 하지만 진영이 진심으로 바라는 일, 그것 하나만은 들어줄 수 없다고 하셨다.

"……사대부 가문의 여식이 비구니가 되는 일이 어렵다는 건 알고 있습니다. 하지만 불가능한 것도 아니잖아요. 출가를 허락해주세요. 은사 스님으로 모시고 싶습니다. 저를 행자(行者, 출가하여 정식으로 승려가 되기 위한 입문 과정에 있는 사람)로 받아들여주세요."

"아니 된대도."

"……왜요? 어째서요? 어찌 저를 받아주시지 않는 것입니까?"

그리 떼쓴다고 될 일이 아니라는 걸 알면서도 진영은 원망을 담아 물었다. 그런 진영의 마음을 아는지 모르는지, 은혜 스님은 희미한 미소를 띠우며 그저 진영의 머리만 쓰다듬어주셨다.

"힘드니? 괴로우니? 슬프니? 아프니?"

"……네."

"머리를 깎고 승복을 입고 비구니입네 살면 그 괴로움이, 슬픔이, 아폼이 씻은 듯이 사라질 것만 같니?"

진영은 이번에는 선뜻 답하지 못했다. 그럴 수 있다면 좋겠지만, 그럴 것이란 확신이 없었다. 아니 필경, 그러지 못할 것이 분명해 보였다.

세상 어디에 숨는다고 한들 제 괴로움, 제 질긴 업보는 단단히 제게 얽혀 떨어져나가려 하지 않을 것이었다.

"스님. 저는……, 저는……."

입술만 달싹이고 있는 진영에게 은혜 스님은 마치 화두(話頭, 참선하는 이에게 도를 깨치게 하려고 내는 과제)를 내리듯 담담히 한 말씀을 하셨다.

"반야심경을 외거라."

"그러면 진정…… 평심(平心, 평온하고 순화로운 마음)에 다다를 수 있을까요?"

"일단은 그저 반야심경을 외거라. 그 이백하고도 예순 자의 경문에 근심과 걱정, 번뇌와 고액(苦厄, 괴롭고 힘든 일과 재앙으로 말미암은 불운)이 없는 열락의 경계에 들어가는 길이 있다 하지 않니."

"그러면 제가 출가를 할 수 있을까요?"

은혜 스님은 가타부타 아무 말도 않으셨다. 그저 "온 마음을 다해 반야심경을 외라"는 당부만 하셨을 뿐이었다.

그날 이후 진영은 절의 객방에 머물면서 공양(供養, 절에서 음식을 먹는 일) 때를 제외하면 늘 법당에 들어 부처님과 마주하여 반야심경을 외웠다. 제 안에 깃드는 온갖 불안과 두려움과 후회와 미련의 상념들을 뿌리치려 오직 반야심경만 죽어라 외워댔다.

"오씨 집안에서 오신 낭자가 어디 있소?!"

진영이 송화사에 온 지 열흘이 채 안 되었을 때, 낯선 사내 하나가 송화사로 찾아왔다.

사내는 금당 앞뜰에 서서 온 사찰이 쩌렁쩌렁 울리도록 고함을 쳐 댔다.

"菩提薩埵依般若波羅蜜多故 心無罣礙 無罣礙故 無有恐怖
보 리 살 타 의 반 야 바 라 밀 다 고 심 무 가 애 무 가 애 고 무 유 공 포

遠離顚倒夢想 究竟涅槃
원 리 전 도 몽 상 구 경 열 반

三世諸佛依般若波羅蜜多故 得阿耨多羅三藐三菩提……"
삼 세 제 불 의 반 야 바 라 밀 다 고 득 아 뇩 다 라 삼 막 삼 보 리……

"그대가 홍천에서 온 오대감 댁 낭자요?"

바깥의 소리에 마음이 흐트러지지 않도록 눈을 감고 반야심경을 외던 진영은 어느새 법당 안에 울려 퍼지는 낯선 사내의 목소리에 외기를 중단하고 눈을 떴다.

"그대가 홍천 오대감 댁 진영 낭자요?"

사내가 다시 말을 걸어왔다.

진영은 가볍게 한숨을 쉰 뒤 일어나 부처님께 합장하여 반절을 올렸

다. 그리고 천천히 법당 밖에서 제게 말을 걸어온 사내를 향해 몸을 돌렸다.

법당문 앞에 바짝 다가서 있는 사내는 거친 질감이 한눈에 느껴지는 싸구려 면포로 지은 도포를 입고 있었다. 키는 훤칠하여, 보통의 사내들보다 얼굴 하나 크기쯤 더 커 보이기도 하였다. 그러나 사내의 면모 중에서 가장 시선을 많이 끄는 것은 튀어나온 눈썹뼈 밑의 유난히 검고 번쩍이는 눈이었다.

눈앞의 상대를 살핀 건 진영이만이 아니었다.

사내는 눈을 가늘게 뜬 채 마치 제가 흥정할 물건의 상태를 살피는 것만 같은 무례한 시선으로 진영이 입고 있는 연회색 저고리와 치마 차림에 아직 댕기를 드리고 있는 머리 모양까지 유심히 살폈다.

"흥!"

제 속에서 평가를 마친 것인지 콧소리와 함께 사내가 한쪽 입꼬리를 슬쩍 올렸다. 그러더니 신발을 벗고 법당의 가운데 문을 통해 들어오려 하였다.

"안 됩니다."

저도 모르게 언성을 높인 진영이, 고요한 법당 안을 쨍하니 울리는 제 소리를 듣고는 멋쩍어 흠흠 하며 목청을 가다듬었다. 그리곤 사내에게 정중히 일렀다.

"그쪽으로 들어오시면 아니됩니다. 그쪽은 조실스님(참선을 지도하는 승려)이나 주지스님이 출입하시는 곳이지요. 일반 신도들께서는 반드시 옆문을 통해 들어오셔야 합니다."

하지만 사내는 진영에 충고를 무시하고 그대로 가운데문을 통해 법당 안으로 성큼성큼 들어왔다.

"나는 중도, 신도도 아니니 불가(佛家)의 예를 따를 필요가 없소. 그나저나 댁이 홍천에서 온 진영 낭자요?"

진영의 충고에 퉁명스럽게 답한 사내가 다시 물었다. 진영은 사내의 물음에 아랑곳하지 않고 옆문을 통해 법당 밖으로 나섰다. 사내가 제가 들어선 가운데 문을 통해 다시 밖으로 나갔다.

"뉘시옵니까?"

제 앞을 막아선 장신의 사내를 빤히 올려다보며 진영이 물었다.

"반가의 아녀자가 이리 내외도 아니 가리는 것이오?"

여인된 몸으로 망설이나 두려움 하나 비치지 아니하고 사내를 빤히 바라보는 그 시선이 못마땅한 것인지, 사내가 미간을 찌푸렸다.

"승(僧)은 속의 계율에 연연하지 않습니다. 부처님의 계율에 연연하지요. 저에게 처사님은 내외를 가려야 하는 사내가 아니라 저와 똑같이 어리석은 부처님의 중생일 뿐이니 내외를 할 까닭이 없습니다."

"하, 울고불고 하고 있을 줄만 알았더니 기운이 짱짱하시군."

사내가 혼잣말인 양 중얼거리더니 어깨를 으쓱였다.

"뭐, 됐소. 중요한 건 그게 아니니 따로 이야기하기로 하고. 일단, 어서 짐부터 챙길 준비를 하오. 짐은 어디에 두었소?"

사내가 그리 넓지 않은 경내를 두리번거리며 물었다.

"짐은 안 많았으면 좋겠는데. 그렇다고 쓸 만한 것들까지 다 버리고 갈 필요는 없고. 어지간만 하면 내가 좀 도와줄 테니, 챙길 수 있는 짐은 모두 챙기……"

"도대체!"

진영이 제 생각에 혼자 바빠진 사내의 말을 끊고 나섰다.

"도대체 지금 무슨 이야기를 하시는 겁니까? 짐을 챙기다니요? 제가
요?"

"하산을 하려면 짐부터 챙겨야 하지 않겠소?"

사내가 당연한 것을 왜 묻느냐는 듯 눈을 동그랗게 뜨고 되물었다.

"저는 이미 불가에 귀의하기로 마음먹은 몸입니다. 이런 제게 도대체
무슨 까닭으로 하산을 해야 한다시는 겁니까? 도대체 뉘시기에 이러십
니까?"

"아직 정식 계율을 받기 전이지 않소? 보아하니 머리도 아직 밀지 않
았고. 아, 긴 소리 필요 없고. 일단 짐부터 챙기시오. 자세한 이야기는
내 가면서 하리다."

"뉘시냐고 여쭈었습니다. 생면부지의 분께서 무작정 함께 가자시는
데, 따라나설 사람이 누가 있겠습니까?"

진영의 물음에 사내가 무언가 미심쩍은 듯, 한쪽 눈썹을 치켜세우며
되물었다.

"……설마 홍천에서 아직 아무런 전갈을 받지 못한 것이오?"

"무슨…… 전갈이요?"

"이런, 제길! 내 이럴 줄 알았다니까?! 돈은 돈대로 받아먹고서는. 삶
아먹어도 시원찮을 이 너구리 같은 영감……."

사내가 분김에 욕설을 늘어놓다, 어금니를 깨문 채 저를 올려다보고

있는 진영을 보고서는 말을 멈췄다. 그러고는 난처한 듯 사내답게 각이 진 턱을 쓰다듬고선 말을 이었다.

"분명 미리 전갈을 주기로 했단 말이오."

"누가요? 누가 무슨 전갈을 주기로 했단 말입니까?"

제가 묻는데도 답을 하지 않고 입속으로 욕설임에 분명한 말을 중얼대는 사내에게 진영이 다시 한번 따져 물었다.

"처사님은 뉘시고, 제게 전갈을 주기로 했다는 분은 또 뉘십니까?"

진영 역시 좀 전의 사내가 그러했듯, 사내의 머리 위에서 발끝까지를 천천히 훑어보았다.

가까이에서 보니 사내가 걸친 도포 자락은 어설프게 기운 자국이 엿보일 정도 낡고 낡은 것이었다. 삐딱하게 쓴 갓 또한 꽤 오래 쓴 것인지 갓의 양태(凉太 얼굴을 가리는 차양 부분)에서는 대 올(양태를 만드는 재료. 실낱처럼 가늘게 떠낸 대나무 올을 엮어 양태를 만듦.)이 하나 둘 비어져 나와 있을 정도였다.

"나는 원주의 윤생원이라 하오. 그리고 댁에게 전갈을 주기로 한 사람은 흠흠……."

조금 전 제가 욕설을 해댄 사람이 누구인지 말하기가 민망했던지 사내가 잠시 헛기침을 하였다.

"댁에게 전갈을 보내 내가 찾아갈 것을 알려주기로 한 사람은 바로 댁의, 부친이시오."

"……무얼 잘못 알고 오신 듯합니다. 제 아버님은 지금…… 홍천 감영에 계십니다."

"아니, 틀렸소."

"……?"

"댁의 부모 모두 그제 날짜로 도성 의금부로 압송되었소. 감영 사람들이 말하기를 자칫하면 두 양반 모두 장살(杖殺, 사형방법 중 하나로, 매로 때려죽이는 것)을 당할 수도 있고, 천만다행으로 목숨을 건지게 된다 하더라도 장(杖)을 맞고 수천 리 먼 곳으로 유배당할 것이라고 하더이다. 뭐, 운이 좋으면 죄를 먼저 토설한 댁의 어머니는 시골 관비로 보내질 수도 있겠지만……. 두 양반이 지은 죄가 어디 이만저만해야지 말이오. 재산을 노려 친조카를 죽이다니, 단순한 살인 주범과 종범도 아닌, 친족을 살해한 패륜 죄를 함께 공모한 사이이지를 않소. 쯧쯧쯧."

진영은 사내가 전하는 끔찍한 소식에 질끈 눈을 감았다.

그리될 줄 짐작하고 있었다. 그리되어야 마땅하다고 여겼다. 하지만 직접 전해 듣고 있자니, 속이 울렁거리는 것이 토할 것만 같았다. 하지만 사내는 그리 허옇게 질린 진영의 얼굴에도 아랑곳하지 않고 제 말만 연신 늘어놓을 뿐이었다.

"죄가 무거운 만큼 유배지도 꽤 멀 터인데 그곳까지 살아서 가실 수나 있을지 모르겠구려. 태반의 사람들이 유배지로 가다 노상에서 객사하는 경우도 멀지 않으니 말이요."

"우욱!"

사내가 태연하게 꺼낸 '객사'라는 단어에 진영은 가슴속에서 치미는 토기를 참지 못하고 경건한 법당 뜰에 쪼그리듯 앉아 속을 게워내고 말았다. 그래 봤자 먹은 게 거의 없어 넘어오는 것은 신물뿐, 실상 헛구역질에 가까운 구토(嘔吐)였다. 그 모습을 본 사내가 온 인상을 찌푸리며 진영에게 두어 걸음쯤 물러섰다.

"어이쿠!"

"진영아!!"

산 아래 양반댁 내당에 들렀다 오는 길인 은혜 스님이 천왕문(天王門, 절의 입구에 있는 문)을 통과하다 말고 걸음을 재촉하여 진영과 사내의 곁으로 다가왔다. 그리곤 황급히 사내를 향해 합장을 하여 불가의 예를 차린 뒤, 얼른 진영의 등을 쓸어내리기 시작했다. 이윽고 진영의 토악질이 멈추자, 스님은 자신이 걸치고 있는 장삼 옷소매 속에서 수건을 꺼내어 흐트러진 진영의 입을 닦아주고는 부축하여 일으켜세웠다.

"괜찮으냐? 뭘 잘못 먹기라도 한 게야?"

은혜 스님의 다정한 물음에 진영은 가만히 고개를 저었다.

"무어…… 병이라도 있는 게요?"

사내가 손을 들어 제 얼굴을 가리며 물었다. 그 얼굴에는 방금 토를 한 진영에 대한 혐오감이 노골적으로 드러나 있었다.

진영은 그런 사내를 잠시 노려만 봤을 뿐, 별다른 대꾸를 하지 않았다. 대신 여전히 근심스러운 눈빛으로 저를 보고 있는 스님에게 힘없이 작은 미소를 지어 보였다.

"그저 기분이 안 좋아진 것뿐입니다. 심려 끼쳐 죄송해요."

"심려는 이쪽에다 먼저 끼쳤지!"

"처사님은 뉘신지요?"

불쑥 끼어든 사내를 향해 은혜 스님이 물었다.

"나는 이 여인을 데리러 온 윤 가라 하오. 그러는 댁은 뉘시오?"

"소승은 연이 있어 이 아이를 봐주고 있는 처지입니다."

"아아……."

사내가 그제야 알겠다는 듯, 여전히 은혜 스님에게 반쯤 기대어 서 있는 진영과 인자한 미소를 짓고 있는 은혜 스님을 보며 고개를 끄덕였다.

"그러니까, 그 뭐라더라? 은사? 댁이 이 여인의 은사 스님인지 뭔지 하는 중이요?"

"……스님께 그 무슨 무례한 어법입니까?"

아직도 파리한 안색의 진영이 미간을 찌푸리며 사내에게 대들 듯 한 발 다가서려 했지만, 은혜 스님이 그런 진영의 팔을 잡아 진정시키려 들었다.

"나는 괜찮다."

"스님."

"중을 중이라 하지, 그럼 무어라 하겠니?"

가볍게 진영을 나무란 후, 은혜 스님이 사내를 향해 정중히 말을 걸었다.

"이 아이 상태도 좋지 않고, 날도 점점 더 더워지는 듯하니, 소승의 방에 들어 냉차라도 드시면 어떠하십니까?"

"……뭐, 간단히 이야기해서 따라나설 것 같지 않으니, 귀찮더라도 그리합시다. 방이 어디요?"

"진영이 네가 이분을 모시고 먼저 요사채(승려들이 거처하는 집)로 가 있으렴. 나는 부처님께 인사를 올리고 곧 들어가마."

"스님!"

"시키는 대로 하거라, 응?"

"……알겠습니다."

별로 내키진 않았지만, 스님의 말에 따를 수밖에 없었다. 하여 진영은 호들갑스럽게 손부채질을 하며 "덥다! 더워!"를 연발하는 사내를 데리고 법당에서 조금 떨어진 요사채로 향했다.

벌컥, 벌컥.

송화사의 요사채, 그중에서도 은혜 스님이 사용하는 인화당의 마루에 걸터앉은 사내는 시자(侍子, 큰스님 가까이서 시중을 드는 사람)를 맡은 동자승이 가져온 냉차 한 사발을 숨도 쉬지 않고 단번에 마셔버렸다. 진영은 그 곁에서 다섯 걸음쯤 떨어져 서서 사내의 행동을 주의 깊게 보고 있었다.

"끄윽, 어, 시워언하다."

사내가 경망스럽게 물트림을 한 후 고개를 빼어 인화당의 방과 마루, 천장 등을 구경하였다. 정면에 네 칸, 측면이 두 칸으로 이루어진 인화당은 제법 오래된 집채였지만 지붕이나 기둥의 모양 어느 하나도 모난 곳 없이 고아(古雅, 예스럽고 아담하여 멋있음)스러운 곳이었다.

"중들이 기거하는 공간이 이렇게 생겼군. 여염집 안방이랑 별반 다른 것도 없네, 뭐."

"중이라고 하여 뭐 특별한 존재겠습니까? 중도 사람이고, 사람 사는 곳이야 매양 거기서 거기일 뿐인 것을요."

어느새 온 것인지 은혜 스님이 진영의 등을 밀며 사내 곁으로 다가왔다.

"방에 드시질 않고요."

"……그래도 주인도 없는 남의 방에 함부로 들어갈 수 있소? 그것도 여인네의 방을."

사내의 말에 은혜 스님이 주름 가득한 얼굴에 연꽃 같은 미소를 띠었다.

"절의 주인은 부처님이시지요. 허니 어찌 이곳을 소승의 방이라 하겠습니까? 저희는 그저 부처님의 은덕 아래 잠시 빌려 들고 있는 객일 뿐이지요. 저나 이 아이나 처사님과 다를 바 없는 처지입니다."

그리 말하며 다시 한번 방에 들 것을 권하자, 사내는 하는 수 없다는 듯 낡은 신을 팽개치듯 벗어던지고 방에 들었다.


서안(書案, 책상)과 책장, 그리고 벽에 걸린 작은 탱화(幀畵)를 제외하면 이렇다 할 장식 하나 없는 인화당에 사내가 들자마자 순식간에 고린 발냄새가 가득 퍼졌다. 사내는 처음엔 제 발 냄새를 알아채지 못하다가, 웃으면서 슬그머니 코를 가리는 은혜 스님을 보고서야 맑은 향에 섞인 제 발고린내에 희미하게 귓가를 붉혔다.

하지만 그것도 잠시, 사내는 좀 전의 뻔뻔스러운 태도로 다시 고개를 쳐들고는 스님이 내어주기도 전에 방구석에 놓인 방석을 가져다 방 한중간에 놓고는, 떡하니 양반 다리를 하고 앉았다.

"흠. 그나저나 비구니들이 사는 요사채에 이리 사내를 들여도 되는 것이오?! 이러니 세간에서 여중들의 행실에 대하여 그리 말들이 많……!"

사내의 이죽거림이 끝나기도 전에 차가운 찻물이 사내의 얼굴에 끼얹어졌다. 제 몫과 스님 몫의 냉차를 쟁반에 받쳐 들어오던 진영이 사내의 무례한 말을 듣고 그대로 사내의 얼굴을 향해 찻물을 끼얹은 것이었다.

"웃, 차가워! 뭐, 뭐하는 짓이야!!"

사내가 얼굴에서 줄줄 흘러내리는 찻물을 소매로 닦으며 벌떡 일어나 소리쳤다.

"더는 나와 스님을 모욕하지 말고 썩 돌아가시오."

방금 물을 끼얹은 사람이라고는 생각되지 않을 정도의 담담한 말투로 진영이 말했다.

"혼자서 꺼지지는 못하지. 댁을 데리러 왔다니까?!"

좀 전까지 형식적으로나마 예의를 갖추고 있던 사내의 말투가 변했다. 하지만 진영은 화도 내지 않고 그저 담담히 다시 한번 제 뜻을 밝혔다.

"무엇 때문에 나를 데려가려 하는지는 모르겠으나, 나는 이미 속세와 연을 끊기로 한 몸이니, 그리 알고 돌아가시오."

"내 용건을 모두 듣고도 이리 뻗댈 수 있을까?"

젖은 얼굴의 사내가 의미심장한 눈빛으로 진영을 노려보았다. 진영이 한번 아니 더 가겠다고 이야기하면 멱살이라도 잡을 듯한 사나운 눈빛이었다.

하지만 그 눈빛을 마주한 진영의 눈빛 역시 만만치 않았다. 조용히 타오르지만, 어느 것보다도 더 뜨거운 불을 머금은 듯한 눈빛이었다.

"자아, 자."

마주 보고 선 사내와 여인의 팽팽한 긴장을 깬 건 마치 경을 읽기라도 하는 양 나직하면서도 힘 있는 은혜 스님의 목소리였다.

"두 사람 다 그리 서서 이야기하지 마시고, 앉아서 이야기하시지요. 늙은 중이 올려다보려니 고개가 아픕니다. 거기 처사님도. 진영이 너도. 응?"

은혜 스님이 다시 한번 앉기를 권한 까닭에, 두 사람은 결국 그 말에 따라 엉거주춤 앉을 수밖에 없었다.

"우선, 처사님의 용건을 들려주시지요. 무작정 찾아와 이리 이 아이를 내어달라 하시는 연유가 무엇이옵니까?"

"그쪽도 알고 있소? 이 여인의 아비와 어미가 죽을죄를 저지른 몸이라는 것을?"

"나무 관세음보살……."

진영의 부모 이야기가 나오는 순간, 반사적으로 은혜 스님의 입에서는 나직한 한숨이 흘러나왔다.

"알고 있는 모양이구려."

"예에. 들어 알고 있습니다."

"그럼 단도직입적으로 이야기하리다. 보나마나 유배형에 처해질 것이 뻔한 이 여인의 아비가 얼마 전 내게 큰돈을 빌려갔소."

"……돈이라니요?"

곁에서 듣고 있던 진영이 사내의 말 중에 끼어들었다. 하지만 진영의 말을 무시하고, 사내는 은혜 스님에게만 이야기를 계속 할 뿐이었다.

"스님도 알고 있는지는 모르겠소만, 유배형에 처해질 이들은 유배 그 자체가 아니라 유배지를 향하는 길이 진짜 형벌이라 할 수 있다오."

"그렇습니까?"

"왜 아니 그렇겠소. 수백 리, 수천 리 멀리 떨어진 유배지에 가기 위해 하루에만도 근 백 리에 가까운 길을 걸어가야 하니 말이요. 하루이틀이기나 한 거요? 열흘에서 수십 여 일에 달하는 날들 동안 계속해야 한단 말이오. 그러니 사람 꼴을 유지할 수나 있겠소?"

"……힘들겠지요."

"그러니 유배를 가다 죽는 이들도 한 둘이 아니란 말이오."

"그렇습니까?"

따박따박, 사내의 말에 은혜 스님이 말장단을 맞추는 동안, 진영은 또 한번 제 속이 메슥거리는 것을 참아내야만 했다.

"개중에는 고행(苦行)을 견디다 못해 스스로 목숨을 끊는 자들도 있고 행중에 병을 얻어 죽는 이들도 있소."

"나무 관세음보살. 대자대비하신 부처님……"

참담한 사정을 전해 들은 스님이 눈을 감고 다시 한번 경문을 외웠다. 하지만 사내의 말은 거기서 그치지 않았다.

"거기다 더 안된 것은……"

안된 일이라고 말을 하지만 실은 사내의 목소리에서는 그다지 동정심이 느껴지지 않았다.

"그 먼 길을 가는 동안 드는 밥값, 잠값, 신값들도 모두 죄인 자신들이 책임져야 한다는 점이오. 좀 더 편히 가고 싶다면 자신이 앉아갈 수레값에 말값까지 더해야 하지요. 어디 자기들 것까지만 그러하겠소? 대여섯 명에 달하는 호송관들의 밥값, 입성값, 잠값, 신값, 술값, 그들이 타고 다닐 말값들을 대어야 하지요. 얼추 따져도 집 한 채값 정도로는 어림도 없단 말이오."

"만약 그 돈을 마련하지 못하면 어찌됩니까?"

이제껏 사내의 말에 단 한 번도 반응을 보이지 않던 진영이 물었다.

"몰라 묻소? 호송관들은 죄인을 더욱 가혹하게 대할 것이고, 그 때문에 죄인들이 객사를 할 위험성이 더욱 높아질 것은 뻔한 일이라오. 가만히 서 있기만 해도 죽죽 땀방울이 흐르는 이런 염천 더위에 길을 재촉한다 생각해보오. 쉴 틈 한 번, 물 한 모금 삼킬 여유 한 번 주지 않는다 생각해보오. 아마 열흘도 못 돼 차라리 목을 베어 죽여달라는 하소연이 나올 수밖에 없다오."

사내가 전하는 말에 은혜 스님도 진영도 적잖이 놀랐다. 유배형에 처해지는 것이 중벌인지는 익히 알고 있었지만 실제로 그만한 돈까지 필요한 것인지, 유배지로 가는 길이 그처럼 고행길인지는 미처 몰랐던 까닭이었다.

"꼭 유배형을 받는다는 보장은……."

진영의 마음을 보듬어주고자 끼어든 은혜 스님의 말에 사내가 흥! 하고는 코를 울렸다.

"참형에 처해지면 처해지는 대로, 곤장을 맞는 태형이나 장형에 처해지면 처해지는 대로 또 그만큼 돈푼이 든단 말이오. 설사 참형에 처해진다 하더라도 망나니한테 큰 고통 받지 않고 갈 수 있도록 단박에 깨끗하게 베어 달라 청하려면 칼값이며 탁주 값이라도 넉넉히 쥐어줘야 하고, 장 매를 치는 이들에게도 뼈 상하지 않게, 허리 상하지 않게 그나마 살살 좀 때려달라 청하려면 그 역시 적지 않은 돈을 쥐어줘야 하는 일이니까."

"그래서 아버님께서 댁에게 돈을 꾸셨다는 겁니까?"

"그렇소. 당신 본인은 물론 부인의 몫까지 내게 빌려 가셨소."

"아버님과는…… 어찌 아시는 사이십니까?"

"댁 문중의 황가 성을 지니신 노마님을 아오? 문중의 가장 웃어른이시기도 한……."

황씨 부인은 오대감 형제의 당숙모로, 진영에게는 할머니뻘이 되는 분이다.

"그분이 내 이모할머님이 되시오. 당신 부친이 저지른 죄가 너무 끔찍하여 앓아누우셨다는 소식에 문안차 들렀더니, 마침 옥에서 당신 부친이 사람을 보내왔지 뭐요? 재산 좀 내어달라, 사정이 급하니 돈 좀 내어달라. 그리 간절한 청을 전하려고 말이오."

진영은 드디어 사내가 무슨 말을 하는지 알았다. 진영의 아버님이 돈을 꾸기 위해 문중의 여러 사람에게 아쉬운 소리를 하고 다녔다는 뜻이리라.

"하지만 보아하니, 내 이모할머님은 물론이요, 당신네 집안의 어느 누구에게서도 돈을 꾸지 못하신 것 같더이다. 하여 내가 돈을 빌려주었소."

"······왜요? 왜, 무엇을 믿고 돈을 빌려주셨습니까? 제 부친이 그 돈을 갚을 길은 영영 없음을 잘 아실 텐데요."

"그 대신 당신이 있잖소."

사내가 처음 법당 안에서 진영을 훑어보았던 것처럼 다시 한번 앉아 있는 진영의 머리꼭지에서 발끝까지 천천히 훑었다.

"오늘내일하며 자리를 보전하고 계신 당신 백부님이 돌아가시고 나면, 그분의 그 많은 재산은 결국 누구의 것이 될 것 같소? 이제는 그분에게 가까운 친척이라고는 당신밖에 없으니, 당신이 가장 많은 재산을 물려받을 것이 아니오? 당신이 자청하여 불교에 귀의하겠노라고 홍천을 떠나올 때 당신네 집안에서 누구 하나 나서서 말린 사람이 없었던 것도 바로 그 때문이 아니겠소?"

말을 하다 말고 잠시 뜸을 들이던 사내가 이내 작정해온 한 마디를 던졌다.

"허니, 내가 당신 서방이 된다면 절대 손해볼 일은 아닌 것 같소만?"

제 말에 놀라 주춤주춤 물러나는 진영을 보고는 사내가 보일 듯 말 듯 입술 한쪽 끝을 올렸다.

"당신 부친 역시 기꺼워하며 그리하라 하셨고, 또 미리 사람을 보내 당신에게 그 뜻을 전하겠노라고 하셨소. 전갈을 보내줄 인편을 사려면 또 돈이 필요하다기에 적지 않은 웃돈까지 주었거늘."

사내가 못마땅한 듯 거친 손길로 턱을 쓸어내렸다.

"하여간 사정이 그리되었으니, 얼른 짐을 챙겨……."

"처사님."

은혜 스님이 진영을 대신하여 사내의 말을 가로막았다.

"부모의 빚 때문에 혼인을 하자 하시면, 이 아이가 불쌍하지 않겠습니까? 큰일을 겪고 아직 제 마음 하나 추스르지 못한 상태입니다. 그 형편을 살피어……."

"스님!"

이번에는 사내가 은혜 스님의 말을 잘랐다.

"너무나 안타깝게도 내가 지금 누구의 형편을 살필 만한 입장이 못 되오. 내 추레한 입성만 봐도 짐작할 수 있겠지만, 지금껏 옷 한 벌, 신 한 켤레 허투루 사지 않고 평생을 모은 큰돈을 이 여인의 아비에게 빌려주었소. 그런데 이제 와 혼인을 못 한다 하면, 나는 어쩌란 말이오? 그 큰돈을 어디서 돌려받으란 말이오?"

사내가 은혜 스님과 그 곁에 바싹 붙어 앉은 진영을 노려보며 따지고 들었다.

"내 듣기로 불자가 되려 하는 이들은 세상의 모든 우매한 중생들을 불쌍히 여기고 가련히 여기는 마음을 가장 중요시한다 했소. 댁도 그러하오?"

"……그렇습니다."

진영이 입술을 달싹거려 작은 소리로 답하였다.

"하면 그 우매하고 가련한 중생 중에 댁에게 피를 주고 살을 준 댁의 부모는 없는 것이오? 그 우매한 백성 중에 큰돈을 잃어 이제 길바닥에 나앉게 생긴 나 같은 사내는 없는 것이오? 나같이 어리석은 아비를 만나 이제 비렁뱅이가 되게 생긴 아이들은 가련한 중생 축에도 못 끼는 것이오? 불자가 되려 하는 이가 이리 매정하다니, 이것이 과연 불가의 도이고, 불가의 인정이란 말이오?"

"……처사님께 아이들이 있으십니까?"

생각지도 못한 사내의 이야기에 은혜 스님의 표정에 그늘이 졌다.

"그렇소. 이제 갓 돌을 넘긴 사내아이와 네 살 먹은 계집아이가 있소. 어미도 없이 무뚝뚝한 아비 밑에서 제대로 보살핌도 받지 못한 불쌍한 것들이라오."

"나무아미타불 관세음보살."

조용히 읊조리는 은혜 스님을 보며 진영은 스님의 마음에 얼굴도 알지 못하는 아이들에 대한 동정심이 깃들기 시작했음을 알아챌 수 있었다. 하여 서둘러 움직였다.

"……부탁입니다."

"진영아!"

은혜 스님이 놀라 진영의 이름을 불러다. 진영이 사내의 앞에 엎드려 간청을 하기 시작한 때문이었다.

"부탁입니다. 저를 이대로 내버려둬주십시오. 돈의 문제라면 제 문중에 가서 말씀드려보시지요. 이런저런 사정이 있어 제 아비에게 큰돈을 빌려주었으니, 문중에 그 돈을 내어달라 하시면 되지 않습니까?"

저를 일으키려는 늙은 스님의 팔을 조심스럽게 뿌리친 뒤, 진영은 다시 한번 머리가 방바닥에 닿을 듯이 엎드려 재차 간청하였다.

"백부님의 재산이 많다 하나, 제가 무슨 면목으로 그것을 물려받을 수 있겠습니까? 제 부모가 지은 죄가 있으니, 문중에서도 그것을 용납하지 않을 것입니다. 아니, 문중에서 허락하신다 하여도 하늘에 부끄럽고 땅이 부끄러워 저는 그 재산에 일 전 하나 손대지 않을 작정입니다. 즉, 저와 혼인한다 하여도 처사께서는 그 어떤 이득을 얻지 못할 것이란 말입니다. 그러니 부디, 물러가주시지요."

"그럴 순 없소."

사내가 엎드린 진영의 등을 차갑게 일별했다.

"미안하지만 나는 이미 댁을 두고 노름을 시작한 것이나 다름없단 말이오! 내 전 재산과 내 인생, 내 아이들의 장래를 모두 건 노름이란 말이오!"

"그런……!"

"그러니 댁이 무슨 말을 하건, 어떤 애원을 하건 내 마음을 바꾸진 못하오. 장차 오대감 댁에서 재산을 얻어낼 수 있을지 없을지는 내가 알아서 할 요량이오. 댁이 신경 쓸 것은 아무것도 없소. 그러니 댁은 그저 얌전히 모든 걸 내게 맡기고 따라나서면 되오. 댁이 할 수 있는 일은 그것이 전부니까."

"……처사님 말을 어찌 믿고 무작정 따라나선단 말입니까?"

자신이 허리까지 굽혀 통사정을 하였는데도 흔들리는 기척조차 없는 사내에게 진영은 절로 원망스러운 눈길을 보낼 수밖에 없었다.

"처사님이 참을 말씀하시는지, 거짓을 말씀하시는지 알 수가 없지 않습니까?"

"그러니 이 길로 나와 함께 당신 아버님에게 가자고! 미리 사람을 사서 전갈을 보내주기로 해놓고 그 심부름 값까지 떼어먹은 알량한 당신 아버님 입으로 직접! 당신과 내가 혼인을 해야 하는 이유를 자세히 듣게 해줄 테니!"

"혼인을 해야 하는 이유…… 돈 말입니까? 그럼, 그 돈만 갚으면 되는 것이겠네요? 그러면 이 말도 안되는 혼인 이야기를 물러주실 것입니까?"

진영이 다시 한번 가느다란 희망을 걸고 물었다. 만약 사내가 그렇게 해준다면, 자신이 직접 문중 어른들을 찾아뵙고 통사정을 해볼 수도 있겠다는 생각이 들었다. 물론 쉽지 않은 일일 것이었다. 이제 모든 재산을 관리하게 된 문중에서, 문중의 어른들께서, 자신들이 틀어쥔 재산을 그리 손쉽게 내놓진 않을 테니까. 그러니 이제 곧 죽을 지경에 달한 아버님의 청을 하나같이 묵살한 것이 아니겠는가.

하지만 제가 진심을 담아 통사정을 한다면, 제 일생이 걸린 일임을 알리고 간청한다면 어쩌면 문중 어르신들도 저를 가엾게 여겨 도와줄지도 모른다. 그편이 차라리 제 서방이 되겠다고 하는 이자가 장차 빼앗아가려 할 재산보다 훨씬 적다는 것을 읍소하면, 그 재산이 아까워서라도 문중 어르신들이 제 청을 거부하지는 못할 것이었다.

진영은 그리 실낱 같은 기대를 걸어볼 참이었다. 하지만 사내의 말은 그런 진영의 기대를 무참히도 꺾어놓았다.

"노름꾼이 제 돈 열을 걸 때는 판돈 열을 지키자고 하는 일은 아니지. 수천, 수백까지는 아니더라도 적어도 수십의 이득을 노리고 하는 일이 아니겠어? 당신의 서방이 되면 내 불쌍한 아이들에게는 돌봐줄 어미가 생기고, 나는 고마운 안사람 덕분에 돈방석에 앉을 터인데, 고작 내가 내놓은 돈만 돌려받고 물러설 것 같아? 스님, 스님은 어찌 생각하시오?"

사내는 어느 순간부터 줄곧 눈을 감은 채 입속으로 불경을 외고 있는 은혜 스님을 향해 물었다. 진영이 스님에게 의지하는 바가 크다는 것은 두 사람의 행동을 보고 알 수 있었다. 그런 스님이 하는 말이라면 진영 역시 더는 뻗대지 아니하고 제 말대로 따를 것이었다.

스님이라는 이가 결코 자신의 말을 거부할 수 없음도 그는 이미 알고 있었다. 안 그래도 세상은 사대부 여인의 출가를 곱지 않은 시선으로 보고 있거늘, 혼약자가 와서 내어달라 하는데도 내어주지 않는다면 크나큰 시빗거리로 번질 일이었기 때문이었다.

"……하는 수 없구나. 진영아, 네가 처사님을 따라 하산해야 하겠구나."

사내의 물음에도 한참 동안 불경만 외고 있던 스님이 드디어 눈을 뜨며, 진영에게 일렀다.

"스니임!"

"네게 아직 정리해야 할 속세의 연들이 많구나. 네 정녕 부처님께 귀의하고 싶다면 네게 얽힌 그 끈끈한 연의 줄기들을 모두 끊고 와야 할 것이다."

"스님. 저는 이미 모두 끊었습니다. 제 마음에는 한 치의 흔들림도 없습니다."

그저 단순히 제 편을 들어주지 않는 것만이 아니라 하산을 명하시는 스님의 말에 서러움이 북받친 진영이 눈물을 글썽이며 사정하였다. 하지만 은혜 스님의 눈빛이 평소의 자애로움 대신 엄하게 바뀐 것을 보고서 이내 입을 다물 수밖에 없었다.

"진영아, 내가 왜 아직까지 너를 받아들이지 않은 줄 아니?"

"……무엇 때문이신데요?"

"네 사미니 십계를 외워보아라."

사미니란, 비구니가 되기 전의 어린 여자 승려(18세 미만)를 뜻한다. 여인이 승려가 되려면 먼저 사미니로서 십계를 받아야 했다. 그 후, 구족계(具足戒, 비구니가 되기 위하여 지켜야 하는 계율)를 받아 식차마나(18세 이상 20세 미만의 사미니)가 되어 수행하여야 비로소 비구니가 될 수 있었다.

"……불살생계(不殺生戒 살생금지), 불투도계(不偸盜戒 도둑질 금지), 불사음계(不邪淫戒 음행 금지), 불망어계(不妄語戒 거짓말 금지), 불음주계(不飮酒戒 음주 금지), 부도식향만계(不塗飾香鬘戒 향유(香油) 및 머리꾸밈 금지)…… 헉!"

명을 받고 사미니의 십계를 외던 진영은 계를 마저 읊지 못하고 입을 다물고 말았다.

제가 이제껏 계를 받지 못한 이유, 스님이 선뜻 저를 받아주지 못하신 이유를 그제야 알아챈 까닭이었다. 실은 진영은 불가의 계를 받으려는 여인에게는 지니는 것이 금지된 은향갑과 향갑노리개를 지니고 있었다. 제 부모가 죽인 사촌 민영이와의 마지막 추억이 있는, 사연이 있는 향갑들이었다. 너무도 소중한 탓에 버려야 한다는 사실도 깨닫지 못하고 여태 품어왔던 것들이었다.

"그래서…… 제가 귀의하겠다는 걸 막으셨던 거예요? 이…… 향갑들 때문에?"

진영이 향갑들을 품은 제 가슴을 누르며, 눈물이 넘쳐흐를 것 같은 눈으로 은혜 스님을 보았다.

"그것이 어찌 단순히 향갑이기만 하겠니? 네가 속세에 두고 온 미련이요, 네가 떨치지 못한 인연의 뿌리인 것을……. 그러니, 더는 고집을 부리지 말고 처사님을 따라가거라. 네가 그 향갑들과 속세의 남은 인연을 모두 정리하고 온다면, 그때는 내가 직접 너의 머리를 밀어줄 것이야."

"스님!"

"하산 역시 너의 수행이라 여기고 다녀오너라. 그것이 속세의 네게 주는 마지막 화두이니라. 단, 네가 다시 일주문 안으로 들어설 때는 비구니가 되기 위해 지켜야만 하는 계율과 법도들을 모두 지킨 상태여야만 한다. 할 수 있겠니?"

아직도 당황하여 두려워하는 진영의 손을 어루만지며 은혜 스님이 용기를 주듯 가만히 고개를 끄덕이셨다. 진영이가 반드시 해내리라는 믿음으로 가득 찬 따뜻한 눈빛이셨다.

"……스님!"

마침내 진영의 몸이, 진영의 뜻이 허물어졌다. 저보다 더 작고 마른 은혜 스님의 품에 와락 안겨 그 작은 품에 얼굴을 묻고선 끄윽, 끄윽 울음소리를 뱉어냈다. 종당에는 어미 품을 강제로 떨어지는 어린 아기인 양 엉엉, 소리를 내면서까지 울었다.

그 모습을, 제 뜻이 이루어진 것에 대한 만족감으로 눈을 빛내며 성현이라는 사내가 지켜보았다.

진영은 결국 그날 중으로 하산하기 위해 짐을 꾸렸다. 송화사에 올 때 지니고 온 것이 옷가지 몇 벌에 불과했으니 하산을 위해 짐을 챙기는 시간도 그리 오래 걸리지 않았다.

당장은 도성으로 가 의금부에 투옥된 아버지 오영감과 어머니를 뵙기로 했다. 또한 홍천에도 가 문중 어르신들의 뜻도 여쭈어야 할 것이라고 사내에게 말해두었다.

그 와중에 어떻게 해서든 사내를 설득하여 마음을 돌리게 할 생각이었다. 비록 사내가 그리 녹록지는 않겠지만, 문중의 어른들에게 돈을 내어달라 한 다음 사내의 마음을 돌릴 방안을 강구할 생각이었다.

'과연 당신 생각대로 일이 수월하게 풀릴까?'

짐 보퉁이를 안은 진영과 앞서거니 뒤서거니 일주문(절의 첫 번째 문. 속세와 절의 첫 번째 경계. 이 문을 들어서는 것은 곧 부처의 세계로 들어서는 것을 뜻함.)을 나서며 성현은 비로소 한숨이 놓이는 듯했다.

생각보다 시간은 걸렸지만 결국 진영을 사찰에서 데리고 나올 수 있었음에 충분히 만족했다. '이리 한 번 나섰으니, 다시는 이 일주문을 지

나지 못할 것이야.'

성현이 그리 저 혼자의 생각에 사로잡혀 입가에 슬며시 웃음을 띠우며 걸음을 재촉할 때, 진영은 일주문의 문턱을 넘자마자 송화사를 되돌아보았다. 한 줄로 세운 두 기둥 위 지붕이 얹힌 커다란 문 안쪽에 이쪽을 걱정 가득한 표정으로 보고 서 있는 은혜 스님이 계셨다. 진영이 또 한 번 허리를 깊숙이 숙여 스승에게 작별의 인사를 고했다.

'스님, 꼭 되돌아올게요. 반드시 계율을 지켜 떳떳한 몸으로 부처님께 귀의할게요. 건강히, 부디 건강히 기다려주세요.'

'계율이라, 계율만 어기면 된단 말이지?'

같은 길을 함께 걷고 있는 두 남녀의 머릿속은 서로 정반대의 생각으로 가득 채워지고 있었다. 그리 두 남녀가 지키고자, 혹은 깨트리고자 하는 계율은 승려가 되려는 이들이라면 반드시 지켜야 하는 사미십계(沙彌十戒)였다.

그 열 가지 내용은 이러하였다.


불살생계(不殺生戒): 살아있는 것을 죽이지 말라.

불투도계(不偸盜戒): 훔치지 말라.

불사음계(不邪淫戒): 음행하지 말라.

불망어계(不妄語戒): 거짓말하지 말라.

불음주계(不飮酒戒): 술 마시지 말라.

부도식향만계(不塗飾香鬘戒): 향유를 바르거나 머리를 꾸미지 말라.

불가무관청계(不歌舞觀聽戒): 노래하고 춤추는 것을 보지도 듣지도 말라.

부좌고광대상계(不坐高廣大床戒) : 높고 넓은 큰 평상에 앉지 말라.

불비시식계(不非時食戒) : 때가 아니면 먹지 말라.

불측금은보계(不蓄金銀寶戒) : 금은보화를 지니지 말라

❦

일주문을 나오고도 거의 한 시진(一時辰, 2시간) 동안, 남녀는 말도 없이 그저 산길을 내려오기만 하였다. 앞서 가는 사내와 뒤에 따라가는 여인, 두 사람 모두 서로에게 제대로 된 시선 하나 보내지 않았다.

"아……앗!"

쓰개치마를 뒤집어쓴 채 짐 보퉁이를 안고, 사내의 큰 보폭에 맞춰 걸음을 빨리하던 진영이 발밑의 돌부리에 걸려 몇 발자국 헛걸음질하다 주저앉았다. 그 바람에 손에 든 짐 보퉁이가 흙바닥에 뒹굴었고, 신고 있던 승혜(僧鞋, 스님들이 신는 신발) 한 짝이 벗겨져 두어 걸음 앞에 나가떨어졌다.

앞서 가던 성현이 진영의 소리에 힐끗 뒤돌아본 후, 무표정한 얼굴로 다가와 승혜를 집어 들어 툭툭 먼지를 턴 후, 진영의 발 앞에 내려놓았다. 그리곤 저만치 옆에서 뒹굴고 있는 짐 보퉁이를 들어 올려 역시 아무렇지도 않게 툭툭, 흙을 털어냈다.

아무 말도 없었다. 괜찮으냐는 물음도, 걸을 수 있느냐는 물음도 없었다. 그저 말없이 진영이 제자리에서 일어나 어깨까지 내려온 쓰개치마를 다시 뒤집어쓰고, 신을 꿰어 신는 걸 보고서는 짐 보퉁이를 든 채 쓱쓱 앞으로 먼저 걸어나갈 뿐이었다.

"주세요. 제가 들고 가겠습니다."

진영이 얼른 성현의 곁에 따라붙어 짐을 내어달라 말하였다.

"됐어. 잘 따라오기나 해."

성현이 퉁명스레 답한 뒤, 좀 전보다 더 큰 보폭으로 성큼성큼 내리막길을 걸어갔다.

진영은 괜히 말싸움을 할 필요가 없다는 생각에 더는 고집을 부리지 않고 성현의 뒤를 따라 제 걸음을 재촉하였다.

제
2
장

재
회

"으읏……! 윽! 미, 민영아. 민영아……!"

낡은 주막, 그중에서도 가장 허름한 손님방 앞 툇마루에서 쪽잠을 자던 성현은 방에서 들려오는 심상치 않은 소리에 벌떡 일어나 앉았다.

또 시작이었다.

송화사에서 나와 도성으로 향한 이후 벌써 몇 번째나 같은 밤이 반복되고 있었다. 하지만 성현은 여태 밤마다 저를 깨우는 진영의 소란에 대해 이제껏 아는 척을 하지 않았다. 짜증을 내거나 화를 내지도 않았다.

진영이 무엇 때문에 저리 괴로워하고, 어떤 내용의 악몽을 꾸는 것인지는 저도 짚이는 바가 있어서였다. 분명, 진영의 부모가 죽였다는 그 사촌에 대한 꿈일 터였다.

오대감 집의 두 낭자에 대한 소문은 전부터 성현도 어렴풋이 들어 알고 있었다. 부인이 상속받은 친정재산 덕분에 큰 부를 일군 오근우 대감과 그 동생 오명근 영감은 둘 모두 아들자식 하나 없이 각기 딸아이 하나씩만 두고 있었다고 했다.

사촌 간인 민영과 진영이라는 두 낭자는 그 나이와 이름만 비슷할 뿐 아니라 생김새마저 꼭 빼어닮아 처음 보는 이들은 쌍둥이로 오해하는 이까지 있을 정도였다고 했다.

쌍둥이로 오해받곤 하던 사촌 자매.

그런 자매 중 한쪽을 다른 자매의 부모가 사람을 시켜 죽였다는 소식을 듣게 된 건, 사건이 일어난 바로 직후였다.

"글쎄, 다섯 해 전이던가? 그 형님 되는 양반이 갑자기 중병이 들어 자리보전하고 누웠다지 뭔가? 그래서 그 아우 되는 양반이 식솔들 데리고 형의 집으로 살러 들어가게 된 거고. 만석이나 되는 집안 재산이며 일찍이 어미를 잃고 종당에는 아비까지 쓰러져 고아나 다름없는 형편이 된 조카딸을 돌보기 위해서라는 핑계였지."

워낙 끔찍한 사건이었던 만큼 오대감 형제의 일은, 특히 친조카딸을 죽인 오영감 내외의 일은 멀리 떨어진 성현의 귀에도 우연찮게 전해져 왔다. 도성의 오랜 벗에게 빌려준 돈을 받으려 먼 길을 가는 중 잠시 땀이라도 식히려 든 나무 그늘 아래서 사람들이 오대감네 집안의 참사에 대해 입방정들을 떨고 있었기 때문이었다.

"그런데 아무리 열심히 관리해봐야 형님이 자리를 털고 일어나거나, 조카딸이 장성하여 시집이라도 가게 되면 그 많은 재산 다 누구한테 가겠나? 오영감 처지에서 보면 닭 쫓던 개 꼴마냥 그냥 앉은 자리에서 손만 빨게 생긴 형국이지. 하여 오영감이 하루는 아내를 시켜 딸아이를 데리고 집을 비우게 하였다지 뭔가? 아, 왜긴 왜야! 그 딸이 제 사촌이라면 워낙 끔찍이도 아껴서 한시도 떨어져 있지 않으려 하니 그럴 수밖에. 하여간 그 딸이 어미의 꼬임에 넘어가 집을 비운 바로 그날 밤!"

마치 흥미진진한 패설(稗說) 이야기라도 되는 양, 소문을 전하는 이는 부러 중간에 말을 끊어 이야기를 전해 듣는 사람들의 애간장을 바싹 태웠다.

"이 사람아! 어서 마저 이야기해보게. 그래 그날 밤! 어찌 되었다는 건가?"

사람들이 너나 할 것 없이 재촉해대자 이야기를 꺼낸 사내가 괜히 신이 나서 눈동자를 뒤룩뒤룩 굴려가며 다시 입을 열었다.

"그날 밤 오영감의 사주를 받은 괴한이 침입해 들어와 그 낭자의 목에 시퍼런 비수를 쿡!!"

"아이고!"

"어쩌자고 친조카를. 인면수심일세, 인면수심이야!"

"그런데 무슨 수상한 낌새를 느낀 것인지 어미의 손에 이끌려 멀리 갔던 그 오영감의 딸이 한밤중에 홀로 집으로 돌아왔다지 뭔가? 그리고 만장같이 피를 철철 흘리며 죽어가는 제 사촌을 발견하고는 거의 혼이 나갈 뻔했다더군. 죽지 말라며, 자기를 두고 가지 말라며 그 사촌을 품에 안고는 오열을 해대는데, 그 모습이 또 어찌나 처절하고 눈물겹던지, 주변 사람들까지 다 눈물 바람을 하게 만들었다더군."

"어휴, 딱해서 어쩌나. 그 부모하고는 성정이 완전 다른 모양인가 보네."

"암, 다르다마다. 그러니 웬만한 처자 같았으면 제 부모가 한 잘못인 줄 알면 그저 입 꾹 다물고 모른 척했을 건데, 기어이 제 어머니로 하여금 죄를 토설하게 만들었지."

"죄를 토설하라고 한다고 순순히 토설했대?"

"그럼 어찌하겠나? 하나밖에 없는 딸이, 순순히 죄를 털어놓지 않으면 스스로 자진하겠다고 겁박을 해대는데. 죄를 자복하지 않으면 자기가 혀 깨물고 죽겠다고 그 난리를 쳤다는데, 어느 어미가 그 꼴을 보겠느냐고."

"그래서 그 딸은 어떻게 됐다는가? 아직도 오대감네 집에서 사는 건가?"

"아니. 결국, 제 부모가 관아로 잡혀간 이후로는 비구니가 되겠다며, 죽은 처자의 명복을 빌겠다며 산으로 들어갔다지 뭔가."

"어휴, 양반댁 아가씨 신세가 하루아침에 어찌 그리됐는지. 짠해 죽겠네. 짠해 죽겠어. 쯧쯧쯧."

오대감 집안의 비극적인 사건을 입에 올린 것은 그들만이 아니었다.

진영을 데리러 송화사를 향하는 길 중간중간, 심지어 진영과 함께 하산하여 도성을 향해 가는 길 중에도 진영과 민영의 이야기를 때로는 사실 그대로, 때로는 그럴 듯한 거짓말까지 보태 이야기하는 사람들을 여럿 볼 수 있었다. 개중에는 진영이 역시 제 부모가 공모한 민영 살인 사건의 공범이라는 소문을 그럴 듯하게 옮기는 이들도 있었다.


"……흑…… 으흐흑."

어느새 방 안의 여인이 잠을 깬 모양이었다. 조금 전의 잠꼬대 소리와는 다른, 애써 소리를 죽이고 흐느끼는 소리가 방에서 새어나왔다.

"하아!"

사내는 밤공기에 새하얀 한숨을 보태며, 조금 짜증스러운 기색을 하고 몸을 일으켰다.

"······웃. 으······웃."

사내의 작은 한숨 소리를 들은 것인지, 방 안의 흐느낌 소리가 다시 더 흐려졌다. 아마도 무엇인가로 입을 틀어막고 울음소리를 죽이고 있는 듯하였다.

'저러면서 무슨 스님이 되겠다고. 절에서 잘도 좋아하겠다.'

사내가 방문 옆 벽에 머리를 기대고 가만히 눈을 감았다.

진영과 성현이 의금부 앞에 다다른 것은 송화사를 떠난 지 엿새째 되는 날이었다. 말도 가마도 없이 하루 사십 리에서 오십 리를 걸었던 탓에 진영의 행색은 송화사를 막 떠났을 때와는 달리 흙먼지를 가득 뒤집어쓴 추레한 몰골로 변해있었다.

처음 하루 이틀은 가지고 있는 옷으로 갈아입었으나, 옷을 빨 틈이 없이 계속 길을 걷다보니 마지막 이틀은 그나마 가장 깨끗한 옷으로 갈아입노라고 입었는데도 옷들은 온통 구김이 가 있었고, 쓰개치마에도 흙먼지가 가득 앉아 있었다.

머리 역시 마찬가지였다. 아침마다 새로 곱게 머리를 땋아내릴 여유가 없으니 머리를 땋은 채로 잠이 들었고, 세수할 때 몇 번 물을 적신 것 말고는 감을 일이 없었으니 단정하기 짝이 없던 본래의 모습은 온데 간데없이 온통 떡이 진 상태였다.

그래도 진영은 불평할 수 없었다. 주막에 들 때마다 돈이 없다는 핑계로 방을 하나만 잡은 성현이 진영을 방에서 묵게 한 채 자신은 내내 방문 앞, 마루에서 쪽잠을 잤기 때문이었다.

"어쩌겠어. 그렇다고 당신을 한뎃잠을 재울 수도 없고, 합방을 할 수도 없으니 이리할 수밖에. 신경 쓰지 말고 푹 자. 부지런히 걷는 것만이 나한테 덜 미안한 일일 테니까."

성현의 말이 맞기에, 진영은 길을 걷는 동안 그의 걸음을 늦추게 하지 않기 위해 피곤해도 피곤타 소리 한마디 하지 않고, 힘들어도 힘들다 소리 한마디 내지 않고 부지런히 그의 뒤를 따라 걸었다.

그 덕분에 예상보다 하루나 더 빨리 도성에 당도할 수 있었다.

"하늘이 도왔어. 하마터면 못 뵐 뻔했지 뭐야. 당신 부모님은 내일 아침 일찍 유배를 떠난다고 하더군."

진영을 멀찌감치 세워두고 의금부 안으로 들어갔다 나온 성현은 그나마 진영에게 반가운 소식 몇 가지를 들려주었다.

"당신 아버님이 가실 곳은 추자도라더군. 원래대로라면 당신 어머님은 함경도 인근으로 보내질 작정이었는데, 임금님께서 그래도 온정을 베풀라 하셔서 어머님의 유배지는 진도로 결정되었다나봐. 진도와 추자도가 지척이니 진도까지는 함께 갈 수 있다는 뜻인 거지. 친족을 죽인 죄가 가볍지 않으니 극형에 처해야 한다는 의견들도 많았지만, 아직 실제로 당신 사촌을 찔러 죽인 범인이 잡히질 않아 유배 행으로 그친 것 같아."

"지금……어머닐 뵐 수 있을까요?"

"안 그래도 잘 아는 나장(羅將, 의금부의 하급관리. 매질 및 귀양 가는 사람들의 압송 담당)에게 그리 말해봤는데……."

성현이 말을 마저 잇지 않고, 대신 고개를 가로저었다.

"왜요? 아니 된답니까?"

"그것이 아니라, 당신 어머님께서 당신을 볼 면목이 없다고 보지 않으시겠다고 그리 거부하셨다는군."

"어머니……."

진영은 낙담하여 고개를 떨어뜨렸다.

한때는 그리도 밉고 원망하던 존재였지만, 그래도 자신을 위해 모든 죄를 밝히신 어머니에게 고마우면서도 또 한편으로는 미안한 마음도 적지 않게 들었던 터였다. 한 번은, 꼭 한 번은 뵙고 싶었던 어머니였다.

"당신 아버님이라도 뵈러 가겠어? 물론 그다지 보고 싶지 않은 얼굴이긴 하겠지만, 묻고 싶은 게 많을 거 아니야."

어쩐지 조금은 부드러워진 것만 같은 성현의 말에 진영은 아이처럼 끄덕, 고개를 움직여 제 뜻을 표했다.

"그럼, 잠시 여기서 기다리고 있어."

성현이 거의 뛰다시피 하며 의금부 앞, 네거리에 진을 치고 앉아 있는 행상 무리들에게 다가갔다. 의금부에 하옥된 죄수들에게 들여보낼 수 있는 다양한 먹을거리들을 파는 행상들이었다. 성현은 쌈짓돈을 털어 그들에게서 편육이며 생선전, 떡 등을 쟁반째로 사서 몇 쟁반이나 층층이 쌓더니 쟁반 중 하나를 의금부의 문을 지키고 있는 관졸들에게 건네주며 쟁반 밑으로 슬며시 돈냥까지 들이밀었다. 그리고는 관졸들이 넌지시 고개를 끄덕이자 이내 진영을 향해 빨리 오라는 듯 손짓을 하여 보였다.

진영이 얼른 쓰개치마를 단속하며 빠른 걸음으로 다가가자 관졸 중 한 명이 괜히 한번 주위를 두리번두리번거리더니, 얼른 대문을 열어 두 사람을 들여보내주었다.


안에서도 마찬가지였다. 몇 사람의 관졸들과 나장들에게 돈주머니와 먹을 것이 담긴 쟁반들을 나눠준 후에야, 진영과 성현은 옥 안 독방에 홀로 갇혀 있는 오영감과 마주할 수 있었다.

"아버님……."

"오, 왔느냐? 잠시만!"

오영감은 한참만에 보는 딸자식보다 성현이 내어놓은 쟁반 위의 편육에 더 마음이 동한 듯, 그 곁의 장도 찍지 않고 몇 조각을 한꺼번에 입안에 쑤셔 넣고는 허겁지겁 씹기에 바빴다. 만석꾼의 아우로서 오대감 댁의 하인들을 호령하던 예전과는 달라도 너무 다른 비루하기 그지 없는 모습이었다.

"천천히 드시오. 여기 물도 좀 마시면서."

장차 제 빙부가 될 오영감을 향한 성현의 말투는 그리 곱지 않았다. 하지만 오영감은 거기에 신경 쓸 계제가 아니라는 듯 그저 먹을 것을 탐하기에 바빴다.

"웅, 웅. 그리하지. 잠시만……"

고깃기름이 묻은 손을 더러운 제 옷자락에 쓱쓱 문질러가며 연신 입안에 쑤셔 넣기 바쁘던 오영감은 편육이 다 떨어지자 이내 쉴 틈도 없이 생선전을 먹기 시작하였다.

"아이고 맛나다. 이제 먹으면 또 언제 먹을 수 있으려나 모르겠……. 쿨럭쿨럭!"

급히 먹느라 사레가 들린 듯 입안에 잔뜩 쑤셔 넣은 것들을 튀기며 기침을 내뱉는 오영감이었다.

"아버님……."

"에이, 떡은 뭐하러 이리 많이 사왔어? 차라리 그 돈으로 편육이나 좀 더 사오지. 아깝네, 아까워. 쯧쯧."

그리 말하면서도 방금 사레가 들렸던 것을 까맣게 잊은 것마냥, 또 다시 허겁지겁 떡을 두 개, 세 개씩 한꺼번에 집어 입 안으로 밀어넣는 오영감이었다.

"아버님께서 여기 윤생원에게 돈을 빌리셨다는 게 사실이어요?"

"음, 음……그래, 그래. 어이구, 거참 맛나다, 맛나."

여전히 먹는 것에만 신경이 팔린 오영감이 건성으로 대답하였다.

"제발요! 저랑 이야기 좀 하셔요. 그깟 것들은 됐다 먹어도 되잖아 요!"

너무도 답답한 아비의 모습에 진영이 버럭 짜증을 냈다. 그제야 분 주하게 움직이던 오영감의 손이 멈췄다.

"고얀 년! 내일이면 죽을 길로 나서는 아비가 마지막으로 맛있는 것들로 배 좀 채워보겠다는데, 꼭 이리 훼방을 놓아야겠느냐? 하긴, 넌 늘 그랬지. 내가 지금 이 꼴이 된 것도 알고보면 다 네가 산통을 깨서인 것을. 하!"

오영감이 눈을 하얗게 치뜬 채 진영을 노려보았다.

"……죽을 길은요, 추자도로 가신다면서요."

"예서 추자도까지 몇 리 길인 줄이나 알아? 이 염천 더위에 가다가 아니 죽으면 그게 용한 것이야. 알기나 하냐고! 내가 왜! 누구 때문에 이 꼴을 당해야 하는데?!"

'……아버님이 저지른 죄 때문이요.'

말로는 제 생각을 아니 표현하면서, 진영은 그저 차가운 눈으로 제 아비를 쳐다볼 뿐이었다. 아직도 자신이 저지른 죄가 무엇인지 반성조차 아니 하는 아비의 모습에 진영의, 그나마 아비라고 안쓰럽게 생각하던 마음이 차갑게 얼어붙어가고 있었다.

"물어야 할 게 있지 않아?"

성현이 서로 침묵을 지키고 있는 부녀를 보며, 넌지시 진영에게 말했다. 진영이 이곳까지 온 이유를 상기시켜준 것이었다.

"……아버님이 이분에게 돈을 꾸신 것이 사실입니까?"

침묵을 깨고 진영이 다시 한번 물었다.

"그래. 내가 살자 하니 돈이 필요했다. 그러던 차에 이자가 네게 청혼을 하려 한다기에 내 사위될 이에게 돈 좀 빌렸다. 그래서 뭐."

"제 의사는 묻지도 않으시고요? 저는 부처님께 귀의하기로 하였단 말입니다!"

"불상 앞에서 염불을 외면 이 아비가 살아난다더냐? 네 어미가 살아난다더냐?! 돈이야! 우리를 무사히 유배지까지 무사히 보내줄 수 있는 것도, 유배지에서 굶어 죽지 않게 해줄 것도 바로 저자가 준 돈이란 말이다! 이 아비한텐, 나한텐 저자가 부처님이고 저자가 옥황상제야!"

결국 오영감은 하나도 변한 것이 없었다. 조카를 죽인 죄로 의금부에 하옥되고 또 유배형을 받았는데도 여전히 자신이 무엇을 잘못한 것인지 깨닫지 못하는 위인이었다.

"저는 아버님 뜻을 따르지 않겠습니다. 그러니 아버님이 빌리신 돈은 아버님이 갚으세요. 그 말씀을 드리려 뵈러 온 것이에요."

진영이 드디어 제 본심을 말한 뒤 돌아서려는데, 오영감이 킬킬거리는 소리가 들려왔다. 희미하게 울음이 섞여 있는 것 같은, 어쩐지 광기마저도 느껴지는 묘한 웃음소리였다.

"야, 이 년아! 네 어미가…… 킬킬킬."

문득, 밖으로 걸어가려던 진영의 발걸음이 멈췄다.

"네 어머니가…… 홍천 감영에 있을 때부터 아팠어. 밑이 다 헐었다고 하더구나. 킬킬……. 말 못할 자리에 종기가 나고 고름이 맺히는 바람에 제대로 앉지도 눕지도 못한다고 하더구나. 킬킬킬. 하필 병이 걸려도 그런 고약한 병에 걸렸으니, 재수도 없지. 하긴 가만히 있어도 땀이 줄줄 흐르는 그런 좁고 더러운 옥사에 갇혀 있으니 생병이 안 날 수도 없었겠지, 안 그러냐? 그래서 내가 문중 사람들에게 편지를 띄웠다. 의원을 보내달라고, 약 첩 좀 쓰게 해달라고. 수치를 무릅쓰고 내가 네 어머니의 아랫도리 형편까지 이야기하며 돈을 좀 구해달라 그리 통사정을 하였다. 그 편지를 전해달라고 옥사의 천것들한테 굽실굽실 머리를 숙이고 입고 있던 속곳까지 벗어주고 신고 있던 신발까지 벗어주었다. 킬킬킬킬……."

처음 듣는 소리에 진영이 얼굴을 굳히며 돌아섰다. 듣기가 민망한 내용에 성현은 괜히 구겨진 갓의 양태를 손보는 척하며 어물쩍 고개를 돌렸다.

"……그래서요?"

"그런데 원수 같은 문중 인간들이 답신 하나 보낸 줄 아느냐? 코빼기 하나라도 비춘 줄 알아? 어느 한 놈 뵈지를 않더구나. 내 앞에서 돈 달라, 뭐 달라 청할 때는 십 리 밖에서부터 기어오던 것들이 내 꼴이 이리되었다고 사람 취급도 안 하더구나! 그 돈? 물론 형님 재산이 태반이지. 하지만 그 재산을 그리 일구고 지켜온 것이 누군데! 지들한테 그만큼 베풀고 산 게 누군데 이제 와서 그리 배신을 해!"

오영감이 막 입으로 향하려던, 손에 들고 있던 떡 뭉치들을 바닥으로 팽개쳤다.

"육시랄 것들! 천벌을 받아 뒈질 것들!"

벅벅, 이를 갈며 욕지거리를 내뱉은 후, 오영감은 퉤 하고 제 곁의 바닥에다 침을 뱉었다.

"그때 마침 하늘이 도왔는지 이자가 나타나 돈을 꿔주겠다고 하더라. 약값, 치료비, 유배에 드는 비용까지 모두 대어주겠다 하더라. 그래서 그러마 하였다. 그게 왜! 그게 뭐 어때서! 이제 나한테 남은 재산이라고는 너 하나밖에 없으니 너 하나 팔아서 우리 내외가 살 수 있다면

너라도 팔아야지. 그래서 뭐! 어쩌라고! 원통하면 너도 이 아비를 사람 취급 안 하면 그뿐이야!!"

"거기! 왜 이렇게 시끄럽소?"

오영감의 이야기가 끝나자마자 옥문이 열리더니 관졸이 넌지시 고개를 들이밀었다.

"아, 아무것도 아니오."

오영감이 얼른 비굴한 눈웃음을 지어 보이고서는 얼른 떡쟁반을 품에 안은 채 빈 입 안으로 떡 뭉치들을 쑤셔넣기 시작하였다.

"다른 사람들 눈이 있으니, 이제 대충하고 얼른 나가시오."

관졸들이 진영과 성현에게 그리 말한 후, 다시 옥문을 닫고 나갔다.

"차라리…… 제게 연통을 하시지 그러셨어요."

"……뭐, 네 어미 약값이라도 내어달라고? 킬킬킬. 송화사까지 사람을 보내는 건 돈이 안 들고? 또 연통을 하면 너한테는 그만한 돈이 있고?"

떡을 우물우물 씹으며 오영감이 말했다.

"이것아, 그래도 다행으로 알아. 윤생원이 그래도 당숙모님의 조카 손자가 되니 당숙모님께서도 차마 모르는 척은 안 할 거다. 재산도 어느 정도 넉넉히 떼어주실지도 몰라. 그리만 되면 나는 그렇다 쳐도…… 네 어미한테는 잊지 말고 약값 정도는 챙겨 보내주거라. 아랫병은 고질병이라 쉬 낫지를 않는다고들 하더구나."

그 말이 마지막이었다. 미안하다, 잘못했다, 다시 보자는 인사도 없이 오영감은 손을 홰홰 저어 성현과 진영을 물러가게 하였다. 그리고는 또다시 쟁반의 남은 음식들로 연신 손을 뻗었다.

❀

"왜……말을 안 하셨어요?"

"무얼?"

"어머님의…… 약값과 치료비를 도와주셨다고."

"빌려준 돈의 용처까지 다 말했어야 했나? 그랬더라면 순순히 나를 따라나섰을까?"

'……'

어머님의 처지를 알았다면, 성현이 그런 어머님의 약값을 도와주었다는 걸 처음부터 알았다면 어쩌면 이 사내의 첫인상이 조금은 달라졌을지도 모르겠다, 진영은 그리 생각하였다.

"그래도 혼인을 할 수는 없습니다."

의금부에서 나와 걸음을 옮기며 진영은 자신의 뜻을 굽히지 않겠노라 이야기하였다.

"혼인을 하고, 재산을 물려받고 난 뒤 당신을 절로 돌려보내주겠다면?"

"……!"

뜻밖의 말에 진영의 발걸음이 우뚝 멈췄다.

"무슨 뜻이세요?"

"뭐, 나도 나 싫다는 계집을 굳이 붙잡고 싶은 생각은 없어서 말이야. 어때? 당신 백부님이 돌아가실 때까지, 나와 가짜 혼인을 한다면?"

성현은 의미를 알 수 없는 미소를 띠우며, 진영이 차마 거부할 수 없는 제안을 들이밀었다.

"나는…… 거짓을 말할 수 없는 몸입니다."

계율을 떠올리며, 진영이 떨리는 목소리로 거부의 뜻을 표했다.

"거짓은 내가 말하지. 당신은 침묵만 지켜. 그럼 되지 않을까?"

성현의 눈이, 방금 떠오른 제 생각에 만족하며, 반짝 빛을 발했다.

따지고 보면 진영의 입장에서는 반가운 제안이었다. 거짓을 말하지 않아도, 굳이 진짜로 혼인을 하지 않아도 된다는 조건이었으니 말이다. 진영이 잠시 잠깐, 정녕 그리해도 될까 망설일 정도의 솔깃한 제안이었다.

"아니…… 그럴 순 없어요. 입 밖으로 거짓을 내지 않는다고 해도 결국은 세상과 집안 어르신들을 속이는 일이 되는 건 마찬가지이지 않습니까?"

"그럼 돈은 어찌 갚으려고?"

"제가 집안 어르신들께 부탁해볼게요. 잠시만 말미를 주세요."

"순진한 건지, 어리석은 건지. 쯧쯧쯧. 당신이 부탁해서 한밑천 뚝 떼어줄 정도의 사람들이라면 당신 아버님이 그리 간청했을 때 단돈 얼마라도 내어주는 자비를 베풀었을걸?"

성현의 말에 진영은 제가 뒤집어쓰고 있는 쓰개치마를 한층 더 굳게 여미어 제 난감한 얼굴을 가리려 들었다.

"하아……."

진영의 고집스러운 침묵에 난감한 듯 성현이 가볍게 한숨을 내쉬더니, 다시 진영에게 말을 걸었다.

"일단, 이야기는 나중에 계속하지. 어떡할 거야? 내일 새벽에 다시 이 자리로 나와 부모님 가시는 모습이라도 볼래? 아니면 이 길로 바로 나와 함께 홍천으로 갈래?"

"……어머닐 뵈어야겠어요."

"보면 마음만 더 심란해지겠지만, 하는 수 없지. 그럼 인근 주막에 가서 방을 얻……"

"하…… 월? 거기, 하월이 아닌가?"

누군가의 목소리가 성현의 말을 끊고 끼어들어왔다. 성현이 '하월'이라는 소리에 낯빛을 굳히고 돌아보았다.

"정한군…… 마마."

막 의금부에서 나온, 청색으로 채색된 비단 도포에 양태 폭이 광대한 갓을 쓰고, 산호가 줄줄이 달린 갓끈을 가슴까지 늘어뜨린 잘생긴 사내 하나가 대여섯 명이나 되는 종자를 거느린 채 성큼성큼 성현과 진영의 곁으로 다가왔다.

"하월! 정녕 하월이로세! 이게 얼마 만인가? 내 오랜만에 도성엘 왔더니 이리 하월을 다 만나는군. 반가우이, 참으로 반가우이. 하하하하하."

정한군이라 불린 사내는 성현의 양어깨를 호방하게 두드리며 반가움을 표시하였다.

"마마, 그동안 강녕하셨사옵니까?"

성현이 허리를 굽혀 정한군에게 예를 표했다. 진영 역시 쓰개치마로 제 얼굴을 단단히 가린 채 엉거주춤 허리를 굽혀 예를 표했다.

"이게 도대체 얼마만인가? 해월이 장가를 들었을 때 본 게 마지막이니, 거의 오 년은 됨직하군. 그래, 자네도 그동안 무고하였나?"

흔연히 웃으며 안부를 묻던 정한군이 순간 아차 싶은 표정으로 입을 다물었다.

"내 정신 좀 보게. 내가 이리 아둔하이. 해월이 그리되었는데 자네가 무고할 리 없지."

허리를 편 채 정한군을 마주 본 성현은 쓰게 웃을 수밖에 없었다. 정한군의 얼굴에 좀 전의 호방한 웃음 대신 짙은 먹구름의 전조가 보이고 있었던 까닭이었다.

"아닙니다. 무고하였습니다. '그 일'도 이미…… 거의 두 해 전의 일이 아닙니까? 그건 그렇고 마마께서는 어쩐 행차이시옵니까? 풍문으로는 부부인 마님의 잔소리를 피해 팔도를 유람 중이시다 그리 들었는데요. 이제는 어머님이 아니 무서워지신 것입니까?"

"어허! 이 사람이!"

짐짓, 버럭 소리를 지르며 노기를 표한 정한군이 다시 만면에 가득 웃음을 띠웠다.

"아무렴 그럴 리가 있겠나? 아직도 어머님만 생각하면 이리 오금이 지리는 것을. 하하하하. 그런데도 그만 일이 생겨서 어쩔 수가 없었다네. 자, 길가에서 이러지 말고 어디 기루에라도 가서……."

정한군이 성현의 어깨를 감싸안다가, 그제야 성현의 곁에서 반쯤 돌아서 있는 진영을 보곤 눈썹을 추어올렸다.

"동행이신가?"

"아, 예……."

"……어찌 되는 사이인가?"

정한군이 진영에게 들리지 않도록, 성현의 어깨를 잡고 돌려세워 조용히 물었다.

"행색은 누추하나, 양반댁 규수 같은데 자네와는 어찌 되는 이인가? 혹여…… 정인이신가?"

정한군이 자신의 잘생긴 얼굴에 은밀한 웃음을 새겼다.

"아닙니다. 먼…… 친척 누이입니다. 도성에 볼일이 있다 하여 보호자 겸 따라온 것입니다."

"으흠…… 그래?"

재미있는 답을 기대하였던지, 성현의 답에 실망한 기색이 역력한 정한군이 입을 삐죽이며 다시 한번 진영 쪽을 흘깃 쳐다보았다.

"오늘은 어디서 묵을 건가? 이리 만난 것도 참으로 오래간만이니 오늘은 내 그대와 밤새워 환담을 하고 싶은데 말이지."

"……아직 거처를 아니 정했습니다. 인근의 호젓한 주막에라도 들까 그리 생각하고 있던 차입니다."

"그래? 그럼 잘됐네. 우리 궁방(宮房, 왕족의 집)으로 가세. 오늘은 내 집에서 묵으시게나."

"아, 아닙니다. 그리 폐를 끼칠 수는 없지요. 부부인 마님께도 면목이 없고요."

"괜찮아, 괜찮아. 실은 무서우신 우리 어머님께서는 피접 삼아 양주에 계신 외숙부 댁으로 가신 지 한참이 되었다네. 그러니 나도 이리 도성에 머무는 게 아니겠나? 하하하."

"그래도……."

어쩐 일인지 사양하는 기색이 역력한 성현의 어깨를 정한군이 다시 한번 가볍게 툭 쳤다.

"걱정 말래도. 내 죽마고우와 함께 오랜만에 회포를 풀고 싶음이야. 자네 누이동생을 봐서라도 누추한 주막보다야 궁방에 처소를 정하는 것이 훨씬 낫지 않겠나. 음?"

거듭되는 제의에도 성현은 내키지 않는 듯 쉽게 그러마 답하지 않았다.

"하월, 내 명이네. 오늘은 내 궁방에서 묵는 것일세. 알겠는가?!"

정한군이 기어이 종친이라는 입장까지 내세우며 강권하니, 성현은 끝끝내 마다할 수가 없었다. 하여 결국 고개를 끄덕이고 말았다.

그리하여 성현과 진영은 요란하게 치장된 말 위에 훌쩍 올라탄 정한군과 그 일행을 따라 정한군의 궁방인 진현궁(眞賢宮)으로 향했다.

"오늘은 이 방에서 한 발자국도 나서지 마. 씻을 물도 떠 달라 시키고, 필요한 것 있으면 밖에다 대고 이야기만 하면 이 집 시비(侍婢, 계집종)들이 알아서 다 해줄 거야."

진현궁에서 정한군이 진영을 위해 내어준 방에 잠시 든 성현은, 진영이 앉기도 전에 목소리를 한껏 낮춰 주의를 주었다.

"알았어? 괜한 소란에 휩쓸리기 싫으면, 이 방에서 절대 나오지 마. 그리고 여기는 절도 아니니 속세의 법에 따르는 것도 잊지 마."

성현의 말은 정한군이나 궁방의 사람들을 대할 때 내외를 구별하라는 뜻이었다. 진영은 그 이유를 캐어묻지도 않고 그러마 하고 고개를 끄덕였다.

정한군의 궁방은 만석꾼의 집답게 제법 호화로웠던 민영의 집보다도 몇 갑절이나 더 넓고 호화로웠지만, 지금의 진영에게는 아무런 흥미도 일으키지 못했다.

"이 사람, 하월! 누이동생은 그만 좀 챙기고 얼른 나오세. 나를 이리 심심하게 둬서야 쓰겠는가?"

정한군의 목소리가 방 가까운 곳에서 들려오는 듯하자, 성현이 급히 방문 쪽을 향해 돌아서며 답을 하였다.

"네! 다 되었습니다!"

성현이 나감과 동시에 계집종들이 깨끗한 옷 몇 벌을 두 팔에 안은 채 방으로 들어섰다. 그 짧은 엇갈림 동안 방문 밖에서 넌지시 이쪽을 향해 있던 정한군의 시선과 마주친 진영은 황급히 몸을 돌려 그의 시선에서 제 얼굴을 감추었다.

"여기 갈아입으실 옷이옵니다. 정방(淨房, 가내 목욕시설)을 준비하여 드릴까요? 난초탕을 즐기실 수 있사옵니다."

스스로 '옥이'라고 이름을 밝힌 열서너 살 먹은 계집종은 옷을 건네며 진영에게 목욕부터 권해왔다. 아마도 오랜 여행으로 인해 진영의 몸에서도 제법 땀내가 났나보았다.

"아니다. 괜찮다면 간단히 얼굴이나 씻고, 쉬겠다. 번거롭겠지만 방으로 소세 물을 준비해주지 않겠니?"

"후후훗."

진영의 말에 무슨 까닭인지 옥이가 조그만 손으로 입을 가리며 눈웃음을 지었다.

"왜에?"

"아가씨도 우리 군마마 소문을 들으신 게지요? 흐흐."

"소문…… 이라니?"

"흐흐흐. 그런 게 있사와요. 저는 얼른 소세물 떠다 드릴게요."

다시 한번, 웃음을 흘리며 몸을 재게 놀려 밖으로 나가는 옥이였다.

'소문이라니?'

진영은 고개를 갸웃거리며 가구 하나하나가 호사스럽기 그지없는 방안을 휘휘 둘러보았다. 얼마 전까지만 해도 자신이 흔연하게 누리고 있던 사치스러움과 호사스러움이 이제는 불편함 그 자체로 느껴지는 것이 새삼스러웠다.


"섭섭하이. 자네마저 나를 이리 호색한 취급을 할 줄은 몰랐으이."

사랑채용 정방에서 가볍게 몸을 씻고 들어온 성현을 향해 정한군이 짐짓 토라진 듯 눈을 흘겨 보았다. 이미 방 안에는 산해진미가 그득한 주안상이 한 상 떡하니 마련된 채였다.

"무슨 말씀이십니까? 제가 마마를 어찌 감히……"

"자네 누이동생 말일세. 방 안에서 한 발자국도 나서지 말라 그리 단속시켰다면서? 왜 내 눈에 띄면 내가 무도한 짓이라도 저지를까봐 겁이 난 겐가?"

"하하하. 마마라면 그러고도 남으실 분이시지요. 하지만 그 때문만은 아닙니다. 아직 어리고 아둔한 아이다 보니 괜히 궁방을 구경한답시고 이리저리 헤매고 다니다 괜히 폐를 끼칠까 염려한 때문이지요."

"그리 어려 보이지만은 않던데? 혼인을 할 나이는 족히 되지 않았는가?"

정한군이 제 앞에 놓인 술잔을 들어 비운 뒤, 술잔을 털어 성현에게 건넨 뒤 술을 따랐다.

"마마는 근래 매화꽃 향기에 취해 있으시다면서요?"

성현이 얼른 화제를 돌렸다. 그리곤 반쯤 몸을 틀어 잔을 비운 뒤, 두 손으로 다시 정한군에게 잔을 돌려주었다. 잔이 넘치도록 그득그득 술을 따랐다.

"자네한테까지 그 소문이 가 닿았던가? 이거 큰일일세. 이제 온 조선 바닥이 다 알게 생긴 모양이네그려. 하하하."

정한군이 애첩 매향이와 함께 유람을 다니고 있다는 건 정한군 수하들과 정한군의 사촌인 현무군을 제외하면 아는 이가 그리 많지 않은 사실이었다.

"이번 도성 길에도 동행하셨습니까?"

"아니. 그 아이는 평양으로 떠났다네."

쓴웃음과 함께 성현이 따라준 술을 한숨에 들이켜는 정한군이었다.

"내게 온 지 삼 년이 넘었거늘, 내가 저를 안 지 네 해가 넘었거늘……. 이제야 내게 제 진심을 털어놓더군. 고향 땅에 잊을 수 없는 정인이 있다 하였어. 가진 것 하나 없는 보잘것없는 낙방거사라던데 그이가 잊히질 않아 죽겠다, 죽겠다 그리 울더군. 그러니 내 어쩌겠나? 그리 어여쁜 꽃을 내 곁에서 말려 죽일 순 없는 노릇, 결국 보내줄 수밖에 없었다네."

"예나 지금이나 마마께서는 여인들에게는 한없이 약한 분이시니까요."

"흐흐흐. 그래서 내게 붙은 별칭이 조선 최고의 호색한이지 않은가? 내 사촌 현무군은 조선 최고의 미공자, 나 정한군은 조선 최고의 호색한. 같은 할아버님을 둔 처지인데도 현무군과 내 평판이 이리 하늘과 땅 차이로세. 하하하."

성현은 어색한 웃음과 함께 맞장구를 치면서 저와 제 형의 일을 떠올렸다.

평판이 천양지차였던 것은 저희 형제도 마찬가지였다. 사람들이 그랬었다. 해월(海月)은 앉은 자리에 난과 죽이 자라는 타고난 성인(聖人)이요, 하월(河月)은 앉은 자리에 잡초 한 가닥 나지 않는 지독한 자린고비니, 한날한시에 태어나 생긴 것에 구별이 없는 쌍생아(雙生兒, 쌍둥이)가 성격은 하늘과 땅이라고들 수군대곤 하였다.

"해월의 일을 떠올린 겐가?"

어두워진 성현의 낯빛에 정한군의 말투가 조심스러워졌다.

"아닙니다. 헌데 의금부에는 어쩐 일로 드셨던 것입니까?"

우울함을 떨치고자 다시 밝아진 말투로 성현이 정한군에게 물었다.

"실은 그럴 만한 일이 있었다네."

정한군이 성현에게 목소리를 낮춰 자신이 도성에 온 이유를 가르쳐 주었다. 홍천의 오대감 집에서 있었던 변고와 우연찮게 당시 현장에 있던 사람들 중에 자신도 잘 아는 자가 엮여 있었다는 것, 그리하여 자신이 신원을 보증하였다는 것, 그 이후 범인인 오영감 내외가 의금부로 압송될 때 길을 함께 하였다는 것 등의 일이었다. 그제야 성현은 자신들과 정한군이 결국, 같은 사건에 묶여 있는 사이임을 깨닫게 되었다.

제
3
장

은향갑과 향갑노리개

'하아…… 더워……'

그날 밤.

진영은 제 몸의 끈적거림에 계속 잠을 이룰 수 없었다. 깨끗하고 넓은 방, 향기까지 나는 침구에 누워 있었지만 며칠 동안 씻지 못한 까닭에 제 몸에서 나는 땀내에 숨이 막힐 것만 같았다.

'지금이라도 정방을 준비시켜 달라 이를까? 아니면 잠깐 홀로 나가 정방 물에 간단히 씻고 올까?'

다행히 궁방, 안채에는 자신을 제외하면 아랫것들밖에 없었다. 사랑채의 군마마나 성현이 야밤에 안채에 들 일이 없으니 정방에 가서 살짝 씻고 온다 한들 별일은 없을 듯싶었다. 결국 진영은 망설임을 떨치고 일어나 방문을 열고 마루로 나섰다.

"하아암……. 무슨 일이십니까?"

방문이 기대어 꼬박꼬박 졸고 있던 옥이가 진영의 기척에 잠을 깨었다. 손님이 들면 옥이는 늘 이렇게 마루간에서 불침번 아닌 불침번을 선다 하였다.

"미안해. 내 잠시 씻고자 하여……"

"그럼 소녀를 따라오시지요. 제가 얼른 준비하겠습니다."

"아, 아니. 괜찮아. 혼자 가서 간단히 땀만 씻어내면……"

졸음이 완전히 가시지 않아 비틀대며 마루 아래로 내려서는 옥이를 진영이 서둘러 막았다.

"아닙니다. 그럴 순 없지요. 부부인 마님 모시듯 그리 극진히 모셔라 군마마께서 몇 번이나 신신당부하신걸요! 얼른 저를 따라오세요."

옥이가 싹싹하게 말하고선, 마루 밑 댓돌 곁에 내려놓은 등에 불을 붙이고는 어두운 마당을 밝혀가며 정방 쪽을 향해 걸음을 옮겼다. 하는 수 없이 진영도 그 뒤를 따라 정방으로 향했다.


"하아……"

저고리를 벗은 채 홑겹 속치마째로 물 안에 잠긴 진영은 자신도 모르게 탄성을 지르고 말았다. 새파란 새벽녘 호수의 물안개처럼 김이 모락모락 피어오르는 목욕간이었다. 너무 뜨겁지도 너무 차갑지도 않게, 따끈하게 데워진 목욕물에는 그간의 피곤을 모두 씻어주고도 남을 정도의 달짝지근한 난초 향까지 맴돌고 있었다.

의금부에 하옥된 부모님을 두고 이런 호사를 누려도 좋을지, 장차 비구니가 되겠다고 마음먹은 자가 이리 안락감을 만끽하여도 좋을지, 죄책감이 들 정도였다.

하지만 지금 이 순간만큼은 진영은 아무 생각 없이 그저 이곳의 정방이 자아내는 아늑한 분위기에, 제 몸을 따끈하니 감싸 안는 맑은 물의 느낌에 진영은 모든 생각을 떨치고 사르륵 녹아들고야 말았다.

그리 진영이 정방에서 땀을 씻어내고 있을 때, 정한군은 호롱의 불을 밝히고, 사랑채 마루에 앉아 달을 술잔에 담고 있었다. 둥근 개다리 소반에 백자 주병과 술잔만을 담은 조촐한 술상이었다. 저녁 내내 말상대 겸 술 상대를 해주던 성현은 먼저 곯아떨어졌다.

하인을 시켜 그를 객방으로 보내고 나니, 정한군의 술 상대를 해주고 있는 것은 몇 년 전부터 궁방에서 키우고 있던 황묘(黃猫) '동이'뿐이었다.

"안주 따위가 무에 필요하겠니? 시원한 밤바람과 달빛 한 자락만으로 술이 이렇게 향기로워지는 것을……."

정한군은 어느 결에 슬며시 제 곁에 다가와 둥글게 등을 말고 앉은 동이의 귀밑을 긁으며, 또 한 번 홀짝 술잔을 비웠다.

"가르르릉."

동이 놈이 정한군의 손길에 기분이 좋은지 목을 울리며 울음소리를 내었다.

"어떠냐. 너도 한잔 할 터이냐?"

정한군은 비운 술잔에 다시 술을 따라 동이의 앞에 내려놓았다. 그 술잔에 아련하게 달빛이 담겼다. 그러고선 자신의 빈 잔에도 다시 술과 달을 담았다. 시원한 밤바람을 느끼며, 몇 번이나 달과 별을 번갈아 술잔에 담아 달게 마셨다.

동이 놈은 여전히 앉은 채로 제 술벗의 모습을 가만히 쳐다보다가 제 앞에 놓인 술잔으로 관심을 옮겼다. 술잔에 담겨 일렁이는 달을 보고선 몇 번 눈도 끔뻑끔뻑하였다. 그러더니 어느새 올 때처럼 그렇게

날렵하게 몸을 일으켜 쏜살같이 마당 저편으로 사라져갔다.

"괘씸한 놈, 이럴 땐 곁에서 애교라도 피워줄 것이지……, 너마저 이리 가버리면 내 상대는 진짜 저 달밖에 없게 되질 않느냐"

동이 묘으로 내어주었던 술잔을 들어 정한군이 다시 홀짝 소리를 내어 마셨다.

"캬, 남의 술이라 그런지 더욱 더 달구나. 흐!"

목을 길게 뒤로 젖혀 어질어질한 취기를 느끼던 정한군은 여전히 밤하늘 한가운데에서 유려한 빛을 쏟아내고 있는 달을 향해 쓸쓸한 미소를 지어 보였다.

"그래도 자네가 있어 다행이네. 내 자네마저 없었다면 적적하여 어찌 살았겠나? 자네만큼은 내가 무어라 하여도 섭섭다 하지 않고, 이리 항시 곁에 있어주니 내 어찌 자네를 아끼지 않을 수 있을 텐가!"

달이 정인(情人)을 잃은 가엾은 술벗의 머리에 고운 빛살이 되어 내려앉았다. 그리 다정한 달을 맞상대로 정한군은 권커니 잣거니 연달아 술잔을 비워내기 바빴다.


"냐아~웅."

'뭐지? 이 댁에서 고양이를 키우시는 건가?'

동그란 나무 욕통 밖으로 맨어깨를 드러낸 채 느긋하게 물이 주는 포근함을 만끽하던 진영은 갑자기 들려온 고양이의 울음소리에 반짝, 눈을 떴다.

처음에는 잘못 들은 건가 귀를 의심하였지만, 고양이의 울음소리는 시간이 지날수록 점점 더 가까이에서 들려오기 시작하였다.

"냐아~옹."

"동이야, 저리 가. 에비! 안 돼! 그건 아가씨 옷이야!"

정방에 딸린 뒤쪽 공간에서 고양이의 울음소리와 옥이의 조심스럽게 나무라는 소리가 연이어 들려왔다. 정방 뒤쪽 공간은 불을 때 목욕물을 덥히는 곳이자, 진영이 벗어놓은 옷과 갈아입을 옷, 그리고 몸을 닦을 수건 등을 준비해놓고 옥이가 기다리고 있는 곳이기도 했다.

"어이구머니! 얘, 동이야! 그거 안 놔?! 야!"

"냐오옷!"

우당탕탕! 무언가 부산스럽게 움직이는 소리가 나더니, 갑자기 옥이의 목소리가 한층 더 높아졌다. 고양이의 울음소리도 마찬가지였다.

"……무슨 일이니?"

진영이가 소리를 높여 뒤쪽에 있는 옥이에게 물었다. 그와 동시에 푸다닥 하는 소리가 들리더니, 옥이가 진영이의 옷가지를 손에 들고서는 울상이 되어 정방 안으로 들어왔다.

"어떡합니까, 아가씨! 그게, 그게…… 저희 군마마가 아끼시는 고양이가 한 마리 있는데요, 이놈이 흙발로 아가씨 입으실 치마를 온통 더럽혀놨지 뭡니까?"

그러고 보니 옥이가 들고 있던 치맛자락에는 흙이며 지푸라기 등으로 지저분한 자국이 가득 남아 있었다.

"매양 이럽니다. 매양! 실컷 빨래를 해서 널어놓으면 온통 흙칠을 해대고, 기껏 뽀송뽀송하니 잘 말려서 개려고 하다 잠시 잠깐 한눈만 팔면, 또 거기에다 온통 제 털들을 묻혀대고는 하지요. 이놈의 동이! 진짜 미워죽겠어요!"

"말 못하는 짐승이 무얼 알고 그랬겠니? 너무 노여워 말아라."

"……그래도."

여전히 화가 풀리지 않은 듯 입을 댓 발로 내민, 옥이가 옷가지들을 안은 채 바깥문 쪽을 향해 터벅터벅 걸어갔다.

"어딜 가려고?"

"동이 놈 때문에 아가씨 옷이 엉망이 됐으니, 새 옷을 가져와야지요."

"괜찮아. 흙 좀 묻으면 어때? 그냥 둬. 아니면 입고 온 옷을 다시 입어도 되고……."

"아니에요. 기껏 땀을 씻어 상쾌해지셨을 텐데, 땀내 나는 옷을 다시 입으실 수 있나요? 얼른 다녀올게요."

옥이가 잰걸음으로 정방을 나갔다.

저녁나절에 듣기로는 진현궁 안에는 손님이 갈아입으실 수 있도록 늘 여분의 새 옷들이 마련되어 있다고 했다. 궁방에 손님이 드는 일이 극히 드문 만큼, 손님을 대접할 때는 그야말로 한 점 불편함도 느껴지지 않는 최고의 대접을 해야 한다고 했다.


스르륵 톡!

이제 조금씩 식어가는 물을 찰방찰방 제 몸에 끼얹으며, 옥이가 언제 돌아올까 기다리던 진영은 목욕통 바로 옆에서 희미하게 들리는 가벼운 움직임 소리에 놀란 기색도 없이 돌아보았다. 그리 가벼운 움직임 소리를 낼 것은 고양이밖에 없을 것이기 때문이었다.

"네가 동이로……?"

자상한 미소로 고양이를 보던 진영의 말이 멈췄다. 황금빛 털을 가진 고양이가 막 입에 물고 있던 은향갑을 자신의 앞발 사이에 툭 하니 떨어뜨렸기 때문이었다. 목욕을 하기 위해 따로 빼 두었던 민영의 은향갑이었다.

민영이 죽기 얼마 전, 민영과 진영은 집에 찾아온 아파(방물장수)에게 나란히 향을 산 적이 있었다. 젊고 총명한 아파는 민영에게는 난향이 든 은향갑을, 진영에게는 사향이 든 향갑노리개를 권했더랬다. 그리 구한 은향갑은 민영이 죽기 직전까지 지니고 있던 물건이기도 했다.

그래서 송화사로 갈 때 제가 가지고 있던 모든 것을, 민영이 제게 준 모든 것을 놓고 왔지만, 민영의 은향갑과 제 향갑노리개 하나만은 놓고 올 수 없었던 진영이었다.

"이리 주련?"

꽤나 제 마음에 든 것인지 동이 녀석은 고개를 숙여 은향갑을 연신 혀로 핥고 앞발로 뒤집고 난리법석을 피웠다.

찰방!

은향갑을 되찾기 위해 물소리를 내며 진영이 일어섰다. 그리곤 물에 젖어 제 발걸음을 방해하는 치맛자락을 손으로 모아 쥐고선 목욕통 밖으로 나왔다.

"동아……, 그거 이리 주련?"

온몸에서 물을 뚝뚝 흘리며 진영이 살며시 고양이 앞으로 다가갔다. 은향갑을 가지고 노느라 정신이 없던 동이가 진영이가 제게 다가오는 모습을 보고서는 마치 눈웃음이라도 치듯 눈빛을 반짝거렸다. 혹시나 빼앗길까 걱정한 것인지 조그맣고 통통한 앞발로는 단단히 은향갑을 누르고 있는 중이었다.

"냐앙!"

"동아, 그건 내게 아주 소중한 것이란다. 그걸 돌려주면 내 부엌에 일러 내일 아침엔 커다란 생선구이 한 마리를 통째로 내어달라 청해볼게. 그러니, 그걸 주지 않으련?"

가만가만, 동이에게 말을 건네며 또한 조심스럽게 다가서는 진영이었다. 이제 두어 걸음만 더 내딛으면 손을 뻗어 동이에게서 은향갑을 되찾을 수 있었다. 하지만!

"야아~옹!!"

"아얏!"

제 쪽으로 내민 진영의 손등을 야멸차게 할퀸 고양이가, 진영이 얼른 손을 거두어 상처를 살피는 사이 은향갑을 물고 빠른 몸놀림으로 정방의 문틈 사이로 사라져갔다.

"동이야, 동이야……!"

얼른 고양이의 뒤를 따라 정방 문을 열려던 진영이 순간 멈칫거렸다. 지금의 제 차림으로는 어디도 나갈 수 없음을 안 것이었다. 지금 저는 벌거벗고 있는 것이나 마찬가지였다. 몸에 걸친 것이라고는 물에 젖어 맨 살결에 찰싹 달라붙은 홑겹 속치마와 그 아래의 속곳들뿐이었기 때문이다. 하여, 진영은 얼른 정방 뒤편으로 들어가 몸을 닦느니 마느니 하고서는 제가 입고 온 옷들을 대충 꿰어 입었다.

  "냐아~옹!"
  "으음…… 동이 왔느냐?"
  술과 달에 취해 마루 기둥에 등을 기댄 채 졸고 있던 정한군이 눈을 감은 채, 제 바로 곁에서 그르릉거리고 있는 고양이의 귀밑을 긁어주었다.
  "냐아~옹!!"
  동이 녀석이 다시 소리를 높였다. 귀밑을 긁어주면 얌전히 입을 다물고, 실눈을 뜨며 긁어주는 손을 향해 머리를 들이밀던 평소와는 전혀 다른 반응이었다.
  "냐아~옹!"
  다시 한번, 마치 자신을 부르는 듯 울음소리를 높인 동이 때문에 정한군은 결국 눈을 뜰 수밖에 없었다. 그런 정한군의 얼굴을 고양이 동이가 무엇인가를 앞발 사이에 둔 채 빤히 올려다보고 있었다.
  "그것이 무엇이냐?"
  "냥!"
  고양이가 마치 제 전리품을 자랑이라도 하듯 앞발로 툭 그 조그만 물건을 정한군 쪽을 향해 밀었다. 선심을 쓰듯, 정한군이 그 물건을 들어 호롱의 불빛에 가까이 대어 살피는데도 얌전히 지켜보고 있을 뿐이었다.

"이건…… 향갑이 아니더냐? 이노옴, 이걸 어디서 갖고 온 게야? 보나 마나 또 주인 몰래 가져온 것이겠지? 쯧쯧쯧. 내 너를 융숭히 대접하거늘 어찌 매번 도적질을 하여 이 주인의 면을 깎누. 고얀 것. 괘씸한 것. 못된 것."

말은 그리 하면서도 여전히 고양이에 대한 친애의 정이 가득한 눈빛과 손짓으로 고양이를 어르는 정한군이었다.

"어머님이 귀애하시던 난초를 망친 것도 모자라서 이젠 여인네의 향갑까지 훔쳐오다니, 사내놈이 되어 어찌 그리 향을 좋아하는고? 후후후…… 이건 내가 잠시 맡아두었다가 날이 밝으면 주인을 찾아 되돌려 줄 것이야."

정한군은 다시 한번 고양이에게 이른 후, 자신의 소매 안 깊숙이 은향갑을 밀어넣었다. 뜻밖의 반응에 놀란 동이 놈이 발톱을 세워 정한군의 소매로 덤벼드는 것을 재빨리 피하기도 하였다.

그때, 정한군의 귀에 희미한 소리가 들려왔다.

"……아? 고양아……어디 있니? 야옹? 야오오옹."

밤의 고요를 깨지 않으려는 듯 한껏 낮추어 조심성을 더한 그 목소리가 어느새 점점 더 가까이 다가오고 있었다.

"고양아……? 동이야…… 헉!"

작은 등을 든 채 안채 쪽 대문을 살그머니 밀고 나온 여인이 제 쪽을 보고 놀라 허리를 숙여 예를 표하는 모습을 보며 정한군은 제가 고양이라도 된 듯, 말없이 그저 천천히 눈만 깜박거렸다. 지금 막 자신 앞에 나타난 여인의 모습을 보는 순간 숨 쉬는 걸 잊게 할 정도로 고혹적이었다. 무슨 까닭인지 어깨 옆으로 늘어뜨린 머리채와 치맛자락들이 한껏 물기를 머금어 달빛을 반사하듯 반짝이고 있어 신비함을 더하고 있었다.

"……귀신이련가? 달의 궁주이련가?"

"야아~옹!"

상대가 누구인지 알면서도, 자신도 모르게 중얼거린 정한군의 혼잣말에 고양이가 대신 답을 하였다. 이어, 진영도 답을 하였다.

"송구합니다. 밤이 늦어 아무도 아니 계신 줄로만 알고……."

"이 아이를 찾고 있었소?"

정한군이 재빨리 몸을 피하려는 동이를 능숙한 손길로 잡아 안아 들고선 마당 아래로 내려가 여전히 고개를 숙이고 선 여인에게 다가갔다. 진영이 당황하여 내외를 하기 위해 사방을 둘러보다 얼른 방금 전 제가 나온 문 안쪽으로 다시 들어갔다. 그리곤 문을 조금 열어둔 채, 그 문틈 사이로 정한군에게 답을 하였다.

"실은…… 그 아이가 제 소중한 것을 가져간지라…… 찾고 있었습니다."

"그랬느냐? 네가 이리 귀한 분의 것을 함부로 훔쳐 간 것이야?"

어느새 문 앞에 다다른 정한군이 제 품에 안긴 고양이에게 능청스럽게 물었다.

"고르르르"

고양이는 아무 말 없이 정한군의 품에 제 고개를 문대고는 목을 울렸다.

"이 아이가 무엇을 가져간 게요?"

"……향갑입니다."

"으흠…… 그럼 이 아이 소행이 확실하구려. 원체 녀석이 사내답지 않게 향을 좋아하는지라, 혹시 그 향갑이 난향을 담고 있는 것이었소?"

"그렇습니다."

진영이 열린 문의 저편에서 반쯤 몸을 돌려 세운 채 답을 하였다. 그 때문에 진영은 정한군이 마치 홀린 듯 자신의 모습을 훑고 있음을 깨닫지 못하였다. 여전히 물기가 마르지 않은 머리카락부터 둥근 어깨, 그리고 완전히 젖은 속치마 위에 대충 겉치마를 꿰어 입은 탓에 물기가 퍼져 몸에 조금 달라붙은, 그 때문에 허리와 둔부, 다리에 이르는 여인다운 곡선을 여실히 보여주고 있는 치맛자락에 이르기까지 정한군의 시선이 닿고 있음도 알지 못하였다.

"이 녀석의 짓은 주인인 나의 잘못이오. 허니, 날이 밝으면 내 최고급 향갑을 선물해 드리리다. 그럼 되겠소?"

정한군이 슬며시 문 안의 진영을 떠보았다. 갑자기 자신의 소매에 감추어 둔 향갑을 내어주기 싫어진 까닭이었다.

"그럴 순 없습니다. 그것은 세상에서 단 하나밖에 없는 귀하고 귀한 것인지라……."

"그리 귀한 것이라면 제대로 단속하지 그러셨소? 어쩌다 그 귀한 것을 잃어버린 것이오?"

"……."

진영은 차마 목욕을 하다 그리하였다는 소리를 하지 못하였다.

"이 녀석이 내게 올 때는 아무것도 갖고 있지 아니하였소. 갖고 오는 도중에 어디서 떨어뜨린 건 아닌지, 혹은 어디 따로 숨겨놓은 것인지 모르겠소. 이 녀석이 그것을 어디서 채간 것이오?"

"……안채 정방에서……."

희미하게 들려온 진영의 답에, 정한군은 비로소 진영의 옷이 왜 물기에 젖은 건지, 왜 머리카락이 그리 달빛에 비쳐 반짝거리는 것인지 알아차렸다.

"목욕을 하느라 벗어둔 것을 채어간 것이구려."

"……그렇습니다."

"세상에 하나밖에 없는 것이라 하였소?"

"그렇습니다."

"그럼, 그것을 꼭 찾아야만 하겠구려."

"그렇습니다."

"어허…… 이걸 어쩐다? 그럼, 그것을 찾을 때까지는 계속 여기에 있어야겠구려."

"…… ."

진영이 다시 말을 잃었다.

스님은 다 정리하고 오라 하셨지만, 아직 민영이의 향갑을 제게서 떼어놓을 자신이 없었다. 아직 민영이를 제게서 떠나보낼 수가 없었다.

"……늦은 밤, 결례가 많았습니다."

진영이 한참을 망설이다 결국 어찌하겠다는 뜻을 밝히지도 않은 채,

정한군을 향해 깊숙이 허리를 숙여 보인 후 안채 쪽으로 서둘러 사라 져갔다.

"네가 외로운 나를 동정하여 인연을 물어다준 게로구나."

자기 방으로 돌아온 정한군은 연신 동이를 어루만져주었다. 동이가 물어다준 향갑을 소매 안에서 꺼내 쓰다듬어보기도 했다.

"기특한 것, 어여쁜 것, 장한 것. 오냐. 내 약속하마. 내일 아침 밥상에서 가장 실한 생선토막은 바로 네 녀석 것이 될 것이니라."

기분이 좋아진 정한군이 제 머리맡에 앉아 '당신 속은 다 안다는 듯' 쿡쿡 웃음이라도 짓고 있는 것만 같은 동이의 얼굴을 보며 괜히 혼자 찔려, 커다란 포상을 약속하였다.

간밤, 잠을 자는 둥 마는 둥 뜬눈으로 밤을 지새운 정한군은 새벽이 되자마자 아랫것을 불러 소세(梳洗, 머리를 빗고 낯을 씻는 일) 준비를 시켰다. 여느 때보다도 훨씬 이른 주인의 기상에 놀란 종놈은 연신 눈만 껌벅거리며 정한군의 소세 수발을 들었다.

"……윤생원은 일어났느냐?"

낯을 씻으며 정한군이 흔연히 객의 기상 여부를 물었다.

"소세 준비를 시키시지 않았으니, 아직 기침하시지 않으신 게 아닐까요?"

"안채…… 손님도 아직이시냐?"

"웬걸요? 벌써 진즉 일어나신걸요. 옥이 년이 이르기를 향갑인지 뭔지를 잃어버리셨다고, 혹시 아침에 마당을 쓸다가 눈에 띄면 가져다달라 시키셨다고 합니다요."

"내, 그럴 줄 알았다."

아랫것이 건네준 수건으로 제 얼굴의 물기를 닦으며 혼잣말인 양 작게 중얼거리는 정한군이었다. 그리 소중한 물건이라 했으니 가만히 앉아서 기다릴 순 없으리라 짐작했던 터였다.

정한군의 짐작대로 진영은 날이 밝기를 기다려 안채 손님방에서 나와 흐린 새벽빛에 기대어 정방 근처를 구석구석 살피고 다녔다. 고양이 동이가 움직였을 법한 동선을 좇아 민영의 향갑이 떨어져 있는 건 아닌지 유심히 살폈다.

"도대체 어디에 떨어뜨린 거니?"

한참을 찾아도 제가 찾는 물건이 보이지 않음에 낙담한 진영은 정원의 꽃들 사이를 살피다 말고 주저앉아 폭 한숨을 내쉬었다.

진영의 뒤에서 그 모습을 보고 있던 정한군이 희미하게 웃으며 말을 걸었다.

"아직도 못 찾았소?"

"……오셨습니까?"

갑작스러운 정한군의 등장에 놀라 허둥대며 일어난 진영이 얼른 고개를 숙여 인사를 올린 후 다시 돌아섰다. 내외를 하기 위함이었다.

"기다리면 아랫것들을 시켜 찾아다 줄 텐데, 어지간히도 참을성이 없으시구려."

"자세히 본 이가 없으니 찾기 힘들 겁니다. 그러니 제가 찾는 편이 훨씬 더 빠를지도 모르지요."

"어찌 생긴 것인지, 가르쳐주면 되지 않겠소? 내 아랫것들에게 일러 집 안의 작은 돌멩이 하나라도 그냥 보아 넘기지 말고 꼼꼼히 훑어보라 그리 이르리다."

"여인의 손바닥 반 정도도 되지 않는 크기에 은으로 만들어진 향갑입니다. 은갑 뚜껑에는 보일 듯 말 듯 희미하게 은사가 장식되어 있어서……."

"여기서 무얼 하시는 겁니까?"

진영이 은향갑의 모양새를 상세히 일러주고 있는데, 성현의 목소리가 불쑥 끼어들어왔다.

조금 전 정한군이 지나쳐 온 문가에 선 성현이, 미간을 찌푸리며 큰 발걸음으로 성큼성큼 정한군의 곁까지 다가왔다. 그 목소리에 잠시 고개를 돌렸던 진영이 성현의 심상치 않아 보이는 기색에 서둘러 정한군에게 묵례를 하고 걸음을 옮기려 하였다.

"잠깐!"

성현의 목소리가 진영의 걸음을 세웠다. 진영이 돌아보려 하자, "그대로 들어!" 하며, 성현이 강압적인 말투로 진영의 움직임을 저지했다. 그리곤 슬며시 정한군의 앞에 두어 발짝 나서 정한군의 눈에서 진영을 가린 뒤, 다시 퉁명스럽게 말을 이었다.

"조반을 마치면 곧 떠날 터이니, 채비를 하도록 해."

"……조금 더 시간을 주셔요."

돌아선 채로 진영이 머뭇거리며 답을 하였다.

"잃어버린 물건이 있습니다. 그것을 찾아야 합니다."

"그럴 만한 여유가 없어."

성현이 진영의 앞으로 돌아가 험악한 표정을 지어 보였다. 절대 그리할 수 없으니 알아서 하라는 겁박의 표정이었다.

실상 성현에게는 더 이상 시간을 지체할 수 없는 이유들이 있었다. 예상보다 너무 오래 집을 비우고 있는 중이었다. 아이들이 초조해할 것이었다. 비록 중간중간 인편을 통해 전갈을 주긴 했지만, 집 안팎의 살림도 꾸려야 하는 까닭에 빨리 길을 서둘러야만 했다. 홍천에서 일을 마무리하는 것에 또 얼마나 시간이 걸릴지 모르는데 마냥 도성의 궁방에서 뭉그적거리고 있을 틈이 없었다.

"당장 떠날 채비를 해."

성현이 다시 한번 단호히 말했지만, 진영은 고집스레 입술을 꾹 다물고서는 따르지 않겠다는 뜻을 노골적으로 비쳤다.

"도대체 뭘 잃어버렸는데?"

짜증 섞인 성현의 물음에도 진영은 계속 입을 굳게 다물고 있었다. 은혜 스님이 향갑들을, 그 인연을 모두 버리고 오라고 한 소리를 성현도 들었기 때문이었다. 그것을 잃어버렸다는 걸 알면, 분명 잘 됐다고, 그깟 것에 대한 미련은 던져버리고 얼른 길을 떠나자고 재촉할 것만 같아 말을 할 수가 없었다.

"뭘 잃어버렸는데?"

답이 없는 진영에게 성현이 더 거친 어조로 물었다.

그 소리에 진영의 어깨가 움찔거리는 것을 본 정한군이 서둘러 성현에게 말을 붙였다.

"이 사람아, 아무리 누이동생이라 하여도 여인이 아닌가? 여인에게 그리 험하게 말해서야 쓰겠는가?"

"마마. 이것은 저희……"

"아, 아. 됐네, 됐어. 실은 낭자가 잃어버린 게 아니라 내가 키우는 고양이 놈이 훔쳐간 것이라네. 그러니 낭자의 잘못보다 내 잘못이 더 크질 않은가. 바쁘겠지만 하루만 더 예서 머무르시게. 아직 자네와 나누고 싶은 이야기도 많고 말일세. 응?"

'설마, 내가 이렇게까지 말하는데 마다하진 않겠지?'

그리 생각한 정한군이 짐짓 인자한 미소까지 지어 보였지만 성현의 굳은 안색은 풀릴 기미가 없어 보였다.

"마마의 제안은 고맙고 또 황송하지만 그럴 수 없음을 용서하여 주시지요. 저 아이와 갈 길이 머니, 오늘 길을 나설까 합니다."

"정말 아니 되겠나?"

정한군의 얼굴에서 미소가 걷혔다. 아무리 죽마고우라 하나 엄연히 지체가 다르거늘, 자신의 청을 단칼에 거절한 성현에게 심정이 상했던 것이다.

"먼 길을 떠나야 하는 이의 조급한 마음을 이해해주시지요."

말의 내용은 '이해해 달라'는 것이었지만, 정한군을 똑바로 마주 본 성현의 얼굴에는 '당신이 상관할 일이 아니니 빠져 달라'는 기색이 역력했다.

"하월!"

"네, 마마!"

"정녕 아니 되겠는가?"

"아니 되옵니다."

"내가 이리 청하는 데도?"

"송구합니다."

한 치의 틈도 없는 즉문과 즉답이 오갔다. 두 사내 중 어느 하나도 제 고집을 꺾으려 들지 않았다.

그때 두 사내의 가운데에 위치한 형국이 된 진영이 마침내 입을 열었다.

"먼저 떠나세요."

지금까지와는 전혀 다른 단호한 말투였다.

"저는 이 댁에서 제 물건을 찾는 대로 뒤를 따르겠습니다. 빠르면 반나절, 늦어도 하루 정도면 물건을 찾을 수 있으리라 생각합니다."

"하, 나더러 먼저 떠나라?"

어이없다는 듯 성현이 콧방귀를 뀌었다.

"어차피 홍천으로 가실 것이 아닙니까? 하루이틀 상관이면 곧 뒤를 따를 수 있을 터이니 그리 급하시다면 먼저 가시라는 이야깁니다."

"그래, 그렇게 하면 되겠네. 낭자는 우리 집 교자꾼들에게 일러 홍천까지 모셔다 드리겠네. 시비도 두엇 딸려 보내주겠네. 그러니, 그리하시게, 하월!"

정한군은 진영의 제안에 반색하며, 그리하라며 성현을 재촉하였다.

성현은 잠시 말없이 고집스럽게 턱을 치킨 채 자신을 보고 있는 진영의 얼굴과 그 뒤에서 득의양양한 미소를 짓고 있는 정한군을 번갈아 보았다.

"알겠습니다. 단, 누이 혼자 머물게 할 수는 없으니 저도 잠시 더 신세를 지겠습니다."

"그래. 잘 생각하였네. 이게 뭐 고집 피울 일도 아니지 않은가. 잘 생각했으이."

정한군이 얼른 희색을 띠며 성현의 말을 받았다.

하지만 진영은 달랐다.

"그러실 것 없습니다. 먼저 가세요."

"……!"

제가 고집을 꺾어주었는데도 뻗대는 것만 같은 진영의 말에 성현의 낯빛이 굳었다.

"정한군마마. 잠시 제 누이에게 할 말이 있습니다. 자리를 피해주시겠습니까?"

시선은 진영에게 고정한 채, 이를 악문, 성현이 정한군에게 청했다.

"……그러함세. 그럼 난 아랫것들에게 조반 준비를 서두르라 일러야겠네."

워낙 성현의 낯빛이 험한지라 둘만 남기고 자리를 피해줘도 될까 망설였지만, 정한군은 순순히 물러나주었다. 자신에게는 아직, 두 사람 사이에 끼어들 그 어떤 명분도 없었기 때문이었다.

하여 정한군은 진영에게 다정한 미소로 인사를 전한 뒤, 제가 들어온 문을 향해서 걸음을 옮겼다. 정한군의 발걸음 소리를 들으며 성현과 진영은 계속 서로 마주 보고 있었다. 마침내 정한군의 발소리가 들리지 않게 되었을 무렵, 성현이 먼저 입을 떼었다.

"정한군마마와 꽤나 사이가 좋아 보이더군. 언제 그리 다정히 말을 섞는 사이가 되었어?"

"그런 적 없습니다. 그저 물으시는 말에 답을 드린 것뿐이에요."

진영의 말에 성현의 굳은 얼굴이 조금 풀렸다. 거짓을 말해서는 안 된다는 계율에 묶여 있는 진영이 성현에게 거짓을 말했을 리 없기 때문이었다.

"그래서, 잃어버린 게 뭐야?"

"알려드리고 싶지 않습니다."

"……그것만 찾으면 곧 떠날 거라고?"

"그럴게요."

"헌데 왜 내가 같이 있겠다는 것을 마다하는 거지?"

"……더는 거짓에 동참하고 싶지 않아서입니다. 군마마께 거짓 행세를 해야 하니 그것이 싫어 그럽니다."

"거짓?"

"저를 소개하실 때 먼 친척 누이동생이라고……"

"아. 그거…… 그런데 그게 왜 거짓말이지? 당신이 내 이모할머님의 조카손녀딸이니 굳이 따지자면 제법 멀긴 하지만 분명 우리는 친척 오누이간이 맞는데?"

"하지만 제가 누이동생이라 대동하고 계신 게 아니잖습니까."

"……알고 있기는 하네? 자신이 지금 어떤 처지인지."

이기죽거리며, 성현이 입술을 비틀어 말아 올렸다. 그런 성현에게 보란 듯이 작은 턱을 치켜 들고 진영은 굳은 다짐을 내어 보였다.

"먼저 가세요. 곧 뒤따라가겠습니다. 반드시 돈은 갚을 겁니다. 도망치는 일 따위는 하지 않아요."

"세상사가 힘들다고 냉큼 부처님 품속으로 도망치려 했던 게 누구더라……."

진영의 과거를 비꼬던 성현은 이내 하는 수 없다는 듯 어깨를 으쓱거렸다.

"좋아! 알았어. 당신을 믿어보지. 하지만 단 이틀뿐이야. 당신이 잃어버린 게 얼마나 소중한 것이든, 얼마나 귀한 것이든 상관없어. 내가 홍천에 당도하고 이틀이 지나서도 당신이 오지 않으면 그다음엔 다시는 당신의 의사 따위는 묻지 않을 거야. 그래도 좋아? 그리 약속할 수 있겠어?"

"……그럴게요."

진영이 순순히 답했지만, 그럼에도 영 믿기지 않는 것인지 성현이 진영의 팔뚝을 붙잡았다.

"아!"

억센 사내의 손아귀 힘에 진영이 얼굴을 찌푸리는데도, 성현의 손에서는 힘이 빠지지 않았다.

"하나 더!"

"……이거 놔요!"

"명심해. 네 계율을 깰 수 있는 건, 오직 나뿐이란 것을."

진영이 제 팔뚝에서 성현의 손을 떨어뜨리려 하였지만, 성현의 다른 손이 나머지 팔뚝마저 잡아 진영을 거의 끌어올리다시피 하고선 자신과 진영의 눈높이를 맞추었다. 그 바람에 진영의 발끝은 이제 땅에 닿을락 말락 할 지경이 되었다.

"당신은 내 아내가 될 몸이야. 당신 아버님이 빚보증 대신 당신을 내게 팔았어. 부디 그 사실을 단 한 순간도 잊지 말기를 바라!"

성현이 입술을 일그러뜨리며 진영에게 으르렁거렸다.

진영도 입술을 깨물며 그런 성현을 노려보았다.

"……내가 당신에게 팔렸다고?"

"그래. 그러니 내 허락 없이 함부로 행동하지 마. 다른 사내에게 마음을 주지 마. 난 내 계집이 한눈파는 꼴은 절대로 못 보니까. 죽어도 용서 안……윽!"

성현이 얼결에 진영을 놓아주며 황급히 뜨겁게 달아오르는 제 이마를 문질렀다. 그는 방금 제게 무슨 일이 일어났는지 몰라 눈만 깜빡거렸다. 그러다 문득, 제 앞에 서서 저를 노려보고 있는 진영을 보고서야 무슨 일인지 짐작할 수 있었다.

"날!"

어느새 시뻘겋게 부어오른 이마를 하고선 진영이 목소리를 높였다.

"날 뭐라고 생각하는 거야, 당신! 누가 누굴 사? 누가 누구에게 팔려? 천만에! 난 아무에게도 안 팔렸어! 당신은 내 주인도, 내 서방도 아니야! 그러니 내 계율에 대해, 나에 대해 이러쿵저러쿵 간섭하지 마! 돈은 갚을 거야. 어떻게 마련해서든 갚을게! 갚으면 되는 거지? 그럼 기다려.
당신이 좋아하는 그 돈, 기필코 갚아줄 테니까!"

날씬한 허리에 양손을 올리곤 분노로 숨 쉴 틈도 없이 다다다 쏘아
붙인 후, "하!" 하며 콧방귀까지 뀌며 멀어져가는 진영을 보며 성현은
자신도 모르게 헤 입을 벌렸다. 방금 제게 박치기를 한 방 먹인 저 여
인이, 분노에 파르르 떨며 눈을 빛낸 저 여인이 어쩐지 평소보다 한층
더 생생한 느낌으로 다가왔다. 제가 지금껏 보아왔던 그 여인과 동일
인물이라는 게 영 믿기지 않았다.

할 수 없다, 그럴 수 없다, 안 된다, 못 한다……. 항시 그저 그렇게
투덜대며 소심한 반항만 하던, 중이 되겠노라고 그저 몸을 사리기만 하
던, 그 재미없던 여인의 진면목을 본 것만 같았다.

"그것이 진짜 당신 모습인 건가? 얌전한 얼굴을 하고선……, 제법 성
깔 있잖아?"

하긴, 그리고 보면 처음 만난 날 이미 제게 물세례를 퍼부었던 여인
이기도 했다.

"깜빡 잊고 있었어. 당신이 원래 만만한 여자가 아니었다는 걸.
훗……."

제법 세게 부닥친 탓에 얼얼한 이마를 문지르며 성현이 저도 모르게
슬며시 웃음을 머금었다. 그러다 제 그런 반응에 제가 괜히 화들짝 놀
라 얼른 정색을 하고는 사랑채 쪽으로 걸음을 빨리 하였다. 이왕 이렇
게 된 거, 자신만이라도 먼저 홍천 행을 서둘러야만 했다.

꼭 그래야 할 이유가 있었다.

제
4
장

정한군

조반을 들자마자 홍천으로 먼저 떠나는 성현에게 형식적인 작별인 사를 한 후, 진영은 옥이에게 잠시 다녀올 곳이 있다 전하고선 홀로 쓰개치마를 뒤집어쓴 채 의금부 앞으로 갔다.

　미리 출행 시간에 맞춘지라, 다행히 포박된 채 호송관들에 둘러싸여 끌려 나오고 있는 아버지 오영감과 역시 포박된 채 황소가 끄는 낡은 수레에 짐짝처럼 실려 나오고 있는 어머니 김씨 부인을 만날 수 있었다.

　김씨 부인은 예전의 화려한 모습과는 이미 많이 달라져 있었다. 항시 화려한 가체를 쓰고 눈부신 떨잠과 금은 머리꽂이 들로 장식하고 있던 머리는, 마치 까치집인 양 푸석푸석한 모양새로 나무 비녀로 대강 쪽이 쪄 있었고, 늘 자르르 윤기가 흐르던 얼굴 역시 시꺼멓게 타들어간 것이 누가 보아도 병색이 완연한 모습이었다.

　"어머니……. 어머니!"

　진영이 어머니 김씨 부인의 수레 곁에서, 수레의 속도에 맞추어 가며 연신 어머니를 불렀다.

　"어머니!"

하지만 몇 번을 불러도, 김씨 부인은 애써 진영 쪽으로 고개를 돌리려 하지 않았다. 진영에게 자신의 초라한 몰골을 보이고 싶지 않았던 탓인지 애써 다른 쪽으로 고개를 돌려 흐르는 눈물만 훔칠 뿐이었다. 그런 어머니와 한 번이라도 눈을 마주치고 싶어 진영이 수레 곁에 서 따라가고 있는 호송관들 사이를 비집고 좀 더 가까이 다가가려 하였다.

"중죄를 지은 죄인의 호송이오. 낭자는 물러서시오!"

호송관 중 한 명이 수레에 좀 더 다가서려는 진영을 창으로 미는 시늉을 하며 가로막고 나섰다.

"내 어머니요. 작별인사나 할 수 있게 해주시오."

"아니 되오! 썩 물러서시오!"

"이제 천 리 길 넘는 곳으로 유배를 가시니, 언제 다시 뵈올지 모릅니다. 잠시 말이나 나눌 수 있게 해주시오."

진영이 통사정하였지만 호송관은 위협적인 몸짓으로 칼집을 휘둘러 보일 뿐, 들어주려 하지 않았다. 진영이 낙담하여 고개를 떨어뜨리는데, 호송관이 뒤에 따라오는 나졸을 불러 무언가를 쑥덕거린 후, 모르는 척 다시 걸음을 서둘렀다.

"아가씨도 딱하시오. 그냥 맨입으로 사정해봤자 누가 알아주기나 하겠소?"

슬그머니 진영 곁으로 다가온 나졸이 은근히 말을 붙여왔다.

"그럼? 어찌, 어찌해야 하오?"

진영이 황급히 나졸을 데리고 구석으로 가 물었다.

"제발 좀 가르쳐주오. 어찌해야 내 어머니랑 인사라도 나눌 수 있겠소?"

"에이그. 그걸 아직도 모르고 계셨소? 잘 들으시오."

나졸이 괜히 행인들의 눈치를 보는 척하더니, 목소리를 낮춰 진영이 해야 할 일을 일러주었다.

"호송관 나리나 우리 같은 나졸들도 사람인지라 이 더운 날, 먼 길 떠나는데 그리 기분 좋을 리 있겠소? 어디 가까운 주막에서 목이나 좀 축이고, 뱃속에 기름칠 좀 하고 나면 기분이 풀리시겠지요. 그리고 또 그리 쉬다보면 아가씨도 어머니랑 잠시 눈을 맞출 짬을 얻지 않으시겠 소?"

"그럼……?"

진영의 물음에 나졸이 헤실헤실 웃으며 고개를 끄덕거렸다. 결국 어머니와 인사를 나누고 싶으면 뒷돈을 내놓으라는 소리였다. 진영은 저만치 앞서 가고 있는 어머니를 실은 수레와 제 곁의 나졸을 번갈아 쳐다본 후, 다시 물었다.

"내 지금 수중에 가진 돈이 없으니, 어쩌면 좋겠소?"

"어이구, 쯧쯧. 가엾어서 어쩌시나? 어디 몸에 지니고 있는 패물 한 가지도 없으시오? 저어기 행상들한테 가서 팔면 단돈 얼마라도 건질 수 있을 텐데?"

"너, 이 노옴! 얼른 따라오지 않고 뭐 하느냐?"

앞서 가던 호송관 중 한 명이 나졸을 향해 불호령을 내렸다.

"네에! 곧 갑니다! 가요!"

나졸이 호송관 쪽을 향해 소리 높여 답한 후, 발로는 제자리에서 뛰는 시늉을 하며 말소리를 빨리해 진영에게 못 다한 말을 전했다.

"참, 내 아가씨가 딱하여 더 일러드리는 말인데 수레 위에 씌울 천이라도 몇 장 구해오시는 게 아가씨 어머니를 살릴 길이우. 한여름 뙤약볕 속에 저리 실려 가다가는 도성에서 이백 리 길을 채 못 가서 꼴딱꼴딱 숨넘어가게 마련이니까요. 아시겠소?"

나졸이 다시 한번 무서운 소리를 늘어놓은 후, 쪼르르 호송 행렬 속으로 다가가 물었다.

'어쩐다……? 어쩐다……?'

진영은 제 가슴께 부분을 누르며 망설이고 또 망설였다. 자신이 지니고 있는 패물이란, 이제 민영이와 함께 샀던 향갑노리개밖에 없었다. 민영과의 추억이 담긴 소중한 물건이긴 했지만, 이것을 팔면 제법 돈은 될 것이긴 하였다.

허나, 또한 동시에 민영이의 은향갑마저 잃어버린 지금, 이것마저 내어 팔고나면 더는 민영과 자신을 이을 물건이 사라지는 셈이었기에 진영은 쉽게 결정을 내릴 수 없었다.

"갖고 싶어. 응? 진영아아."

처음 향갑노리개를 봤을 때, 그 안의 사향을 맡았을 때 제 몫의 은향갑과 바꾸자고 조르던 민영의 모습이 떠올랐다. 동시에 곱던 모양새는 온데간데없이 시커먼 얼굴로 눈물만 흘리고 있는 어머니의 모습도 떠올랐다. 그늘이 되어줄 천 한 장도 없이 뜨거운 여름 뙤약볕에 괴로워할 모습도 떠올랐다. 밉고, 원망스럽기 그지없는 분이었지만 그래도 외면할 수만은 없는 자신의 어머니였다.

"이보시오. 이 노리개를 팔고자 하오만 얼마나 값을 받을 수 있겠소?"

결국, 진영은 향갑노리개를 팔러 나섰다. 하지만 사줄 만한 작자는 쉬 나타나지 않았다. 의금부 앞 행상들이 값을 치르고 살 수 있을 만한 노리개가 아니었던 까닭이었다.

"저어기……"

팔리지 않는 노리개를 든 채 난감히 서 있는 진영에게 누군가 말을 걸어왔다. 이제 겨우 열서너 살쯤 되었을까 싶은, 궁방의 옥이 또래쯤 보이는 계집아이였다.

"아가씨, 그 노리개를 팔려고 하십니까?"

"……그렇단다."

"실은 우리 성님이 제게 사오라고 시키셨는데, 얼마면 됩니까요?"

"어?"

"아이, 우리 성님이 그 노리개를 사주신다니까요? 얼마면 되겠습니까?"

계집아이 말로는 이랬다.

자기는 도성에서 제일 큰 어느 기루의 계집종인데, 일패기녀인 제 성님을 모시고 볼일이 있어 나왔다가 진영의 모습을 보게 되었다고 했다.

진영이 행상에게 노리개를 팔려고 보여줄 때 제 성님이 지나치며 봤다고, 꽤 괜찮은 물건 같기도 하고, 아가씨가 난감해 하시고 있는 것 같으니 사주고 싶어 한다고 했다.

헌데 기녀의 신분으로 양갓집 아가씨께 물건을 사는 것이 세상의 이

치에 맞지 않는 듯하여, 자신을 보내 넌지시 값을 물어보고 오라고 하였다는 것이다.

"칠십…… 아니 오십 냥 정도는 받아야 할 터인데, 수중에 그만한 돈이 있으시겠니?"

"얼른 뛰어갔다 올게요. 잠시만 예서 기다리세요."

계집아이가 후다닥 뛰어가더니 저만치 멀리 떨어져 서 있는 전모(나무 살에 기름을 먹인 종이를 대어 육각형으로 만든 기녀용 모자)를 깊게 눌러 써 얼굴을 가린 여인에게로 다가갔다. 계집아이의 이야기를 듣던 여인이 제 뒤의 행랑아범인 듯한 자에게 고개를 끄덕였다. 그러자 그 아범에게서 아이에게로 돈주머니가 건네졌고, 아이가 두 손으로 주머니를 제 가슴께에서 꼭 움켜쥐고는 또다시 후다다닥 진영의 곁으로 다가왔다.

"여기요. 팔십 냥이래요."

하아, 하아, 가쁜 숨을 내쉬며 아이가 돈주머니를 진영에게 건넸다. 진영도 제 노리개를 건넨 뒤 돈 주머니를 받아 들었다. 그리고 뜻하지 않은 후한 값에 놀라 중얼거렸다.

"나는 오십 냥이라고만……"

"저희 성님이 하는 말이 노리개가 워낙 귀한 것이니 제값대로 받으려 했으면 아마 백 냥은 부르셨을 텐데, 아가씨께서 사정이 급해 값을 헐하게 내신 듯하니 오십 냥에 사기에는 민망하다면서, 지니고 있는 돈이 이것밖에 없어 죄송하다고 그리 전해달라 하셨어요."

"……네 성님 이름이 무엇이니? 내 언제고 이 은혜를 갚아야 할 것 같아 그래."

"어쩌지? 알리지 말라 했는데?"

아이가 저만치 서 있는 기녀와 행랑아범 쪽을 난감한 듯 쳐다보았다.

"그럼, 어느 기루의 분이신지 그것만 알려주지 않겠니?"

"은월각이요. 도성 최고, 아니 조선 최고의 기루인 은월각이지요. 우리 성님은 은월각의 모든 기녀들 중에서도 가장 으뜸가는 분이고요."

아이가 제가 마치 조선 최고 기루의 일패기생이기라도 한 양 으쓱하는 얼굴로 그리 답하고서는 얼른 후다닥 저쪽 편에서 기다리고 있는 기녀와 늙수그레한 행랑아범 쪽으로 뛰어갔다.

진영이 먼발치에서나마 감사의 마음을 담아 허리를 숙여 보였다. 그러자 전모를 쓴 여인도 당황하여 허리를 숙여 인사를 하는 것이 보였다.

다시 한번 짧게 묵례를 하여 감사의 인사를 전한 뒤, 진영은 얼른 호송행렬이 멀어져간 쪽을 향해 급히 걸음을 재촉하기 시작하였다.


"돈 무서운 줄 알아야지. 수중에 돈 들어왔다고 또 이리 흥청망청 퍼 쓰다간 신세만 고달파져."

은월각의 행랑아범이 곁에 선 기녀를 나무랐다. 아침 일찍부터 갈 곳이 있노라며 자신에게 백 냥씩이나 들려서는 의금부까지 오더니, 웬 낯선 여인에게 뜬금없이 노리개를, 그것도 팔십 냥씩이나 줘가며, 사들인 것에 대한 나무람이었다.

"어차피 써버리고 싶은 돈이었는걸요. 괜찮아요."

기녀가 방금 향갑노리개를 사느라 치른 돈은 사연이 있는 돈이었다.

연모하는 이가 위험에 빠졌다는 소식을 전해 듣고 서고 싶지 않은 연회에 서, 맛보지 않아도 될 수치를 맛보며 벌어들인 돈이었다. 얼마 전 위험에서 벗어난 연모하는 이가 인편을 통해 그 돈을 보내왔다. 하여 기녀는, 홍란이라는 이름의 은월각의 일패기녀는, 평소와는 달리 수중에 제법 넉넉히 돈을 지니고 있는 상태였다. 하지만 주머니에 돈만 많을 뿐, 실상 홍란의 마음은 텅 비어버린 나무궤짝이나 다름없었다. 오랫동안 연모해온 이가 자신 외에 따로 연모하는 여인이 있음을 알게 된 까닭이었다. 거기다 친오라버니나 다름없는 이가 나라에 큰 죄를 짓고 숨어 다닌다는 소문도 들어 알게 된 참이었다. 하여 홍란은 부러 장터 구경이나 하자며 행랑아범과 은월각의 계집종을 데리고 아침 일찍 의금부 앞까지 나온 참이었다. 혹시나 오라버니가 의금부에 잡혀 왔는지를 알아보고, 잡혀 왔다면 뒷돈을 써 얼굴이나 볼 요량으로 돈도 넉넉하게 들고 왔던 것이다.

그러다 간곡하게 죄인의 수레를 따라가는 어느 규수의 모습을 보고, 또 그녀가 망설임 끝에 자신의 노리개를 파는 모습을 보고서는 노리개를 사겠다고 나섰다. 의금부의 나장에게 뒷돈을 써, 아직 오라버니 되는 이가 금부로 잡혀 오지는 않았다는 소식을 들은 후였다.

"규수에게는 제법 소중한 물건이었나봅니다. 그리 한참을 망설였던 걸 보면……."

홍란이 제 손에 들어온 향갑노리개를 다정한 손길로 어루만지고서 행랑아범에게 잘 챙기라며 건넸다. 그때, 허름한 갓을 쓴 사내 하나가 홍란에게 말을 붙여왔다.

"그것, 내게 팔지 않겠소?"

"……뉘신지요?"

홍란이 전모를 조금 들어 사내의 얼굴을 올려다보았다.

"그 노리개의 주인과 안면이 있는 자요."

사내가 제 품속에서 돈주머니를 꺼내더니 홍란에게 쑥 내밀었다.

"여기 팔십 냥이오. 허니, 그 물건을 내게 파시오."

"송구하지만 그리는 못하겠습니다."

홍란이 일부러 사내 백이면 백, 다 후릴 만한 아리따운 미소로 답했다. 하지만 그 사내에게 홍란의 미모에 대한 어떤 감흥도 없는 것을 보고는 언제 그랬냐는 듯, 제 얼굴에서 금세 웃음기를 걷어내었다.

"값을 더 받으려 하는 것이오? 얼마를 내면 되겠소?"

"아닙니다. 값은 상관없습니다."

"그럼 왜……."

"안면이 있다 하시면서 어찌 그분에게 선뜻 도움을 주시지 않으셨습니까? 제가 이것을 팔십 냥에 사들인 것을 아실 정도면 진작부터 지켜보고 계셨다는 것인데, 왜 먼저 사들이지는 않으신 겁니까?"

정곡을 찌르는 홍란의 물음에 사내가 머쓱하니 시선을 돌렸다.

"소중한 물건이니 돈이 마련되는 대로 그분이 찾고자 하실 것입니다. 제가 있는 곳을 물으셨다니 필경 저를 찾아오시겠지요. 그러니 아무에게나 함부로 내어드릴 수는 없는 노릇 아니겠습니까? 그럼, 저는 이만 바빠서."

까딱 가볍게 묵례를 한 후 홍란과 그 일행이, 여전히 돈주머니를 내

밀고 선 성현의 앞을 지나쳐갔다.

❀

"하아!"

진영은 땅이 꺼져라 다시 한숨을 길게 내쉬었다. 궁방으로 돌아오자마자 다시 궁방의 이곳저곳을 살피고 다녔다. 어머니를 만나고 우울한 마음으로 돌아온 진영에게 궁방의 하인들은 몇 번이고 이 잡듯이 궁방 안팎을 샅샅이 훑어보았지만, 향갑 따위는 없었다고 고해왔다.

그래도 그럴 리 없다며, 진영은 다시 한번 안채 정방에서부터 향갑을 찾기 위해 바닥을 샅샅이 훑고 있었다.

"하아!"

다시 한숨이 새어나왔다. 감쪽같이 사라져버린 향갑과 마지막으로 본 어머니의 모습이 진영의 속을 자꾸만 시끄럽게 만들고 있었다.


"너를 볼 면목이 없구나. 내가 무엇에 씌었던 것인지…… 흐흑."

주막에서 간신히 마주앉게 된 어머니 김씨 부인은 눈물만 철철 흘렸다.

"큰댁에 들어가는 게 아니었어. 괜히 그 집 재산을 탐내는 게 아니었어. 그랬더라면 나도 너도 이런 꼴은 아니 되었을 것을. 으흐흑"

"아프신 건…… 어떠세요?"

"그냥저냥 해. 의원이 좋은 약 첩을 지어 주더구나. 그 약 먹고서는 한결…… 살 만은 해졌어. 그러니 이젠 내 신경 쓰지 마. 너희 아버님이 뭐라 하든 그런 것도 신경 쓰지 마. 넌 너대로 살아. 네가 행복할 수만 있으면, 어미는 그걸로 됐어. 민영이에 대한 속죄는 내가 할 테니까, 네 아버님이랑 내가 평생 그 죗값을 치르며 살 테니까 너는…… 진영아 너는…… 그저 행복하게 살아. 혼인도 하고, 아이도 낳고, 시집살이도 하면서 그리, 그리 남들처럼 평범하게, 보통의 아녀자처럼 살렴. 그게 이 못난 어미의 소원이다."

"하아!"

어머니의 마지막 당부를 떠올리며 또다시 한숨을 길게 내쉰 진영이 정원수(庭園樹)에 기대어 하늘을 쳐다보았다. 어느새 석양이 온통 하늘을 벌겋게 물들이고 있는 중이었다.

'대자대비하신 부처님. 제 안에 아직 근심과 고뇌가, 떨치지 못한 미련이 가득합니다. 이 일을 어쩌면 좋겠습니까? 관자재보살 행심반야바라밀다시 조견 오온개공 도일체고액(觀自在菩薩 行深般若波羅蜜多時 照見 五蘊皆空 度一切苦厄)……'

진영은 지그시 눈을 감아 눈 안에 새겨진 부처님을 향해 입속으로 반야심경을 읊조렸다.

하지만 몇 구절을 채 다 읊지도 못했을 때 정한군의 목소리가 들려왔다.

"무얼 그리 중얼거리시는 게요?"

너무도 가깝게 들려온 소리에 눈을 뜬 진영은 어느 결에 다가온 것인지 제 앞에 서서 빤히 자신을 내려다보고 있는 정한군을 보고선, 놀라 얼른 나무 뒤로 돌아섰다.

"아, 아무것도 아닙니다."

그리곤 정한군에게서, 나무에서 떨어지려 걸음을 떼려 하는데 나무 뒤에서 정한군의 손이 불쑥 튀어나와 진영의 소맷자락을 잡았다.

"하월을 대신하여 잠시 말벗이 되어주지 않겠소? 내 아랫것에게 일러 시원한 제호탕을 내어오라 하였으니 잠시 더위도 식힐 겸 나랑 한담(閑談, 한가하게 서로 주고받는 이야기)이나 나누면 어떻겠소?"

"내외도 하지 않고 이리 마주 대하는 것을 누군가가 본다면, 필시 군 마마의 흠이 되실 것입니다."

어쩐 일인지, 궁방에 온 첫날, 속세의 법을 따르라던 성현의 말이 떠오른 진영이었다.

"……훗. 허면 내외를 하면 될 것이 아니겠소?"

순간 착 하는 소리가 들리더니 정한군이 진달래꽃이 흐드러지게 피어 있는 합죽선(合竹扇, 접었다 폈다 하게 만든 부채)으로 얼굴을 가린 채 진영의 앞으로 돌아나와 섰다.

"내 비록 사촌인 현무군만은 못하나, 나 역시 미공자로 제법 이름이 나 있는 처지라오. 이 얼굴을 아니 보는 건 낭자에게 도리어 손해일 듯하나 어쩌겠소. 풍습을 따라, 법도를 따라 이리 얼굴을 가렸으니, 오늘은 하월을 대신하여 이 외로운 놈의 말벗이 되어주지 않겠소?"

정한군이 살짝, 아주 살짝 부채를 내려 웃음기 가득한 제 눈을 보여주었다. 그러고는 어찌 거절해야 마음이 상하지 않을지 머뭇거리는 진영의 소매끝을 잡고는 성큼성큼 긴 다리를 움직여 사랑채 쪽으로 향하기 시작하였다.

"아…… 아니. 저기……."

무례하지만, 이상하게 무례하지만은 않게 느껴지는 정한군의 일방적인 행동에 혼란스러워진 진영이 무어라 거부의 의사를 밝힐 새도 없었다.

❀

어느새 하늘에는 이른 저녁달이 새초롬하게 얼굴을 드러내고 있었다.

궁방 사랑채 마루에 나와 앉은 정한군과 진영의 앞에 궁방의 부엌 어멈이 작은 다과상을 내려놓았다. 소담한 약과며 수레바퀴 모양이 새겨진 떡과 함께 붉은빛의 제호탕과 오색실로 장식된 옥추단 등이 놓인 상이었다. 정한군은 여전히 한 손으로는 합죽선을 들어 제 얼굴을 가리고 있었다.

"이것은…… 수취떡이 아니옵니까?"

진영이 수레바퀴 모양의 떡을 보며, 약간 떨리는 목소리로 물었다. 진영의 소리에 부채를 조금 내려 수취떡을 본 정한군이 곁에 선 부엌어멈에게 물었다.

"수취떡이 아직 남아 있었던 겐가?"

"아닙니다. 부부인 마님께서 피접을 떠나시기 전, 미리 당부하시고 가신 겁니다."

"어머님이? 뭐라고?"

부엌어멈이 잠시 진영을 보며 난처한 기색을 띠었다.

"괜찮다. 말해보아라."

정한군의 명이 다시 떨어졌다. 그제야 부엌어멈이 웃음을 꾹 참으며 답을 아뢰기 시작하였다.

"내가 집을 비우고 나면 그제야 커다란 도둑고양이 한 놈이 집에 숨어들어올지도 모르겠다, 하시면서 계집놀이에 푹 빠져서 올해 단오절 식이나 제대로 챙긴 건지 모르겠다고도 하셨지요. 쿡…… 그, 그러시면서 쿡……, 집에 오면 언제라도 드실 수 있게 준비해 놓으라고……, 여름에 제호탕이랑 옥추단을 챙겨 먹지 않으면 꼭 탈이 나신다고. 그래서 미리 준비해 놓은 것입니다."

부엌어멈의 말에 정한군도 피식 웃음을 터뜨렸다.

"하하하. 어머님도 참. 어련히 알아서 잘 챙겨 먹을까봐. 알았네. 나중에 어머님 뵙거든, 불초한 도둑고양이 놈이 어머님의 은덕으로 한 상 잘 받고 갔다, 그리 전해주시게."

"부부인 마님 오실 때까지 아니 계시려고요? 많이 보고 싶어 하셨습니다. 또 떠나시려거든 부부인 마님 얼굴이라도 뵙고……"

"됐네. 어머님 뵈어봐야 듣는 소리는 뻔하지. 여기 손님 물건만 찾는 대로 다시 유람이나 떠나려네. 그리 알고 자네는 그만 가서 일 보게. 다른 이들도 모두 쉬어라 전하고."

"……네."

정한군이 부엌어멈과 한담을 주고받은 후 내보낼 때까지 진영은 상위의 수취떡과 제호탕, 옥추단 등을 빤히 내려다보고만 있었다. 정한군이 착 소리를 내어 이제껏 제 얼굴을 가리고 있던 부채를 접었는데도 진영의 시선은 다과상에만 박혀 있을 뿐이었다.

"뭐가 그리 마음에 걸리오?"

조심스러운 말투로 정한군이 물었다.

"아니오. 그저…… 이것들을 보고 있자니, 지난 단오가 생각나서……"

"……보는 것도 어여쁘지만, 제법 맛도 있을 거라오. 한번 드셔보시오."

정한군의 거듭된 제의에 진영이 마지못해 제호탕 그릇을 들어 한 모금, 입술을 적셨다. 그리고 수취떡 접시를 슬며시 제 앞으로 밀어주는 정한군을 봐서 젓가락을 들어 한입 물기도 하였다. 신기하게도 수취떡이며 제호탕이며 모두 민영과 함께 먹었던 제집의 것과 그 맛이 많이 닮아 있었다. 그 때문에 진영의 낯빛은 더더욱 어두워지고 말았다.

올해 단오가 민영과 함께하는 마지막 단옷날이 될 줄은 꿈에도 상상 못 했다. 그네라도 뛰어보자며 그리 나가자고 조르던 민영을 민망하다며 주저앉혔던 자신이 생각났다.

일이 이리될 줄 알았다면, 마지막 단오가 될 줄 알았다면, 제 부끄러움 따위는 젖혀두고 함께 나가 그네도 뛰고, 단오제 구경도 실컷 할 걸 그랬다, 싶어 진영은 자꾸 목에 메어왔다. 눈물이 날 것도 같았다.

"냐옹!"

그리 제 연민에 취해 있던 진영의 치마 위에 황묘 동이가 풀썩, 뛰어들어오더니, 그곳이 본디의 자기 자리인 양 편한 자세를 취해 앉았다.

"이놈 봐라? 거기가 어디라고 그리 뻔뻔스러운 얼굴로 앉아 있누?"

괜한 정한군의 책망에도 아랑곳하지 않고, 동이가 진영을 빤히 올려다보며 그르르, 목을 울렸다. 초승달을 닮은 그 눈이 어쩐지 "이제 와후회하면 뭐해?" 하며 자신을 나무라는 것만 같았다. "네 잘못이 아니야." 하며 자신을 위로해주는 것 같기도 했다.

"……그러니?"

진영의 물음에 대한 답인 양 동이가 다시 그르르 목을 울렸다.

"고맙다……."

진영이 동이를 번쩍 들어 껴안고선, 동이의 부드럽게 휘어지는 등에 제 얼굴을 가져다 대어 문질렀다. 제 앞의 정한군이 동이에게 질투와 시샘에 가득 찬 시선을 보내는 줄도 모르고.

"야옹!"

하지만 고양이 녀석이 제 등을 내어주고 가만히 있을 리가 없었다. 잠시 진영이 저를 안고 있는 것을 기분 좋게 허락해주는가 싶었더니, 이내 그 잠시를 못 참고는 작고 통통한 발을 휘둘러 진영의 손을 차고는 진영의 얼굴 위로 풀썩 뛰어올랐다.

"도, 동아……!"

제 시야를 가린 동이가 그러고서도 한참을 바르작대는 바람에 균형을 잃고 뒤로 쓰러지려는 진영의 몸을 정한군이 얼른 다가와 받쳐 안았다. 그리고선 여전히 진영의 머리를 흐트러뜨리고 있는 동이 녀석의 등을 집어 들어 바닥에 내려놓았다.

"이노옴! 오냐오냐 하면 상투 잡고 논다더니, 네놈이 딱 그 짝이로 세."

제 잘못은 깨닫지도 못하고, 그저 주인의 불호령에만 섭섭해진 동이 놈이 제 가는 수염을 늘어뜨리고는 엉금엉금 기어 어둠 속으로 사라져 갔다.

"괜찮소?"

정한군이 제 팔에 안긴 진영을 내려다보며 웃음기 어린 목소리로 물었다.

"괘, 괜찮습니다."

너무 가까운 정한군의 얼굴에 놀란 진영은 시선을 어디에 둘지 몰라 당황해 하며 말을 더듬었다.

"고양이란 놈들이 항시 저렇다오. 언제 어디로 튈지, 제 기분에 취해 어떤 묘한 행동을 할지 모르는 놈들이라오. 그래서 이름자도 '묘'인지는 모르겠지만 말이오."

정한군이 진영을 일으켜 세우고서는 고양이의 난동질에 잔뜩 헝클어진 진영의 머리카락을 쓸어 넘겨주었다.

"제, 제가 하겠습니다."

진영이 놀라고 부끄러워 돌아앉으려 하였다. 하지만 그런 진영에게 다시 사내가 가만히 손을 뻗어왔다.

"잠시만."

정한군이 그윽한 눈빛을 하고서는 진영의 머리에서 몇 가닥의 털을 집어 진영에게 보여주었다.

"동이 놈의 털이 잔뜩 묻었질 않소. 고양이란 놈의 털은 만질 땐 부드러워 보여도 이리 잔뜩 흔적을 남기니 탈이란 말이지……."

진영은 얼른 뒤로 물러앉고서는 제 손으로 방금 정한군이 닿았던 머리를 훑어내려 스스로의 눈으로 확인하였다. 아니나 다를까, 정한군의 말대로 진영의 손에는 달빛에도 알 수 있을 정도의 희뿌연 솜털 몇 가닥이 묻어나왔다.

"거 보시오. 내가 허언을 하는 것은 아니지 않소."

정한군이 다시 손을 뻗어오자, 진영이 그 손을 피하고자 고개를 돌렸다.

"제가 하겠습니다."

진영이 손을 들어 제 머리를 쓸어 넘기고, 손가락으로 더듬어 제 머리에 묻은 고양이의 털을 찾아 떼어내려 하는 모습을 정한군이 멍하니 쳐다보았다.

단아하게 생기긴 하였지만, 코도 그리 높지 않고, 입술도 그리 많이 도톰하지 않은, 백자 빛의 살결이 유난히 곱긴 하지만, 생김새 자체가 그리 특별나게 어여쁜 여인은 아니었다. 그런데도 여인의 작은 움직임 하나하나가 자꾸만 정한군의 시선을 끌었다.

이 여인보다 더 아름다운 여인들을 숱하게 보았지만, 이상하게 제 눈앞의 여인은 특별한 무언가가 있었다. 아마 향갑을 찾아 정방에서 나왔을 때 마주친 그 밤의 인상 때문인지도 몰랐다. 땅에 발을 붙이고 사는 여인답지 않은, 신비함마저 느껴졌던 그때 그 밤의 인상이 제 눈을 멀게 하는지도 몰랐다.

"……만약 말이오. 못 찾으면 어찌할 거요?"

이제는 제 앞이마를 더듬어 문질러내리며 혹시 묻어 있을 고양이의 털을 떨어내려 하고 있는 진영이에게 정한군이 나지막이 물었다.

"……향갑 말입니까?"

정한군이 너무나 빤히 자신을 보고 있다는 사실에 당황해 하면서도, 그 뜨거운 시선에 사로잡혀 차마 눈을 돌리지 못한 진영이 되물었다.

"그렇소. 만약 내일도, 모레도, 글피도…… 그 며칠 후까지도 낭자가 찾는 그 은향갑을 못 찾으면 어찌 되오? 낭자는 계속 이 궁방에 머무를 수 있소?"

'그 향갑이 낭자의 날개옷이라면, 나는 나무꾼이 되어 낭자를 계속 내 곁에 붙들어둘 것이야.'

정한군의 물음에, 똑바로 마주하던 진영의 시선이 흔들렸다. 그리고 조금 뜸을 들인 뒤에야 답이 돌아왔다.

"아닙니다. 만약 내일도 찾지 못한다면 포기하고 갈 것입니다. 나와 연이 없어서 사라진 것이겠거니, 그리 단념해야지요."

답이 끝나자, 진영이 자리에서 일어나 고개를 숙였다.

"더 어두워지기 전에…… 이만, 물러날까 합니다."

그리고선 정한군이 무어라 하든 말든, 걸음을 서둘러, 거의 뛰어가 듯 하며 자신이 묵고 있는 방으로 향하는 진영이었다.


'왜, 당장 일어서지 못했지? 어쩌자고!'

방문을 닫자마자, 그 자리에 우뚝 선 채 진영은 저 자신을 나무랐다.

자신은 방금 사미십계를 깨뜨린 것이었다. 애초에 다과상을 받은 것 자체가 잘못이었다. 밥때도 아닌데 내온 떡을 먹고, 붉은빛의 음료를 마셨다. 그로써 '때 아닌 음식은 먹지 말라(불비시식계, 不非時食戒)'는 사미십계 중 하나를 어겼다.

거기다 사내가 자신의 머리에 손을 대는 것도, 자신의 뺨에 손을 대는 것도 허락하고 말았다. 그리하면 안되는 줄 알면서도 그와 눈을 맞췄고, 그의 다정함에 기댔다. 고양이 털 따위, 흐트러진 머리 따위는 얼마든지 혼자서 정리할 수 있는 것들인데, 방에 돌아와서 정리해도 될 것인데, 그의 손길을 그저 맥없이 받아들이고 말았다.

그것 또한 음행을 하지 말라(불사음계, 不邪淫戒)란 계율을 깨뜨린 것에 해당하는 것은 아닌지, 그렇다면 자신은 이제 어떡해야 하는 건지, 진영은 도무지 제 마음을 갈피를 잡을 수가 없었다.

굳이 변명을 하자면, 경계하는 것이 너무 피곤해서 그랬는지도 몰랐다.

송화사를 내려와 벌써 며칠째, 아니 따지고보면 민영이 사건이 일어난 이후 줄곧 진영은 마음이 고단하였다. 끝이 없는 상심과 번민이 잠한숨 달게 자지 못할 정도로 마음을 괴롭힌 탓이었다. 송화사를 내려오면서부터는 마음의 고단함이 두 배가 되었다. 자신을 아내로 맡겠다는 낯선 사내와의 동행 때문이었다. 거기다 속초에서 도성에 이르는 그 먼 길을 내내 죽 걸어서 온 탓에 몸의 고단함도 이루 말할 수 없었다.

그 모든 고단함이 궁방에서 씻은 듯이 풀렸다. 오랜만에 느껴보는 아늑함도 아늑함이었지만, 저를 다정히 대해주는 정한군이 싫지 않았다. 그의 앞에서까지 온몸의 가시를 바짝 세워 경계를 하고 싶지 않았다. 그리 피곤한 일은 하고 싶지 않았다.

궁방이 좋았다. 궁방에 머물고 있노라면, 정한군의 앞에 있노라면, 홍천에서의 그 끔찍했던 과거들이 모두 아주 먼 옛날의 일인 것 같기도 했다.

굳이 따지자면, 성현을 먼저 홍천으로 보낸 것도 어쩌면 성현이 떠올리게 하는 제 고단한 현실을 외면하고 싶었던 마음 때문인지도 몰랐다. 그 마음이 어쩌면 쉽게 찾을 수도 있는 향갑을 찾지 못하게 만드는 것인지도 몰랐다.

그런데 왜일까?

정한군이 제게 잘해줄 때마다 머리 뒤꼭지가 자꾸만 근질거리는 건, 자꾸만 성현이란 사내에게 켕기는 마음이 드는 건, 부처님이 아니라 성현이란 사내에게 잘못을 하고 있는 것 같은 생각이 드는 건······ 무슨 까닭일까?

'스님, 제 마음이 왜 이런 것입니까? 저는 어찌 이리 나약하기만 한 것입니까? 스님은 제가 이럴 줄 미리 아시고 계셨던 것인가요? 제가 이리 못난 아이인 걸 알기에 쉽게 출가를 허락해주시지 않은 건가요?'

스님의 혜안에 감탄하며 동시에 제 마음의 나약함을 원망하며, 진영은 그 밤 내내 뒤척임에 뒤척임을 거듭하며 잠 못 이룰 수밖에 없었다.

다음 날, 오후 늦게까지 궁방의 사람들이 모두 합심하여 궁방 안팎을 뒤지고 또 뒤졌지만, 향갑은 나오지 않았다. 결국 진영은 향갑을 찾는 것을 포기하고 바로 길을 떠날 준비를 하였다. 더는 언제까지고 기다리고 있을 수만은 없었다. 빨리 내려가 문중 어르신들을 설득하지 않으면 성현의 뜻대로 되어버릴지도 몰랐다.

하여 초조한 마음에 당장이라도 출발하려 한 진영이었지만, 정한군은 그런 진영을 만류했다.

"곧 있으면 날이 저물 터이니, 내일 아침 일찍 떠나시구려. 교자도 더 튼튼하고 좋은 것으로 바꿔야 하고, 함께 갈 수원댁 준비도 아직 덜 끝났다 하니, 하루만 더 묵으시구려."

정한군의 간곡한 만류에도 진영은 고집을 꺾지 않았다.

"괜찮습니다. 이대로 떠날 수 있도록 허락해주십시오."

더 있으면, 또 다시 정한군의 후의(厚意)에 마음이 흔들릴 것만 같아 진영은 고집스레 그 밤 길을 떠나겠다고 고집을 피웠다. 좋은 교자 따위 자신에게는 사치일 뿐이라며, 굳이 시비를 붙여주지 않아도 된다며 극구 사양을 하였다.

하지만 결국 진영은 그날 밤 궁방을 떠나지 못하였다. 정한군이 갑자기 주상 전하의 부르심을 받고 입궐한 때문이었다.

주인도 없는 객에 혼자 있기 뭣하여 홀로 길을 떠나려고도 하였지만, 정한군이 데려다준다는 약속만 믿고 머문 터라 딱히 지니고 있는 노잣돈도 한 푼 없었기에 그럴 수도 없었다. 절에서 나와 제게는 돈 한 푼 없음을 뻔히 알면서도 성현이, 그 자린고비 같은 사내가 노잣돈 한 푼 주지 않고 먼저 홍천으로 떠났기 때문이었다.

그러니 어찌 됐든 진영이 궁방을 떠나려면 정한군이 와야만 하는 일이었다.

하지만…… 그날, 밤늦게 입궐한 정한군은 다음 날에도 궁방으로 돌아오지 않았다.

"정한군마마는 언제쯤 돌아오시는 겐가?"

다음 날 오후, 정한군이 돌아오기만을 기다리던 진영이 참다못해 옥이를 불러 넌지시 물었다.

"글쎄요. 따로 전갈을 아니 주시니, 저희도 알 수가 없네요. 아가씨께서는 너무 심려 마셔요. 오늘 안으로야 돌아오시지 아니하겠습니까?"

오도 가도 못 하게 된 진영의 처지를 가련하게 여긴 듯, 옥이는 전에도 비슷한 일이 몇 번 있었다며 금세 돌아오실 것이라고 짐짓 위로의 말까지 늘어놓고 갔다.


한편, 궁방의 사람들이 그토록 애타게 기다리는 정한군은 사촌 형님이신 주상 전하의 곁에서 벌써 몇 번째인지도 모르게 되풀이되는 전하의 하소연을 들어주고 있었다.

"그놈이 나랑 연을 끊겠다고 하는구나. 나쁜 놈, 고얀 놈. 내가 저를 얼마나 아꼈는데……."

전하가 말하는 그놈이란, 전하의 사촌 아우이자 정한군 제게도 사촌이 되는 현무군이었다. 두 해 전, 조강지처와 아기씨를 한꺼번에 잃으신 주상 전하는 종종 사촌 아우들을 궁에 불러 심란한 마음을 다스리곤 하셨는데, 그중에서도 현무군은 가장 많이 불려가고 가장 오래 한담을 나눌 정도로 귀히 여기셨었다.

지난밤, 전하가 급히 정한군을 불러들인 이유도 현무군 때문이었다. 현무군이 무엇에 심정이 상한 것인지, 무엄하게도 다시는 궁에 발걸음도 하지 않겠노라고 공언하고 물러간 까닭에 그것에 마음이 상하셨다는 것이었다.

"너무 걱정하지 마시옵소서. 현무군이 말은 그리했지만 제깟 놈이 전하와의 연을 어찌 끊을 수 있단 말입니까? 그런 방법이 있었다면 제가 진작……"

"뭐야?"

얼결에, 농처럼 제 진심을 털어놓은 정한군에게 임금 학이 눈을 부라렸다.

"아이고, 아니옵니다. 이놈이 그만 실언을 하였사옵니다. 하하하. 걱정 마시옵소서, 전하. 현무군도 제 쓰린 속내가 달래지고 나면 다시 전하의 충성스러운 신하로, 사랑받는 아우로 돌아올 것입니다."

"……고얀 놈. 내가 저를 어찌 대했는데, 나를 이리 대할 수가 있단 말이냐. 휴우!"

"저언하!"

"전하!"

학의 한숨에 주변에 있던 대전내시와 대전상궁이 동시에 놀라, 소란스럽게 "전하!"를 외쳤다.

"전하, 저들을 보시옵소서. 전하의 작은 한숨이 저들에겐 천근만근의 바위가 떨어지는 소리와 같사옵니다. 그러니 이제 그만 사사로운 시름을 거두시고, 느긋하게 때를 기다려보시옵소서. 그리고 소인도, 그만 돌려보내주시옵소서. 어찌하여 현무군 대신 무죄한 이놈을 이리 생으로 고문하시나이까?"

정한군이 짐짓 능청을 떨며 자신의 형님에게 웃음을 지어 보였다.

"괘씸한 놈……."

"벌써 이틀째 소인을 이리 궐 안에 붙들어두고 계시지 않으시옵니까? 소인의 엉덩이에 이미 큼지막한 종기가 잡혀, 이리 앉아 있기도 괴롭사옵니다."

"너도 내가 싫은 게냐? 귀찮은 게냐? 고얀 놈. 오냐. 알았다. 물러가거라. 나조차도 갑갑증이 나는 이 궐이 네게는 오죽하겠느냐? 써억 물러가거라."

부러 그리 투정을 부리듯 말했지만, 그런 임금의 얼굴에는 사촌 아우 정한군에 대한 미안함이 잔뜩 어려 있었다. 항시 현무군만 찾아놓고서는, 언제나 현무군을 제일 귀애하고서는, 현무군이 자신과 연을 끊겠다고 하니 정한군을 불러 하소연하는 자신이 참 못난 형이다 싶은 생각이 들었던 것이다.

"전하, 물러가기 전에 한 가지만 여쭈어도 되겠사옵니까?"

"그러려무나."

"전하, 만약…… 만약 제 외가가 아니었다면, 저 역시 현무군처럼 귀애해주셨겠습니까?"

"명아."

임금 학이 다정히 정한군의 이름을 불렀다. 아픈 눈빛으로 정한군을 보았다. 정한군이 말하고자 하는 것이 무엇임을 잘 알고 있었기 때문이었다. 어렸을 때부터 늘 자신이 현무군 윤의 손을 잡고 함께 산책을 하노라면, 그 뒤에서 부러운 눈길로 내내 보고 있던 것이 바로 정한군 명이었던 것을 잊지 않고 있었다.

"형님 전하, 저랑도 놀아주시어요. 전하!"

그리 말하면서 뒤를 졸졸 쫓아오던 어린 사촌 아우는 학에게 있어 늘 불편하고 귀찮은 상대였다. 조실부모한 자신이나 어려서 아버님을 잃은 윤과 달리, 양친 부모를 모두 둔 사촌 아우에 대한 질시 때문일지도 몰랐고, 언제고 자신에게 위협이 될 수 있는, 든든한 외가를 뒷배로 둔 사촌에 대한 경계 때문일지도 몰랐다.

장성하면서, 또한 정한군의 아버님이 작고한 후에야, 비로소 좀 더 형제의 정을 주게는 되었지만 그래도 한 치 건너 두 치라고 여전히 정한군 명은 현무군 윤 다음의 존재일 수밖에 없었다. 그것을 정한군도 내내 알고 있었을 터였다. 그럼에도 지금까지 단 한 번도 서운한 기색을 비치지 않았던 아우였기에, 학은 정한군의 물음에 새삼 자신의 무심함이 미안할 수밖에 없었다.

"명아……."

"전하께서는 모르시지요? 어린 시절 전하가 항시 윤이만 찾는 것에 저희 나머지 아우들이 윤을 얼마나 부러워했는지를요."

"그랬었느냐?"

"그저 옛말만은 아니옵니다. 아직도 이 아우, 형님 전하의 귀여움을 받고 싶은 생각이 굴뚝 같사옵니다만."

"예끼! 그런 놈이 이 형이 투정 좀 부리겠다는데, 그새를 못 참고 간다고 이 수선이더냐?"

"하하하핫. 너그러이 봐주시옵소서. 실은…… 궐 밖에 이놈을 기다리고 있는 아리따운 여인이 있는지라, 소인의 마음이 마냥 급하니 어쩌겠사옵니까?"

"오오냐, 알았다. 어서 가보거라. 언제 기회가 되면 우리 종형제들이 모두 모여 술잔이나 기울여보자구나."

"언제든 분부만 내려주시옵소서, 전하."

선뜻, 기분 좋은 답을 전한 후 정한군이 임금의 침전에서 물러났다. 그리 돌아가는 아우의 뒷모습에 학이 안쓰러운 시선을 보냈다.

현무군 윤이 종친이라는 신분이 주는 억압감을 벗어나고자 한량으로 산 것에 비해, 정한군 명은 혹시 임금에게 위협이 될지도 모를 자신을 낮추기 위해 부러 호색한으로 살고 있음은 진작부터 알고 있었다.

하지만 그 마음에 답할 수 없었다. 선한 형이 되어 마음 한 자락을 내어줄 수도 없었다. 정한군의 어머니인 부부인 민씨는 한다하는 권문세족(權門勢族) 일문의 여인이었다. 비록 여태껏 수상한 낌새 하나 보인 적 없지만, 만약 끝끝내 학에게 원자나 세자가 생기지 않는다면 정한군을 보위에 올리기 위해 그들은 무슨 짓이라도 할 수 있을 터였다.

정한군이 여태 호색한이라는 악명을 들으며 도성에서 멀리 떨어져 있었던 것도 바로 그런 자신의 존재에 대해 잘 알고 있기 때문이렷다.

"미안하구나."

너무나 강력한 뒷배를 가진 종친이기에 앞으로도 명은 학에게 있어 영원히 불가근불가원(不可近不可遠), 가까이할 수도 멀리할 수도 없다 할 존재일 것이었다.

제 5 장

**해월과 하월**

낮부터 시작된 장맛비는 밤이 되어도 그칠 줄을 몰랐다.

정한군이 주상 전하께서 친히 내어주신 우구(雨具, 비를 맞지 않게 몸을 가리는 물건)까지 갖추고 사인교에 올라타 궁방으로 향할 때, 도성에서 약 팔십 리 떨어진 곳의 주막에서는 성현이 초라한 손님방 문가에 앉아 거세게 내리는 밤 빗줄기를 구경하고 있었다.

흙바닥을 세차게 때리며 내리긋는 빗줄기는 안 좋은 기억을 떠올리게 하였다.

"정녕 그랬던 거냐? 진실로 그랬었던 것이냐?!"

어느 밤, 장대비를 온몸에 맞으며 마당에 서서 절규하던 형의 얼굴이 떠올랐다.

"내가 등신이었구나! 나만 등신이었구나! 하하하하하하!"

장대비 속에서 흡사 광인처럼 흙탕물을 튀겨가며 덩실덩실 어깨춤까지 추며 웃고 있던 형의 얼굴은 항상 고요히 웃기만 하던 평소의 모습과는 전혀 다른 모습이었다.

"형님……."

"같은 얼굴이 웃고, 같은 얼굴이 운다. 이 얼굴이 내 얼굴이고 이 얼굴이 네 얼굴이냐? 여인이 나를 품고 너를 낳았다. 여인이 너를 품고 나를 낳았다. 하늘이 땅이 되고 땅이 하늘이 되어 바다와 강물이 서로의 갈 곳을 잃고 미쳐 날뛴다……. 하하……하…….”

광인의 춤과 광인의 웃음을 멈춘 성현의 형이, 바다와 달의 고요함을 닮은 선비가 제 가슴을 내리쳤다. 연신 빗물을 튀기며 탁탁! 주먹으로 내리쳤다. 그리고도 답답함이 가시지 않는지 “으아아아악!” 짐승의 울부짖음을 내뱉은 후, 어둠 속으로 뛰어들어가 스스로의 모습을 감추어버렸다.


해월과 하월.

한날한시, 한 배에서 태어난 윤씨 형제인 이현과 성현은 세상의 많은 쌍생아 중에서도 유난히 서로를 많이 빼어닮은 형제였다. 하지만 한 번이라도 그들 형제를 본 사람들이라면 누구나 그들을 쉽게 구분할 수 있었다. 다정한 미소와 지혜로 반짝이는 눈빛, 고요한 말투를 지닌 점잖은 아이가 이현이라면, 늘 심통 난 얼굴로 반쯤은 화가 난 기색으로 사납게 눈을 번쩍이는 것이 성현이기 때문이었다. 성현은 뭐가 그리 불만인지 항시 사방에 싸움을 걸고 다니던 천방지축이었다. 심지어 이웃이라면 이웃이라 할 수 있는 궁방의 도령인 정한군에게도 늘 겁 없이 싸움을 걸곤 하던 아이였다. 제 손해 볼 일이라면 눈곱만큼도 하려 하지 않는 그놈의 성정이 늘 문젯거리였다.

“내가 감히 누군 줄 알고!”

“왜에, 종친의 피는 붉은색이 아니라 노란색이랍니까? 억울하면 덤벼

보시든가. 아니면 가서 부부인 마님께 이르시든가!"

정한군과는, 그가 종친임에도 어려워하거나 두려워하는 기색 하나 없이 동네 아이들에게 누가 떡값과 엿값을 낼 것인가와 같은 사소한 시비 끝에 서로 코피를 터뜨려가며 싸운 적도 여러 번 있었다. 저보다 지체 높은 귀하신 궁방의 도련님에게도 말 한마디 지지 않으려 바락바락 기를 쓰고 덤비는 불뚝 성질이었다. 궁방의 부부인 마님 앞에 끌려가 혼쭐이 날 때조차도 제 입으로는 먼저 잘못했다 소리 한마디 쉽게 내뱉지 않는 성질머리였다.

하지만 그런 성현조차도 항시 형인 이현에게는 꼼짝을 못하였다. 세상 사람들이 뭐라 하여도 눈 하나 꿈쩍 않는 성현이 이현의 다정한 한마디에는 늘 순하게 따르곤 하였다. 특히 형제가 열네 살이 되었을 무렵, 아버지 윤생원이 급환으로 돌아가신 후에는, 더욱 더 이현의 말이라면 꼼짝을 못하게 된 성현이었다.

"이현이 너는 이제 이 집안의 가장이다. 이제부터는 네가 이 집안을 이끌어가야만 한다. 네 어머니와 네 동생, 잘 부탁한다."

"네. 아버님. 제가…… 제가…… 어머니도 성현이도 잘 돌볼게요. 너무 걱정하지 마셔요."

윤생원은 숨을 거두기 전, 두 형제를 나란히 앉혀두고 뒷일을 부탁한다는 유언을 남겼다.

"성현이 너는 이젠 말썽 좀 그만 부리고. 형이 하는 말 잘 듣고. 이제는…… 형이 네 아비다. 형이 가장이다. ……알았지?"

갑작스러운 이별에 준비가 되지 않았던 성현은 주먹으로 눈물을 닦아가며 그러겠노라, 고개만 끄덕였다.

그렇게 아비를 보낸 형제는 서로를 끔찍이도 귀히 여기며 살았다.

특히 성현에게 형 이현은 누구보다 제 속을 잘 알아주는 이해자이자 자신과 가장 가까운 벗이었다. 이현이 땅을 하늘이라 했다면 성현은 기꺼이 그 땅을 머리에 이고 살려 할 정도였다.

물론 상대를 끔찍이 아끼는 마음은 형인 이현도 마찬가지였다.

한날한시, 겨우 일다경(一茶頃, 20분 미만) 상관으로 태어나 결정된 형과 아우의 관계였지만 이현은 성현을 한참 어린 막냇동생이나 되는 양 극진히 보살폈다. 먼저 성현의 마음을 보듬고, 성현을 위해 자신은 한 발자국 물러날 줄 알았다. 성현이 놀러 나간 뒤 비라도 내리면, 누가 시키지도 않았는데 우구를 들고 동구 밖까지 나가 성현을 기다리곤 했다.

몇 년 후 제법 머리가 굵어진 성현이 정한군과 함께 몰래 시정잡배들이나 하는 씨름 내기판에 끼었다가 들켜 궁방에 끌려갔을 때는 자신이 대신 죄를 받겠노라고 사흘 밤낮을 마당에 꿇어앉아 빌어, 부부인 마님을 감복시킨 적도 있었을 정도였다.

이현과 어머니가 상의하여, 돌아가신 아버님의 고향이기도 한 원주로 이사 가기로 한 것은 그 일이 일어난 직후였다. 성현에게는 "가깝게 왕래할 친척 어르신들이 많은 곳에서 사는 게 적적한 어머니의 마음을 달래드릴 수 있다. 나 또한 번잡한 도성보다는 그곳에서 공부를 하는 게 훨씬 더 나을 듯하다"며 핑계를 대었지만, 실은 도성에 있다가 성현이 또 어떤 나쁜 무리와 휩쓸리게 될지, 혹여 이웃의 정한군과 어울려 다니다 하마터면 감당할 수 없는 큰일에 말려들게 되지나 않을지 걱정한 때문이었다. 성현도 이현의 그런 걱정과 속내를 알았지만, 싫다는 표정 한 번 아니 짓지 않고 순히 그러자고 따랐다.

그렇게 원주로 내려온 지 얼마 아니 되어 이현이 이른 성례(成禮 혼인)를 올렸다. 둘 모두에게 특별한 인연이 있는 상대는 아니었다. 그저 집안과 집안끼리 아는, 이현과 성현의 동네에서도 그리 멀지 않은 곳에 사는 허생원의 딸이었다.

참하고 얌전한 규수였다.

명색이 양반이지, 그저 입에 풀칠만 하고 사는 가난한 집안의 칠 남매 중 만딸이었다. 혼인을 결정한 후, 그래도 좀 사는 형편이 나은 이현의 집에서 땅마지기 얼마를 나눠준 것에 눈물까지 글썽이며 감사하던 여인이었다.

혼인한 이후에는 홀시어머니를 극진히 봉양할 뿐 아니라 시동생인 성현까지도 살뜰히 살피던 기특한 여인이기도 했다. 부리는 하인도 겨우 서넛에 불과해 집안 안팎으로 할 일이 천지였지만, 힘들다는 내색 한 번 않던 어진 안주인이었다. 이현과 나란히 앉아 있으면 선한 서방과 참한 부인으로 그리 어울려 보일 수 없었다.

성현도 그런 형수님에게는 각별히 대했다.

태어날 때부터의 불뚝 성질이 형님 앞에서만 순해졌듯이 늘 퉁퉁거리던 말법도 형수 앞에서는 순해졌다. 제 어머니에게도 보여준 적 없는 웃는 낯으로 형수의 물음에 답했고, 때로는 집안일이 힘드시진 않은지 먼저 묻기도 하였다.

덕분에 동네 사람들은 그런 성현의 태도에 놀란 맘으로 수군거리곤 했다.

"제 친척 누이들은 물론 제 어머니에게도 순순히 말 한마디 건네는 적 없던 놈이 웬일인가? 지 형수한테는 아주 꿈쩍하지를 못하네?"

"세상에, 그 아이 웃는 낯을 보셨습니까? 어렸을 때부터 간간이 그 녀석을 보아왔지만, 그 녀석이 그리 기분 좋게 웃는 낯은 처음 보았지 뭡니까!"

"그리 웃는 얼굴을 보니 그제야 제 형과 똑 닮아 보이더라고. 밤에 보면 누가 하월이고, 누가 해월인지 구분도 어려울 것 같던데? 하하하핫."

촌수는 제법 멀다 하나 결국 따지고보면 이래저래 다 친인척으로 얽힌 이들이었다. 모두 태어나 자라면서부터 한 이웃으로 산 이들은 뒤늦게 합류한 먼 친척을 반겨 맞으면서도 속으로는 편치 않은 이질감을 느낀 듯했다. 그 이질감을 누군가는 노골적인 경계심으로, 누군가는 지나친 친밀감으로 승화시켰다.

그리고 그 경계심과 친밀감들이 집중된 쪽은 얼핏 보기엔 유하고 만만해 보이는 이현 쪽이었다. 갓 혼인한 새신랑이라는 것도 이현을 놀리기에 좋은 조건이었다. 동네의 친척 어른들은 작은 일에도 이현을 불러 젊은 가장이 해야 할 몸가짐이며, 빨리 자손을 보라며 이런저런 충고를 늘어놓는가 하면 동년배들은 저들 중에서 가장 먼저 장가를 간 이현을 상대로, 쌍둥이와 새신랑에 관한 온갖 음담패설을 전하며 짓궂게 놀려대곤 하였다.

전부 그저 농담들이었다. 그저 씨족 마을이라는 울타리 안에 새롭게 들어온 새내기를 길들이는 장난일지도 몰랐다. 하지만 이현이 그 농담과 장난들을 완전히 받아들이고 소화하기도 전에 다른 농담과 장난들이 덧붙여지면서 어느새 젊은 새신랑의 마음에는 보이지 않는 파도가 일렁이기 시작하였다.

혼인한 지 석 달이 안 되어 허씨 부인이 잉태를 하였을 때, 짓궂은 농담들은 도를 넘어서기 시작하였다.

"애가 나오면 자네 얼굴도 닮겠지만, 하월 얼굴도 쏙 닮겠는걸!"

"애가 지 아비 얼굴도 몰라보고, 나중에 하월더러 아버님이라 부르는 거 아닌가?"

"하하하하. 아이만 헷갈리면 다행이게. 부인 단속 잘 하시게. 괜히 부인마저 자네랑 하월을 헷갈리면 큰일이 나네, 큰일이 나!"

만약 성현이 들었다면 단박에 누구 하나 다리를 분질러뜨릴 정도로 더럽고 추잡한 농담들이었다. 하지만 이현은 그저 쓰게 웃어넘길 수밖에 없었다. 친척들과 척을 지게 되면 신세가 고달파지는 것은 자신들이었기 때문이었다. 씨족에게서 내쳐진 자신들이 갈 곳은 아무 데도 없을 것이었기 때문이었다.

하여 마냥 사람 좋게, 어리숙하게 웃어넘겼고, 그 바람에 사람들은 아무도 눈치채지 못했다. 가벼운 농담이, 허물없는 장난이, 베일 정도로 날카로운 파편이 되어 어린 사내의 가슴에 켜켜이 쌓이기 시작한 것을 아무도 알지 못하였다.

일이 안되려 그랬는지 허씨 부인은 팔삭둥이를 낳았다. 많은 집안일을 하느라 무리가 되었던지 산달보다 한 달 보름이나 일찍 몸을 푼 허씨 부인에게 어쩐지 이현은 다정한 위로를 해주지 않았다. 살림밑천이라는 첫딸인데도 한 번 안아보려 하지 않았다. 그즈음부터는 자신의 방에 처박혀 그저 글만 읽느라 바빴다.

그러다가도 동네의 친척 형님들이 부르면 마지못해 나섰다가 새벽녘이 되어서야 술이 거나하게 취해 돌아오곤 하였다.


"왜 그러시오? 요즘 통 형님답지 않아요. 무슨 일이 있습니까?"

성현이 웃음이 사라진 이현의 모습에 심상찮은 낌새를 알아차리고 그리 물어도, 이현은 별다른 내색을 하지 않았다.

"내가 건사해야 할 식구들이 늘었으니 한시바삐 출사(出仕, 벼슬을 해서 나아감)하고 싶은 생각뿐이다. 글공부에 여념이 없다보니 내가 좀 무심하였나보구나. 이해해다오."

이현이 그리 말했을 때, 성현은 그 말을 믿었다.

열네 살 때부터 한 집안의 가장이라는 큰 짐을 짊어지고 산 형님이었다. 저와 같은 나이였지만 자신이 지차(之次, 맏이가 아님)라는 자유를 듬뿍 누리고 살 때, 형님은 장남이라는 무게를 견디며 성난 망아지 같던 자신까지 다스려가며 살아왔다. 그런데다 이제는 아내와 자식까지 두었으니 그 부담감이 어느 정도일지 자신은 짐작할 수조차 없었다.

"알겠수. 이제부터 당분간 집안 대소사는 이 아우가 맡을 테니, 형님은 공부에만 전념하세요. 이리 든든한 아우를 두고 무어 그리 큰 걱정입니까?"

그때 이후 성현은 이현을 돕고자 하는 마음에 집안일에 두 팔을 걷어붙이고 나섰다. 그러다 보니 자연 어머님은 물론 형수인 허씨 부인과 의논할 일이 적지 않았다. 계집종의 혼인 상대를 찾는 일부터, 광에 있는 음식들 관리, 제사 규모, 친척들 경조사를 챙기는 일까지 집안 대소사를 성현과 허씨 부인이 의논해 결정하였다.

집안일만이 아니었다. 말을 배우기 시작한 어린 조카와 눈을 맞추며 놀아주는 것도 성현의 몫이었다.

"아부, 아부……."

아직 채 영글지 못한 아이의 눈에는 저녁 무렵에 저를 안아주는 제 아비와 낮 동안 저를 얼러주는 제 삼촌의 얼굴이 같다 보니 두 사람이 모두 제 아비로만 보였던 모양이었다. 낮에는 성현을, 밤에는 이현을 '아버님'이라 불렀다. 그것이 제 아비에게 얼마나 큰 상처가 되는지도 모른 채.

그렇게 시간이 흐르고, 제 부모가 혼인한 해에 태어난 조카가 걸음마를 할 때쯤, 원주의 강원 감영에서 생원과(生員科)가 치러졌다. 누구나 이현이 급제하는 것은 따 논 당상이라 하였다. 이현은 생원과는 물론 대과에도 철석 합격할 인재라 하였다.

하지만 운명의 고약한 장난 탓인지, 막상 급제의 영광을 안은 이는 과거를 대비하여 근 몇 개월 동안 방 안에서 두문불출하며 경서를 외운 이현이 아니라 그저 이현이 떨지 않기를 바라며 함께 과거시험에 임한 성현이었다.

"세상에…… 이게…… 다 웬일이냐? 네가 생원과에 붙다니. 이런 경사가……."

어머니가 감격에 겨워 저고리 고름으로 연신 눈물을 찍어내시는 곁에서 이현은 머쓱해 하면서도 진심 어린 축하의 인사를 전해주었더랬다.

"것 봐라. 너도 하면 되질 않느냐? 난 신경 쓰지 마. 너무 떨었던 게 원인인가보지. 그래도 우리 둘 중 하나라도 급제하였으니 다행이 아니냐? 지하에 계신 아버님께서도 얼마나 기뻐하시겠니. 잘 됐다. 정말, 참으로 잘 됐다."

성현은 제게 시샘하기는커녕 마음으로 기뻐해주는 이현의 넓은 아량에 다시 한번 탄복하며, 제 형님의 너그러움을 자신은 평생 따라가지 못할 것이라 생각했었다. 하여 형님의 손을 잡고 "다음번에는 형님 차례요. 다음번에는 떨지 마시우. 어쩌면 그리 새가슴이우. 언제 이놈이랑 같이 한밤중에 남의 묏자리들이라도 다녀옵시다. 담력을 키워야지 안 되겠수" 하며 한바탕 너스레까지 떨었던 것이었다.

하지만 시간이 갈수록 이현은 점점 더 눈에 띄게 흔들려갔다. 동네 친척 형님들과 어울려 술을 마시는 횟수는 점점 더 늘어났고, 허씨 부인과 딸 아이 채은이를 대하는 태도도 더더욱 서먹해져만 갔다.


그러던 어느 날. 성현 형제의 어머니가 자신의 이모인 황씨 부인의 칠순 잔치에 참석하기 위해-실은 과거에 급제한 성현을 자랑하기 위한 목적이 더 컸지만-홍천으로 떠난 지 이틀째 되는 날이었다.

아침 일찍부터 쏟아붓기 시작한 장대비는 밤이 늦도록 그칠 줄을 몰랐다. 비가 오니 마음이 심란하다며 이현이 바람을 쐬러 나간 지 얼마 안 돼 반가운 손님들이 성현을 찾아왔다. 성현의 급제 소식을 듣고 축하해주겠노라 찾아온 옛 동무들이었다.

갑작스레 찾아온 손님들임에도 형수인 허씨 부인은 귀찮다는 내색도 하지 않고 점심상부터 다과상, 저녁상, 술상까지 몇 번의 상차림을 거듭하였다. 동무들은 허씨 부인의 살뜰한 대접에 감탄하며, 성현도 이제 급제를 하였으니 형수처럼 현숙한 부인을 얻으라, 그리 입을 모아 덕담을 해주었다.

밤늦게, 술에 취한 동무들을 손님방에 갖다 눕힌 후, 성현이 손님상을 마련해준 것에 대한 인사를 하려 안채에 들렀던 성현은 저녁상을 들인 직후부터 허씨 부인이 앓아누웠다는 이야기를 들었다.

"형수님, 편찮으시다니요!"

급히 안채에 든 성현은 자리를 보전하고 누운 허씨 부인의 안부를 살폈다. 허씨 부인의 머리맡에선 계속 칭얼대는 채은이를 보모가 달래느라 힘을 빼고 있었다.

"하아…… 아무것도 아닙니다. 괜히 어멈이 소란을 피운 것뿐입니다."

간신히 몸을 일으켜 앉아, 하얗게 질린 얼굴로 입술을 달싹여 답을 하는 허씨 부인의 말과 달리 행랑어멈은 앞치마로 눈물을 찍어내며 우는소리를 하였다.

"괜찮으시긴요. 벌써 며칠 전부터 휘청휘청하시더니, 아까 저녁나절에는 기어이 혼절까지 하셔 놓고선요……."

"의원은? 의원은 아니 불렀느냐?"

"마님께서 의원은 아니 불러도 된다고. 손님들도 드셨는데 괜히 소란 피울 것 없다고, 어휴……."

"그런다고 그냥 있었단 말이냐? 어서 이 길로 의원을 불러오너라."

"이미 밤이 늦었는뎁쇼?"

"의원이 자고 있으면 두들겨 깨워서라도 데려와야 할 것이야!"

"예……."

성현의 불호령에 행랑어멈이 얼른 일어나 밖으로 뛰쳐나갔다.

"저는 정말 괜찮습니다. 몸살에 의원까지 부르다니요. 저희 형편에 그런……."

"형수님 얼굴이 지금 말이 아닙니다. 죄송합니다. 형수님이 이리 편찮으신지도 모르고, 괜한 손님을 맞아……."

"엄마아! 엄마아!"

채은이의 울음소리가 한층 더 커졌다.

멀쩡한 사람의 귀에도 조금은 소란스럽고 짜증스럽게 들릴 그 울음소리에 허씨 부인의 눈썹이 조금 찌푸려지는 것을 성현이 보았다. 성현은 보모에게 눈치를 주어 아이를 안고 방에서 나갈 것을 명했다.

'그러지 말 것을, 그래도 내버려 둘 것을…….'

성현은 그때의 선택을 이후에 수십 번, 수백 번, 수천 번도 더 후회하였다.

보모가 채은이를 안고 방에서 나간 후, 형수를 쉬게 하기 위해 저도 일어서려던 성현을 허씨 부인이 불러 세웠다.

"도련님."

"예, 형수님."

"……청이 있습니다."

"무엇이든 말씀해보시지요."

허씨 부인이 잠시 망설이더니, 각오를 다진 듯 숨을 크게 한 번 삼키고선 앉은 자리 그대로 성현을 향해 엎드려 머리를 조아렸다.

"형수님! 이러지 마십시오!"

허씨 부인의 갑작스러운 행동에 놀란 성현이 달려들어 허씨 부인의 어깨를 붙잡아 일으켜 세우려 하였지만 허씨 부인은 조아린 형태로 제 할 말을 꿋꿋이 다 내어놓았다.

"도련님께 참으로 미안한 청을 하려 합니다."

"형수님, 이러지 마십시오. 무엇이든, 제가 무엇이든 들어드리겠습니다."

"……집을 나가주지 않으시겠습니까?"

뜻밖의, 너무도 뜻밖의 청에 성현의 얼이 빠졌다.

"형……수님?"

"두 분 형제분의 우애는 익히 알고 있으나, 그 우애 때문에 그분이 괴로워하십니다. 도련님의 존재가 그분을 괴롭히고 있어요. 도련님, 그분의 고뇌를 멈추게 해주십시오. 그분의 근심을 멈추게 해주세요. 그러려면 도련님이 그분의 곁에 아니 계셔야 합니다."

"형수님……."

허씨 부인의 본의를 성현은 금세 알아차렸다. 하지만 동시에 믿고 싶지 않았다. 자신이 형님에게 없느니만 못한 존재라는 사실을 깨닫고 싶지 않았다.

"저는 그럴 수……"

성현이 자리를 떨치고 일어나려는데, 허씨 부인이 성현의 바짓가랑이를 붙잡고 또 한 번 애원을 하였다.

"송구합니다. 참으로 송구합니다. 하지만 이러지 않고서는 제가 살길이 없습니다. 도련님, 떠나주십시오. 제발 떠나주십시오. 제가…… 수태를 하였습니다. 이 배 속의 아이를 봐서라도 도련님이 떠나……"

덜컹!

그 순간, 방문이 활짝 열렸다. 그리고 비에 잔뜩 젖은 이현이 얼굴을 일그러뜨리고 두 사람을 보고 있었다. 마치 귀신을 본 것 같은 제 형의 표정을 보고서, 성현은 새삼 저와 형수의 모습을 보았다.

아차, 싶었다.

저와 형수의 지금 모습은 누구나 오해하기 쉬운 모습이기는 하였다. 이부자리의 여인이 사내의 바짓가랑이를 붙잡고 애원을 하고 있으니, 모르는 이가 보았다면 충분히 곡해하고도 남을 모습이기는 하였다.

"수태를 하였소? 부인?"

"서방님……."

"헌데 그 기쁜 소식을 어찌 나 아닌 다른 사내에게 먼저 고하는 것이오?"

비죽비죽 웃으며, 눈가를 벌겋게 물들이며, 비틀비틀 이현이 비에 젖은 차림 그대로 방 안으로 들어섰다. 그러던 중에 문지방에 발이 걸려 넘어지려던 것을 성현이 얼른 잡아 부축하였다.

"형님!"

"……아우야, 이 야심한 밤에 어찌하여 네, 나도 없는 이 방에 들어 있느냐?"

묻긴 하였지만 답을 들을 생각도 없이 이현이 성현의 멱살을 쥐었다.

"그런 것이냐? 역시 그런 것이냐? 세상 사람들이 수군대듯이 역시 내가 등신이었던 것이냐? 나는 내 것이 도적질당하는지도 모르고 그저 등신같이 웃고 있었던 것이냐?"

"서방……님, 아닙니다! 그런 것이 아닙니다. 제 말을 들어주세요!"

"이거 놔!"

비틀거리며 일어나 이현과 성현 사이에 끼어들어 말리려던 허씨 부인을 이현이 거세게 밀쳐버렸다. 그 바람에 벽으로 내팽개쳐진 허씨 부인이 바닥으로 쓰러졌다.

"형수님! 형님, 왜 이러십니까?!"

성현이 여전히 제 멱살을 쥐고 있는 이현의 손을 뿌리치며 얼른, 허씨 부인을 부축하려 들었다. 그 모습을 우는 듯, 웃는 듯 일그러진 얼굴로 보고 선 이현의 뒤에서 아이의 울음소리가 들려왔다.

"아아아 엄마! 엄마아아!!"

소란스러움에 돌아온 보모의 품에 안겨 있던 어린아이는 방바닥에 쓰러진 제 어머니의 모습을 보고서는 경기가 든 것처럼 온몸을 뒤틀며 울어재꼈다.

"아기씨, 아기씨! 괜찮아요, 아기씨!"

보모가 아이를 달래려 들었지만, 아이의 찢어질 듯한 울음소리는 그칠 줄을 몰랐다.

"채은이…… 이리 온?"

아이의 울음소리에 조금은 제정신이 든 것인지 손을 내민 이현을 두고, 채은이는 성현 쪽을 향해 두 팔을 뻗으며 연신 울기만 하였다.

"아부지! 아부지이이!"

"채은…… 아?"

멍하니 제 딸의 행동을 보고 섰던 이현이 이내 쿡쿡거리며 웃어대기 시작하였다.

"흐크크큭! 크크큭……. 그런가? 내 아비는 내가 아니라 저쪽이었던가?"

"서방님!"

"형님! 무슨 말씀이십니까?!"

"어, 어떻게 그런…… 그런 끔찍한…… 흐흑…… 으흐흑…… 너무하십니다. 너무하세요."

너무도 무도한 말에 허씨 부인의 통곡이 시작되었다.

요란한 빗소리와 여인의 통곡, 아이의 울음소리가 섞여들어가자 이현의 얼굴에는 점점 더 짜증이 어리기 시작하였다.

"닥쳐! 시끄러! 시끄러! 다들 입 닥쳐!"

광인처럼 눈을 희번덕거리며 소리치던 이현이 마당으로 뛰쳐나갔다. 그리곤 장대비를 온몸에 맞으며 제정신을 놓고 어깨춤을 추기 시작하였다.

"채은아, 울어라! 부인도 우시오! 성현아, 너도 울어라! 나는 웃으련다. 나만 웃으련다. 이 바보 같은 세상에 농락당한 나만 웃으련다. 하하 하하."

그리 웃던 이현이, 우는 채은이를 안아 달래며 방문가에 나선 성현 에게 물었다.

"정녕 그랬던 거냐? 진실로 그랬었던 것이냐?!"

장대비를 온몸에 맞으며 이현은 절규하였다.

"내가 등신이었구나! 나만 등신이었구나!! 하하하하하하!!!"

장대비 속에서 흡사 광인처럼 흙탕물을 튀겨가며 덩실덩실 어깨춤 까지 추며 웃고 울다 소리치는 그 모습은 기괴하기 짝이 없었다.

"형님……! 제발요! 제발 그만하세요! 정신 좀 차리시라고요!"

"같은 얼굴이 웃고, 같은 얼굴이 운다. 이 얼굴이 내 얼굴이고 이 얼 굴이 네 얼굴이냐? 여인이 나를 품고 너를 낳았다. 여인이 너를 품고 나를 낳았다. 하늘이 땅이 되고 땅이 하늘이 되어 바다와 강물이 서로 의 갈 곳을 잃고 미쳐 날뛴다…… 하하……하……."

광인의 춤과 광인의 웃음을 멈춘 성현의 형이, 바다와 달의 고요함 을 닮은 선비가 제 가슴을 내리쳤다. 연신 빗물을 튀기며 탁탁! 주먹으 로 내리쳤다. 그러고도 답답함이 가시지 않는지 "으아아아악!" 짐승의 울부짖음을 내뱉은 후, 어둠 속으로 뛰어들어가 스스로의 모습을 감 추어버렸다.

다음 날도 그 다음 날도 돌아오지 않았던 이현은 며칠 후, 빗물로 인 해 잔뜩 불어난 강물 위에 시신으로 둥둥 떠올랐다. 그리고 너무도 허 망한 형의 죽음에 슬퍼할 겨를도 없이, 이현에게 빚을 주었다는 인근의 빚쟁이들이 열이나 들이닥쳤다. 자주 어울리던 동네 친척 형이 꼬드겨 참가한 투전판에서 이현이 집을 팔아도 갚을 수 없을 정도로 큰 빚을 졌다는 사실을 알게 된 것은 그때였다.

성현은 그들에게 자신이 그 빚을 다 갚겠다는 굳은 약조를 하고, 이현이 노름을 하였다는 사실은 어머니에게도, 허씨 부인에게도, 세상에도 절대 발설하지 말 것을 맹세시켰다. 타고난 선비, 앉은 자리에서 난과 죽이 자라는 선비다운 선비로 살다 간, 선한 형의 모습을 지켜주고 싶었기 때문이었다.

안타깝게도 불운과 불행은 거기서 그치지 않았다. 그로부터 예닐곱 달 후, 남편을 잃고 내내 앓아누웠던 허씨 부인은 간신히 남은 힘을 다하여 유복자를 낳고선 세상을 떴다. 그로부터 채 여섯 달이 아니 되어서는 장남 부부의 죽음 뒤에 계속 시름시름 앓던 성현의 어머니마저 세상을 떠났다. 인자한 어머니와 다정한 형님 부부와 어여쁜 조카와 함께 살던 오붓한 행복은 끝이 났다.

남은 이는 성현과 어린 조카 둘뿐이었다. 아직도 저를 아버님이라 부르는 채은이와 갓 돌이 지난 채욱이, 그리고 다시는 세상 누구에게도 다정히 굴지 않겠노라 맹세하는 미운 사내 하나만이 남았다.


'애당초 모든 것이 내 잘못이었다. 도성을 떠나지 않았더라면, 형수님을 다정히 대하지 않았다면, 과거에 급제 따위 하지 않았더라면 너희는 지금쯤 부모의 무릎 위에서 잔뜩 재롱을 떨었을 것이야.'

장대비가 쏟아지는 마당을 내다보던 성현이 퉤, 마당을 향해 속에서 치밀어 오른 신물을 뱉었다.

'빨리, 빨리 일을 마무리 지어야만 한다. 더는 마냥 기다리게 둘 수만은 없어. 아이들도 그리고 그분도.'

제

6

장

길동무

진영이 마침내 떠날 채비를 마치고—그래 봐야 가지고 다니던 자기 옷가지 몇 벌 챙기는 것뿐이었지만—깨끗이 손질된 제 쓰개치마를 뒤집어쓰고 대문을 나섰다. 하지만 대문간을 넘자마자, 진영은 멈춰 서고 말았다. 진영의 눈앞에 생각지도 못한 광경이 펼쳐져 있었던 것이다. 궁방의 대문 앞에는 진영을 태우고 갈 가마와 교자꾼들만이 아니라, 화려한 안장이 놓인 말이 세워져 있었고, 그 곁에는 푸른 비단 도포를 떨쳐입은 정한군과 그를 배웅하는 궁방의 하인들까지 나와 있었다.

　"부부인 마님이 매우 섭섭해 하실 것입니다요."

　"며칠 후면 돌아오실 터인데, 얼굴을 뵙고 가시지요."

　"금세 다시 온대도? 어머님께도 그리 전해 드리거라. 이번에는 그리 오래지 않아 돌아올 것이라고."

　웃는 낯으로 하인들의 인사를 받던 정한군이 막 대문을 나선 진영을 반갑게 맞았다.

　"갈 채비는 다 하였소? 그럼, 어서 가마에 오르시오. 발 빠른 자들로 준비하였으니 부지런만 떨면 사나흘이면 넉넉히 홍천까지 가 닿을 것이오."

정한군은 친히 가마의 문을 들어올려주기까지 하였다.

"군마마께서도 어딜 가시려는 참이시옵니까?"

혹시나 싶은 생각에 진영이 물었다.

"벗이 나를 믿고 낭자를 맡겼으니, 내 낭자를 목적지까지 무사히 데려다주어야 하지 않겠소?"

"그러실 것 없습니다. 가마를 내어주신 것만으로도 충분합니다."

"시절이 하 수상하니, 어찌 낭자를 아랫것들에게만 맡길 수 있겠소. 마침 홍천에는 나도 알아보고 싶은 일이 있어 가려 한 참이니, 그리 부담스러워할 것 없소."

"그래도……."

뜻하지 않은 상황에 망설이던 진영은, 재촉하는 듯 한쪽 눈썹을 추켜 올려 가마를 향해 고개를 까닥이는 정한군을 보고는 하는 수 없이 가마 안으로 들어가 앉았다.

"교자꾼들의 걸음이 제법 빠르오. 가마가 많이 흔들릴 수도 있소. 괜찮겠소?"

가마 안에 제대로 자리를 잡고 앉은 진영을 들여다보며 정한군이 물었다. 사대부 여인들이 늘상 가마를 탄다고는 하나, 교자꾼들의 걸음이 빠를 때에는 흔들리는 가마 안에서 울렁증을 느끼거나 심지어 토하는 경우도 있어 염려한 것이었다.

"괜찮습니다. 가마를 타고 울렁증을 느껴본 적은 아직 한 번도 없습니다."

"그럼 되었소."

정한군이 다정한 미소를 보이며, 가마문을 내리려다 문득 무슨 생각인지 다시 문을 올리고선 진영에게 물었다.

"그런데 말이오, 낭자가 내 집에서 묵은 지 여러 날이 되었거늘, 내 아직 낭자의 이름자도 알지 못하니, 이 얼마나 한심한 노릇이란 말이오. 이젠 함께 길을 떠나는 동무가 되었으니, 이름을 알려주지 않겠소?"

"……진영이라 하옵니다."

"진영? 하면, 성은 어찌 되오? 하월과 같은 윤가이시오?"

"……아닙니다. 본관이 해주인 오가이옵니다."

"오, 진, 영……."

문득, 진영의 이름을 들은 정한군의 눈빛에서 웃음기가 사라졌다.

"어찌 그러십니까?"

"아니, 아무것도 아니오. 혹여 불편한 것 있으면 언제든 말을 하시오."

정말 별일 아닌 듯, 흔연한 낯빛으로 돌아간 정한군은 문을 열 때처럼 또다시 친히 가마 문을 내려주었다. 그리고선 가마 곁에 대기 중인 자신의 말에 올라탔다.

"가자!"

정한군의 명이 떨어졌다. 그와 동시에 교자꾼들이 합을 맞춰 조심스레 가마를 들어 올렸다.

궁방의 하인들은 일제히 허리를 숙이며 인사를 전했다. 그런 그들에게 손을 흔들어주며, 정한군이 제 말의 허리를 가볍게 찼다. 비단 안장을 얹은 말녀석이 푸르르 한번 침을 튀기며 인상을 쓰더니 이내 조금은 빠르다 싶은 속도로 앞으로 걸어 나갔다. 그 뒤를 따라 진영이 든 가마를 맨 교자꾼들이 저들의 걸음도 빨리하였다.

'홍천에 있는 바로 그 오씨 집안의 진영 낭자란 말이지.'

말의 흔들거림에 온전히 몸을 맡기며 정한군은 방금 전 들은 진영의 이름을 곱씹어보았다.

오진영.

정한군은 이미 그 이름을 알고 있었다.

얼마 전, 의금부에서 홍천 친족살해범 부부에게서 공초(供招, 죄인이 범죄 사실을 진술하는 일)를 받을 때, 정한군도 함께 있었기에 알게 된 사실이었다. 죽은 낭자가 주상 전하의 계비 간택 후보 중 한 명으로 은밀히 거론되던 터였기에 사건은 단순한 살인사건으로 치부될 수 없었다. 하여 주상 전하는 형식적인 공초 외에 정한군이 직접 눈으로 보고 들은 것을 전해 달라 하시며 특별히 금부의 심문에 참여하라 명하셨다.

공범인 죄인들의 태도는 사뭇 달랐다. 남편 되는 자는 아픈 형의 재산을 탐내, 조카딸을 죽이고자 공모한 사실을 한사코 부인(否認)하고 나섰고, 아내 되는 자는 단박에 기꺼이 시인(是認)하고 자복했었다. 너무도 순순히 자복하는지라, 금부의 도사가 어찌하여 죄를 순순히 자복한 것이냐 묻자, 그 아내 되는 이는 자신의 딸 때문이라 했었다.

"본시 제 딸아이 진영이와 죽은 민영이는 비록 사촌지간이라고는 하나 동복(同腹, 한 어머니에게서 남)자매보다 더 돈독한 우애를 자랑하던 사이였습니다. 하여, 저와 남편이 공모하여 민영이를 죽인 일로 가장 많이 고통받고 가장 크게 충격받은 건 바로 진영이 그 아이였지요."

제 딸아이의 일을 고하는 여인의 눈에서는 쉴 새 없이 뜨거운 눈물이 흘러넘치고 있었다.

"제가 죄를 자복하기로 한 것은 모두 그 아이를 위해서입니다. 여기서 더 죄를 숨기려 하면, 끝까지 죄를 숨기려 하면, 제 딸아이는, 진영이 그 아이는 스스로 죽고자 할 것이 분명하기 때문이지요. 그러니 저는 아무것도 숨길 수 없습니다. 네, 처음 그 집에 들어갈 때부터 언젠가 때가 되면 민영이를 죽이고자 남편과 공모한 사실이 있사옵니다. 그 외에도 궁금한 것이 있으시오면 뭐든 물어보십시오. 한 치도 다름없는 사실 그대로만을 고할 것이옵니다."

여인과 그 남편이 친족살해라는 극악무도한 패륜 죄를 저지르고서도 죽음을 면할 수 있었던 것은 이렇다 할 증좌가 없는 가운데에서 그리 순순히 죄를 자복한 여인과 제 어미로 하여금 죄를 자복하게끔 한 낭자를 주상 전하께서 기특히 여기시었기 때문이었다.

'그럼 그때 의금부 앞에 있었던 이유도 금부에 잡힌 부모를 만나러 왔기 때문이었던가?'

정한군은 제 뒤에 따라오는 가마를 돌아다보았다.

처음에는 그저 퉁명스러운 벗의 먼 친척 누이라기에 별다른 관심을 두지 않았었다. 하지만 달밤의 우연한 만남, 뜻하지 않은 여인의 고혹적인 모습에 시선을 빼앗겼고, 동이의 장난이 이어준 인연에 흥미가 일었었다. 그 우연이, 그 인연이 재미있는 데다 여인의 묘한 아름다움에 마음을 빼앗겨 호기심과 진심을 섞어 다가가고자 한 여인이었다.

헌데 그 여인이 바로 죄인의 여식이라니, 바로 그 진영이라는 여인이라니, 비록 주상 전하의 은덕으로 죄는 그 부부에게만 묻기로 하였다고는 하나, 인의(人義, 사람으로서 마땅히 행해야 할 도리)를 저버린 친족살해범의 여식이라니…….

'잘된 일이다. 참으로 잘된 일이 아닌가!'

내내 굳어 있던 정한군의 얼굴에 만족스러운 웃음이 피어났다.

머리가 굵어지면서부터 줄곧 외가 못지않은 권문세족(權門勢族)의 여식과 혼인을 하라 강요당해온 정한군이었다. 그런 자신이 만약 진영을 아내로 맞아들이겠다고 한다면 어머니와 외가의 어른들은 어떤 표정들을 보여줄까? '언젠가'를 대비해 든든한 힘이 되어줄 집안과 사돈을 맺어야 한다며 수백 수천 번을 강조하시던 어머니는, 알량한 가문의 위세로 하늘 높은 줄 모르고 고개를 빳빳이 치켜들고 다니는 외가 어른들은 어떤 반응들을 보여줄까? 궁금하기 짝이 없어진 정한군이었다.

"아직도 아니 간 것이냐?"

황씨 부인은 제 앞에 떡하니 버티고 앉아 생고집을 부리는 조카 손자 성현에게 짜증을 내었다. 되도 않는 청을 하며 이틀째 자신을 압박

해오는 이 유들유들한 녀석이 미워 견딜 수가 없었다.

"확답을 듣지 않고는 아니 간다고 말씀드리지 않았습니까?"

"글쎄 그리 고집 피운다고 될 일이 아니라니까? 나 홀로 결단할 수 있는 일이 아니야. 문중의 다른 이들과도 의논해보아야 하겠지만, 그들 중에 누가 너와 그 아이의 혼인을 기꺼워하겠니? 괜히 내가 재산 욕심에 너를 들이민 거라고 오해나 사기 십상이야."

"그럼 진작 돈 좀 내어놓지 그러셨습니까? 아무리 중죄를 지었다고 하나 그이의 아버님께 다들 만만치 않은 신세를 지셨을 텐데, 그깟 옥바라지 비용이 얼마나 한다고 어쩜 한결같이 다들 모른 척하셨습니까? 오죽하면 장. 인. 어. 른께서 저 같은 놈의 청혼을 허하셨을까요? 결국, 제가 끼어들 틈을 만든 건 할머님과 이 댁 문중 어르신들이란 말입니다."

황씨 부인의 속을 뒤집을 양인지 성현은 부러 '장인어른'이라는 소리에 힘을 주어 따박따박 말했다.

"끄응!"

황씨 부인이 앓는 소리를 내었다.

성현의 말에 그름이 없었다. 진영아비의 간절한 청을 무시하여 성현이 끼어들 틈을 준 건 자신을 비롯한 문중 사람들의 탓이 컸다. 특히 진영아비가 이미 혼인을 허하였다고 하는데, 문중에서 그 혼인을 말리고 나설 뚜렷한 명분이 없었다.

그렇다고 진영과의 혼인을 허락하자니 문중의 기둥이 뽑힐 판이었다. 성현의 성정과 작금의 사정을 모두 알고 있는 터, 만약 성현이 진영과 혼인한 후 직접 오대감의 병구완을 하겠다고, 그리하여 오대감 재산을 관리하겠다고 나서면 집안 내에 큰 다툼이 일 것이 분명했다.

아니 다툼이 이는 것이 문제가 아니었다. 그 다툼이 세상에 알려지는 것이 더 큰 문제였다. 안 그래도 민영이 그리 죽음으로써 오씨 문중에 대한 사람들의 시선이 곱지 않은데, 거기다 재산다툼이라도 일어나게 된다면 망신도 그런 망신이 없을 터였다.

'공연히 절에 가 있는 아이를 끌어들여서는, 쯧쯧쯧. 이 일을 어쩐다? 차라리 문중 재산을 탐내지 않을 마땅한 혼처라도 나섰으면 좋으련만.'

제 앞에서 넉살 좋게 하품을 쩍쩍 해대며 머리를 긁적이는 성현을 보며, 이 부담스러운 친정붙이에게서 벗어날 방법이 없는지 고심하는 황씨 부인이었다.

진영과 정한군이 홍천 동창마을에 당도한 것은 도성을 떠난 지 닷새째 되는 날의 오후가 다 되어서였다. 출발할 때 정한군이 약속한 날보다 하루 더 늦은 것은 교자꾼들의 걸음이 느려서도, 그들이 꾀를 피워서도 아니었다. 정한군이 먼 길에 진영이 지칠 것을 염려하여 두어 시간마다 잠시 숨을 돌릴 수 있는 짬을 마련해주고, 또 풍광 좋은 곳에서는 땀을 식힐 겸 눈 보신 좀 하자고 가마 밖으로 진영을 꾀어내주었기 때문이었다. 거기다 저녁 무렵에는 일찌감치 여각에 들어 진영이 충분히 쉴 수 있게 해주기도 하였다.

처음엔 그런 정한군의 배려가 못내 불편하였던 진영이었다. 죄인의 몸이 되어 유배를 떠난 제 부모에 비해 자신이 너무 호사스러운 여행을 하고 있다는 점이 마음의 부담이 된 탓이었다. 제 부모는 행중에 제대로 쉴 수도 없을 터인데, 포박되어 끌려가는 길이니 죽을 만큼 힘들 터인데 자신은 이리 편히 길을 가고 있다는 점이 내내 마음에 쓰였다.


"많이 고단하오? 안색이 좋지 않구려."

약수 좋기로 소문이 난 계곡에 다다랐을 무렵, 정한군이 목이나 축이고 가자며 청해왔다. 괜찮다고 몇 번이나 사양하였으나 거듭된 청을 못 들은 척할 수 없어, 진영은 결국 무거운 마음으로 가마 밖으로 나설 수밖에 없었다.

"거기 그 돌부리를 조심하오."

"이쪽 돌은 이끼가 많이 끼여 미끄러운 듯하니, 저쪽으로 갑시다."

가마 밖으로 나오면서 다시 뒤집어쓴 쓰개치마 때문에 발밑이 잘 보이지 않는 진영을 위해서 정한군은 대신 발밑을 살펴주며, 계곡물 건너편에 있는 약수터를 가리켜 보였다.

"저기 약수가 꽤 맛이 있다 하더이다. 함께 가지 않겠소?"

진영들이 있는 쪽에서 약수터로 가려면 계곡물 위에 드문드문 놓여 있는 커다란 돌과 바위들을 밟고 건너가야만 했다. 정한군은 그 징검다리 앞에 서서 진영에게 들고 있던 합죽선을 방향을 거꾸로 하여 내밀었다.

"돌이 미끄러우니, 부채를 잡으시오. 내 이끌어드리리다."

"아니에요. 괜찮습니다."

진영이 쓰개치마를 더욱 죄며 정한군의 제의를 사양하였다. 그러자 정한군이 은근한 어조로 협박과도 비슷한 말을 늘어놓았다.

"어허, 그리 사양할 때가 아니라니까요? 괜히 여기 계곡물에 빠지거나 발을 적시면 어찌 되는지 아오?"

"……어찌 되는데요?"

"큰일이 난다오."

정한군이 괜히 아무도 없는 주위를 두리번거리는 척하며 더욱 은밀한 어조로 속삭였다.

"실은 이곳이 바로 미안(美顔) 계곡이라고 하오."

"미안계곡이오?"

"그렇다오. 이곳 계곡물에 무슨 신험(神驗, 신비한 영험)이 깃들었는지 몰라도, 이곳 물로 몸을 적시면, 마치 선녀처럼 아름다워질 뿐 아니라 이십 년은 더 오래 젊음을 유지한다 하오, 또 이곳의 약수를 마시면 그 전보다 두어 곱절은 더욱 아름다워진다고도 하오. 그 사실을 외지인들이 알게 되면 이 계곡을 더럽히고 욕심 낼까 저어하여 이곳 사람들은 그 소문이 새어 나가지 않게 쉬쉬하고 있다고 하오."

"헌데 큰일이라면?"

고뿔에 걸리는 일 말고 다른 무슨 큰일이 난다는 건지 알 수 없어 진영이 고개를 갸웃거렸다.

"아직도 모르겠소?"

정한군이 진영 쪽을 향해 바싹 고개를 들이밀었다. 그리곤 평소보다 한층 더 동그랗게 뜬 진영의 눈동자를 빤히 바라보며 천연덕스럽게 말을 이었다.

"낭자가 괜히 계곡물에 빠지기라도 해보오. 안 그래도 고운 얼굴이 지금보다 두어 곱절이나 더 아름답게 되면…… 그야말로 경국지색(傾國之色)이 될 터이니, 나라가 위태로워지지 않겠소? 그렇게 되면 이보다 큰 일이 또 어디 있겠소?"

"……"

너무도 뻔뻔한 칭찬에 어이가 없어 말을 잃은 진영을 뒤로하고, 정한군이 합죽선을 든 손을 뒤로 길게 뺀 채 성큼성큼 징검다리를 건너기 시작하였다. 뒤에서도 씰룩거리는 정한군의 볼이 보이는 것으로 봐서는 웃음을 참는 기색이 분명하였다.

"풋……"

진영은 저도 모르게 실소를 터뜨렸다. 그 웃음소리가 들린 것인지 정한군이 뒤돌아보았다.

"정말 그리 될까봐 겁이 나 못 건너는 건 아니오? 걱정 마오. 내가 든든히 잡아줄 터이니."

정한군은 웃음기 가득한 얼굴로 방금 제가 밟아 건너간 징검다리를 다시 건너 진영 쪽으로 다가오기 시작하였다.

"제법 미끄럽기는 하나, 이 합죽선만 단단히 잡으면 빠질 걱정은…… 어……어……어!"

성큼성큼 징검다리를 밟아 건너던 정한군의 발이 돌이끼에 미끄러졌다. 그 바람에 활개를 치며 휘청휘청하던 정한군은 어느새 풍덩! 하는 소리와 함께 거센 물보라를 일으키며 계곡물 안으로 빠지고 말았다.

"어푸, 어푸, 어푸푸!"

첨벙, 첨벙……

계곡물 속에서 엉덩방아를 찧고 하류 쪽으로 조금 더 미끄러져 내려간 정한군은 몇 번 요란스레 물을 튕기며 손을 흔들다가 한참 만에야 비로소 균형을 잡고 엉거주춤 일어서려 하였다. 징검다리가 있는 쪽은 겨우 무릎 정도 깊이의 물이었지만, 어느새 정한군이 떠밀려 내려온 곳은 정한군 허리 정도의 물 깊이인지라 일어서는 게 그리 쉽지만은 않았는지, 그러고도 몇 번은 더 물속으로 가라앉았다 섰다를 반복하였다.

"흐훗……"

처음엔 걱정스레 바라보던 진영의 입에서 또다시 슬금슬금 웃음이 새어 나왔다. 웃으면 안 된다, 그리 입술을 깨물어도 보았지만 웃음은 쉬이 참아지지 않았다.

"푸흐흐흐…… 흐흐흐흐흑."

마침내 진영은 두 손으로 입을 막아가며 기어이 폭소를 터뜨리고야 말았다. 진영이로 하여금 웃음을 참을 수 없게 만든 건, 물에 빠진 정한군의 몰골이었다.

진영에게 잘 보이기 위해 부러 평소보다 한층 더 고급한 것으로 골라 입은 비단 도포자락은 원래는 단정히 내려져 있어야 할 아랫자락 부분이 물 위에 펼쳐져 둥둥 떠올라 있었고, 양태가 반쯤 휘어진 갓은 삐뚤어진 채 정한군의 얼굴 위에 뚝뚝 물을 흘려내리고 있었다.

좀 전의 지나치게 멋스러운 모습과 대비되어 더욱 우스꽝스러운 그 모습에 진영은 웃음을 참을 수가 없었다. 그 때문에 결국, 쓰개치마 앞자락을 닫아 완전히 제 얼굴을 가리고선 혼자서 쿡쿡대며 웃었다. 하지만 그것도 잠시였다.

"앗, 차거!"

진영에게 차가운 계곡물이 튀었다.

제게 퍼부어진 물세례에 진영은 쓰개치마를 내리고 여전히 물속에서 위태위태하게 선 채 방금 자신을 향해 계곡물을 튀긴 정한군을 노려보았다.

"일부러 물을 뿌리신 거지요?"

"사람이 곤경에 처했거늘, 구해줄 생각은 안 하고 그리 비웃고만 있으니, 참으로 양심도 없소."

여전히 계곡물 안에 서 있는 정한군이 또다시 손으로 계곡물을 퍼 진영을 향해 날렸다.

"꺅! 하지 마시어요. 군마마를 도와줄 이들이라면 저기……."

진영이 자신들의 뒤에 있을 교자꾼들을 돌아보았다. 하지만 방금 전 정한군이 무어라 눈치라도 준 건지, 교자꾼들은 허리를 구부린다, 다리를 굽힌다 편다 하며 부러 딴청을 피우고 있었다.

"이보게들!"

진영이 부르는데도 교자꾼들은 "어이쿠, 다리야. 아직 갈 길이 멀었는데 왜 이리 삭신이 쑤신다냐?" "자네도 그런가? 나도 그러네. 이래서 내일까지 어찌 먼 길을 갈지 모르겠네!" 하며 자기들끼리 수다를 떨기에 여념이 없었다.

"어쩐지 주인을 닮은 이들이 아닙니까?"

진영이 짐짓 밉지 않게 노려보자, 정한군이 껄껄 소리 내어 웃음을 터뜨리며 첨벙첨벙 소리와 함께 물속을 걸어와 온몸에서 뚝뚝 물을 흘려가며 징검다리 위에 올라섰다. 그리곤 다시 진영에게 합죽선-물에 빠지는 바람에 살이 반이나 부러진-을 내밀었다.

"이제 물에 빠지면 어떤 꼴이 되는지 보았으니, 이 부채를 거절하진 않겠구려."

다정한 눈웃음과 함께 내민 그 부채를, 젖은 소맷자락에서 여전히 뚝뚝 물이 흐르는 그 손에 쥐어진 부채를, 마침내 진영이 잡았다.

"홋, 미안계곡에 빠지셨으니 군마마께서는 앞으로 선녀처럼 아름다워지시겠습니다. 감축드리옵니다."

정한군의 부채에 의지해 징검다리를 건너며 진영이 정한군을 놀렸다.

"왜, 부러우시오? 그래도 그리 부러워하지 마오. 내가 물을 끼얹어준 덕분에 낭자 역시도 조금은 더 아름다워지지 않겠소?"

"후훗훗, 그 은혜 평생 잊지 않겠습니다."

"당연하신 말씀을. 앞으로 절대 잊지 마시오. 낭자에게 베푼 나의 은덕을……."

두런두런 이야기를 나누며 약수터로 향하는 제 주인과 손님의 뒷모습을 보며, 교자꾼들이 저마다 흐뭇한 웃음을 지었다.

"두 분이 제법 어울리시지 않아?"

"그러게 말이야. 자네도 봤나? 군마마가 아가씨를 보는 눈길을! 아주 그 눈빛에 연정이 그득그득 하시더만."

"잘됐네, 잘됐어. 이번 참에 군마마가 아가씨와 혼인이라도 하시면 부부인 마님도 크게 기뻐하시지 않겠나?"

"아무렴. 부부인 마님을 위해서라도 이번에는 군마마가 마음을 잡으셔야 할 터인데 말이야."

교자꾼들은 어느새 약수터에 다다른 주인의 모습을 보며 한마음 한뜻으로 제 주인의 연정이 저 고운 아가씨의 마음에 가 닿기를 소망하였다.


"에에엣취!"

약수를 나눠 마신 후, 옷도 말릴 겸 계곡의 풍광을 즐기려 커다란 바위 위에 올라 햇볕 아래 드러누운 정한군은 말벗을 해달라며 진영을 제 곁에 앉혔다. 뒤늦게 하인들이 약수터로 갈아입을 옷을 가져왔지만 햇볕이 좋으니 금세 마를 것이라며 정한군은 굳이 마다하였다. 하여 바위에 자리를 잡고 앉은 정한군에게서 조금 떨어진 곳에 진영도 앉았다. 정한군을 보고 웃은 것이 조금은 미안했던 까닭이었다. 물론 내외를 위해 쓰개치마를 쓰는 것은 소홀히 하지 않았다.

"에취!"

"허언을 하신 벌을 받으시나봅니다."

젖은 옷과 몸을 말리면서도 재채기를 하는 것은 물론 오한이 드는지 몸까지 부들부들 떠는 정한군의 모습을 곁눈으로 보며 진영이 말했다.

"허언이라니?"

"아름다워지는 계곡물이라는 말씀 말이어요. 전부 거짓말이시지요?"

진영이 세우고 앉은 제 무릎 위에 고개를 기대고선, 눈 아래 펼쳐진 계곡의 풍광을 주시하였다. 오랜만에 보는 익숙한 풍광이었다.

"미안계곡의 미안이라는 이름은 흔히 아름다운 얼굴이라는 뜻으로 알고 있는 이들이 많지만, 본뜻은 그것이 아니지요. 유난히 크고 작은 바위가 많아 길이 편하지 않다는 뜻의 미안(未安)계곡이 본래의 이름인 것을요."

"그걸 어찌…… 알았소?"

"여기 계곡물이 좋다 하여 몇 년 전 유두날(음력 6월 15일), ……사촌과 함께 이 근방에서 물맞이(유두날 약수나 폭포 밑에서 물을 맞는 풍습)를 한 적이 있거든요."

민영과 함께 더위를 씻고자 나온 피접 길이었다.

그때 민영도 누군가에게서 잘못 듣고, 이곳이 미안계곡이니 이곳에서 물맞이를 하면 아름다워지지 않겠냐며 굳이 마다하는 진영을 데리고 왔었다. 그러다 동네 여인들에게 진짜 이름의 뜻을 듣고는 괜한 걸음을 하였다고 툴툴대며 입술을 삐죽이던 민영의 모습은 바로 어제의 일인 양 눈에 선했다.

"민영이라는 낭자와 말이오?"

흠칫, 진영이 놀랐다. 설마 정한군의 입에서 민영이라는 이름이 나올 줄은 몰랐기 때문이었다. 그리고 비로소 자신이 처음 제 이름을 대었을 때 정한군의 표정이 바뀌었던 이유를 알았다.

"……저희의 일을 알고 계셨군요."

"어떤 일 말이오?"

여전히 누운 채, 쓰개치마에 반쯤 가려진 진영의 옆얼굴을 올려다보며, 정한군이 다시 물었다.

"……민영인…… 어여쁜 아이였습니다. 싫고 좋음이 분명한 아이였지요. 숨긴 얼굴도 뒷감정도 없이 제 감정에 따라 쉽게 웃고, 쉽게 울고, 쉽게 화내고, 쉽게 누그러지는 그런 아이였습니다. 기름을 곱게 먹인 새 각시의 머리채처럼 항시 그리 반짝반짝 빛나던 고운 아이였답니다. 누구라도 민영이의 속내를 알면 아끼지 않고는 못 배길, 그런 아이였지요."

"당신은?"

정한군이 몸을 옆으로 돌려, 팔로 비스듬히 고개를 받치고선 진영을 바라보았다.

"낭자는 어떤 이였소? 어릴 때도 지금처럼 천생 여인인 듯 그리 얌전하였소? 혹시 지금과는 정반대로 사내 같은 아이는 아니었소? 말썽을 부린 적은 없소? 부모님의 속을 끓인 적은 없소? 어릴 땐 무엇을 하며 놀았소? 자라서는? 무엇을 가장 좋아하였소?"

"……왜 그리 소상하게 물으시는 것입니까?"

"당신이 좋으니까."

망설임도 없이 단박에 제 마음을 고백한 정한군이 벌떡 일어나 앉았다.

"하! 이렇게 무딜 수가……."

정한군이 쓰개치마 속 군은 진영의 얼굴을 들여다보며 말을 이었다.

"내가 왜 일부러 홍천까지 따라가겠다고 길을 나섰겠소. 왜, 공연히 가마 속의 낭자를 끌어내어 거짓말까지 하며 계곡을 보여주려 하였겠소. 왜, 낭자에 대해 시시콜콜한 것까지 알고 싶어 하겠소? 정말 모르겠소?"

눈만 말똥말똥 뜬 채 답을 하지 않는 진영을 보고, 정한군은 가볍게 한숨을 폭 쉬더니 콩! 제 이마로 가볍게 진영의 이마를 박았다.

"이젠 눈치 좀 채어주면 좋으련만."

진영이 들으라는 것인지, 아니면 진짜 혼잣말인지 모를 말을 남기고 정한군은 긴 다리로 성큼성큼 교자꾼들이 기다리고 있는 건너편으로 먼저 건너가버렸다.


홍천을 향해 가는 동안 정한군은 내내 그랬다. 다양한 이유를 들어 진영을 가마에서 나오게 하였고, 장난을 치고 농담을 하여 진영을 웃을 수밖에 없게 하였고, 그러면서 은근슬쩍, 아니 때로는 노골적으로 자신의 연정을 표했더랬다.

하지만 그때마다 진영은 함께 풍광을 보고, 그의 장난에 웃어주고, 그의 농담에 맞장구를 치면서도 정작 그의 연정에는 아무 대답을 아니 하였다. 좋다고도 싫다고도 아니하고, 받아들이려고도 피하려고도 아니하였다.

'당황스럽고 부끄러워 그러는 걸 테지.'

그런 진영의 태도를 정한군은 제 뜻대로, 자신에게 편리한 대로 해

석해버리고 말았다. 사내인 자신조차도 만난 지 며칠 안 된 그녀에게 매번, 매 순간 한층 더 매혹되어버리고 마는 스스로가 당황스러울 정도이니, 여인인 그녀는 오죽하랴 싶었다.

그래서 정한군은 홍천에 당도하는 대로, 진영의 문중 어른들을 찾아가 정식으로 혼인의 의사를 밝혀야겠다는 계획을 세웠다.

'그대는 그저 그렇게 부끄러워만 하고 있구려. 모든 것은 내가 알아서 할 터이니.'

제 7 장

홍천

저녁 무렵이 되어서야 홍천에 당도한 진영과 정한군이 제일 먼저 찾아간 곳은 오대감 집에서 이십 리(약 8km)쯤 떨어진 곳에 위치한 황씨 부인의 집이었다.

　"어찌 왔느냐?"

　그간의 안부를 여쭈러 안채에 든 진영에게 황씨 부인은 차갑기 그지없는 태도를 보였다. 원래 황씨 부인은 진영의 아버지가 병석에 누운 형을 대신하여 오대감 집 안팎의 살림을 건사할 때는 항시 진영에게 칭찬만 해주던 이였다.

　"너는 어쩜 이리 음전하니? 민영이하고는 달라도 너무 다르구나. 그래, 계집아이는 너처럼 음전해야지. 암, 그렇고말고. 진영아, 이대로 곱게만 자라려무나. 네 혼처는 이 할머니가 직접 찾아봐줄 것이야. 그러니 넌 이대로 곱고 얌전하게만 자라려무나."

　항시 그리 말하며 머리를 쓰다듬어주시던 인자한 할머니셨다.

　하지만 턱을 치켜 눈 아래로 진영을 내려다보는 지금의 황씨 부인에게서 그때의 자애로운 미소는 찾아볼 수 없었다.

　"네, 절에 가 망자의 명복을 빌며 살겠다고 한 지 얼마나 지났느냐?"

"……송구합니다."

"쯧쯧쯧. 네 부모도 참 답답한 인사들이구나. 그리 오씨 문중에 죽을죄를 지었으면 얌전히 죗값이나 치를 것이지 엉뚱한 아이를 끌어들여 일을 벌였더구나. 세간에서 말하는 철면피가 바로 네 부모를 두고 하는 이야기가 아니겠니?"

진영은 고개를 떨어뜨린 채 입술을 깨물며, 황씨 부인이 주는 모욕을 그대로 감내할 뿐이었다. 선하고 다정하신 분이라 믿었기에, 민영이 사건이 일어났을 때도 제 어미와 아비의 짓을 고변하는 제 말을 의심치 않고 단박에 믿어주셨던 분이기에, 도움을 청하면 그래도 못 본 척은 아니 하시리라 믿었던 자신의 기대가 어리석었다는 것을 새삼 뼈저리게 느꼈다.

"하긴, 네 아비 속셈은 안 봐도 뻔하지. 성현이 그 아이가 내 친정붙이니 내가 대놓고 반대는 안 할 것이다, 그리 짐작하고 저지른 짓이겠지. 그 생각이 참으로 얕고도 교활하지 않더냐? 쯧쯧쯧. 그래 어디 한 번 말해보려무나. 너 역시 네 부모와 같은 생각이더냐?"

진영은 묵묵히 방바닥만 내려다보고 있었다.

그 모습이 답답한 듯, 황씨 부인의 언성이 더욱 높아졌다.

"너 역시 성현이와 혼인하여 뻔뻔하게 오대감의 집에 눌러앉을 생각이냐고 묻는 것이야."

잠시 동안 진영의 답을 기다리던 황씨 부인이 탁! 보료를 거세게 내리쳤다.

"어허! 왜 답을 못 해! 그 아이와 혼인할 뜻이 있는지 묻질 않느냐!"

그제야 진영이 고개를 들어 황씨 부인을 바라보았다. 그리곤 떨리는 목소리를 가라앉히려 애쓰며 답을 전하였다. 어느새 두 눈에는 눈물마저 글썽이고 있었다.

"……아닙니다."

"아니야?"

의심스러운지 눈을 가늘게 뜬 채 황씨 부인이 다시 물었다.

"참으로 아니야?"

"네. 아닙니다."

진영의 답에도 불구하고, 황씨 부인은 그래도 미심쩍다는 듯 거듭하여 물었다.

"아니라고?"

"네. 아직 불자가 되겠다는 제 뜻은 변함이 없……"

"누구 맘대로?!"

진영의 말이 채 끝나기도 전에, 벌컥 방문이 열렸다. 방주인의 허락이 떨어지지도 않았거늘, 성현이 방 안으로 성큼성큼 걸어 들어왔다. 그리곤 놀라 자신을 올려다보는 진영의 눈에 눈물방울이 떨어질락 말락 아슬아슬하게 매달려 있는 걸 보고선 짜증스럽게 눈썹을 치켜세웠다.

"그걸 정하는 건 당신이 아냐. 물론, 할머님도 아니시고요!"

성현이 제 이모할머니에게 거칠게 쏘아붙인 후, 진영의 팔뚝을 잡아 억지로 일으켜 세우려 하였다.

"일어나, 지금 여기서 뭉개고 있을 때가 아냐."

"어허! 네 지금 무슨 짓을 하고 있는 게야!"

황씨 부인이 제 조카 손자의 무례한 행위에 눈살을 찌푸렸다. 가라고 해도 기어이 몇 날 며칠을 제집에 머물며, 있는 대로 신경을 긁어대던 놈이 저희 말을 엿듣고 있다 쳐들어온 것 같아 불쾌감이 더욱 커졌다.

"어차피 할머님께서는 저와 이녁의 혼인을 곱게 허락해주시진 않을 것 아니십니까? 허니 이대로 여기서 꾸물대봐야 아무 소용이 없지요. 저희는 이 길로 이녁의 백부님께 가서 정식으로 인사를 올릴까 합니다. 할머님께서는 그 집에 기생(寄生)하여 사는 인사들이나 다 물러가라 이르세요."

"이······이런 발칙한 놈을······"

"연세도 많으신데 너무 노여워 마시구요. 그러다 큰일 치르십니다! 자리보전하고 눕는 건 한 집안에 한 분이면 족하지 않습니까?"

성현이 힘주어 진영을 일으켜 세우곤, 손목을 잡은 채로 억지로 밖을 향해 나갔다. 황씨 부인이 뒤늦게 자리에서 일어나 뒤를 쫓으려 하였지만, 어쩔하며 현기증이 이는지라 얼른 벽에 손을 짚어 제 몸을 지탱하였다.

"이보게, 하월!"

마당에서 서성거리며 언제 안채로 불려 들어갈까 기다리고 있던 정한군은, 안채 평대문을 활짝 열어젖히며 성현이 진영의 손목을 세게 움켜잡고 질질 끌다시피하고 나오는 것을 보고는 얼른 두 사람에게 다가섰다.

"무슨 일인가?"

처음엔 그저 진영이 난폭하게 끌려 나오는 모습에, 그리고 성현이 진영의 손목을 잡고 끌고 나오는 모습에 놀랐다가 진영의 눈이 눈물로 젖어 있는 것을 보고서는 더욱 놀라 정한군의 눈이 휘둥그레졌다.

"이게 어찌 된 일인가?"

"정한군마마, 오셨사옵니까?"

성현이 건성으로 정한군을 맞았다.

"놔요. 제발 이거 좀…… 놔요!"

제 손목에서 벗어나려 온몸을 뒤틀며 힘을 주는 진영을 무시하고, 정한군에게 묵례를 하여 보였다.

"인사는 나중에 따로 드리겠습니다. 지금은 가봐야 할 곳이 있어, 이만……."

성현이 진영의 손목을 잡은 채 정한군의 앞을 지나치려 하였다. 하지만 그 발 앞을 정한군이 가로막았다.

"하월! 당장 그 손을 놓게. 낭자가 아파하고 있질 않은가?"

정한군이 말하는 도중에도 진영은 계속 성현의 손에서 제 손목을 빼내려 힘을 쓰고 있었다.

하지만 성현은 정한군도, 진영도 무시한 채 앞으로 나아가려 할 뿐이었다. 그런 성현의 앞을 정한군이 계속 막아섰다.

성현이 오른편으로 가려 하면 오른편을, 왼편으로 가려 하면 왼편을 막아섰다. 선선히 길을 비켜줄 의사가 없음을 분명히 하며, 어금니를 악물고 정한군이 다시 말했다.

"얼른 그 손 놓아주게."

"송구하옵니다만, 마마가 참견하실 일이 아닌 줄 아옵니다."

"그 손! 놓으래도."

결국, 보다 못한 정한군이 달려들어 성현의 손목을 잡아 뜯을 기세로 힘을 주어 비로소 그의 손에서 진영의 손목을 떨어뜨렸다.

"어디 보오, 괜찮소?"

어찌나 힘을 주어 세게 쥐었던지, 벌겋게 달아오른 진영의 손목에는 성현의 손가락 자국이 고스란히 남아 있었다.

"하월! 이 무슨 난폭한 행위인가?"

정한군이 진영의 손목을 들여다보다 말고, 분노에 차 고함을 질렀다.

"아무리 자네 누이라 해도 여인을 이리 상처 입히다니, 내 자네를 그리 안 보았거늘⋯⋯!"

"누이가 아닙니다."

이번에는 성현이 정한군의 손이 들어 올리고 있는 진영의 손목을 보았다. 그리곤 심사가 뒤틀렸는지 입술을 비틀어올리며 말을 이었다.

"그 여자에게 물어보십시오. 제가 누군지. 거짓을 말할 수 없는 처지이니 바른대로 고할 것입니다."

성현의 심상치 않은 눈빛을 깨달은 정한군이 진영을 내려다보았다. 그리곤 조심스럽게 물었다.

"이게 무슨……? 하월이…… 낭자의 오라비가 아니오?"

"……네."

죄스러움을 느낀 진영이 눈을 내리깔며 답했다.

"그럼…… 하월과는 어찌 되는 사이요?"

"……."

이번에는 진영이 쉽게 답을 하지 못하였다. 정한군이 그런 진영에게 다시 물었다. 마치 어린아이를 달래기라도 하듯 사근사근한 물음이었다.

"괜찮소. 사실대로 말해보오. 하월과는 어찌 되는 사이요?"

"……제게 청혼을 해온 이입니다. 제 부모님께 급전을 빌려주고, 그 대신 저와의 혼인을 허락받은 이입니다."

진영이 새삼 북받쳐 오르는 눈물을 참으며 정한군에게 공손히 답한 뒤, 여전히 자신들을 향해 거친 눈빛을 번쩍거리고 있는 성현을 노려보았다.

"……하월, 도대체 이게 다 무슨 소린가?"

진영이 말이 끝나자마자 성현의 거친 눈빛에서 진영을 감싸려는 듯, 진영을 제 등 뒤로 보낸 후 정한군이 성현에게 물었다.

"무슨 소리긴요. 말뜻 그대로입니다. 제가 저 여자의 부모에게 혼인을 허락받은 정혼자입니다."

성현이 퉁명스럽게 답했다.

"정녕…… 낭자의 말대로 돈을 주어 그리했다는 것인가?"

"그렇습니다."

성현의 답에 정한군이 진영을 다시 돌아보았다. 이 소란에 내외를 하는 것도 잊은, 한 일자로 굳게 입을 다물고 두 손으로 치맛자락을 움켜쥔 채 굳어 서 있는, 진영의 뺨은 수치심으로 벌건 물이 들고 있었다.

'그래서 그랬던 거요? 내 마음에 답하지 않은 이유가 바로 이것이요?'

"하월, 잠시 나와 따로 이야기를 하세."

"군마마의 청이라면 의당 그리해야겠습니다만, 실은 급한 볼일이 있어 저 여인을 데리고 가야 하니, 잠시 예서 기다려주시지 않겠습니까?"

"……정히 낭자가 함께 가야 하는 일인가? 허면 나도 함께 가겠네!"

진영에게로 한 발자국 다가서려는 성현을 막아서며 정한군이 말했다. 이대로 진영만 보낼 수는 없는 노릇이었다. 이대로 진영을 성현에게 얌전히 건네줄 수는 없는 노릇이었다.

"어찌할까? 결정은 그대가 해."

성현은 정한군의 물음에 답하는 대신 그 등 뒤에 선 진영을 재촉하였다. 그 소리에 진영이 정한군의 등 뒤에서 나와 섰다.

"낭자?"

"……다녀오겠습니다. 큰아버지를 뵈러 가는 길이니 너무 심려 마시어요."

"정녕…… 괜찮겠소?"

다정히 묻고 답하는 두 사람의 모습을 보는 성현의 눈은 한층 더 사나운 빛을 띠었다.

'결국, 그리된 건가?'

성현은 제 속에서 무언가 부글거리며 끓어오르는 것을 느꼈다.

또다.

또 화가 치밀어 오르고 있었다. 이상하게 진영이라는 저 여자에 관한 일이면 성현은 자꾸만 화가 났다. 그런 자신에게도 짜증이 치밀었다. 애초에 정(情)과 얽힌 일이 아니었다. 모든 것은 거래와 계약일 뿐이었다. 그런데도 자꾸만 그녀에게 화를 내고 치덕거리게 되는 자신이 싫었다. 자꾸만 이러는 자신은 어쩐지 형수에게 고약하게 굴었던 형의 모습을 빼어닮은 것 같아 더욱 화가 치밀었다. 자신을 이리 만드는 그녀가 밉고 또 미웠다.

"……뉘시오?"

세 사람의 묘한 기류를 깨고 들어온 것은 황씨 부인의 목소리였다.

지끈거리는 머리를 손으로 누르며 뒤늦게 마당으로 나온 황씨 부인의 물음이 향한 곳은 물론, 정한군이었다. 노부인의 등장에 정한군 역시 누구인지 묻는 듯, 진영을 보았다.

"이 댁 주인이십니다. 제 집안 할머니 되시는 분이지요."

그 말이 끝나기가 무섭게 정한군이 당황하여 서둘러 의관을 바로 잡고는 노부인을 향해 깊이 허리를 숙여 인사하였다.

"인사가 늦었습니다. 무례를 용서하시지요. 저는 이명이라 합니다. 도성에서부터 낭자와 함께 온 이입니다."

황씨 부인은 제게 인사를 건네는 사내의 아래위를 찬찬히 훑어보았다. 한눈에도 값나가 보이는, 유난히 크고 넓은 갓과 질 좋은 옥석으로 장식된 갓끈, 한산 세모시로 만든 청량감 넘치는 연미색 도포 등은, 눈앞의 사내가 꽤나 부유한 집안의 자제임을 알려주고 있었다. 특히 가슴께에서 늘여뜨려진 홍색 도포끈은 그 색감이나 질을 보아, 그가 범상치 않은 신분임을 보여주는 상징이었다.

얼굴이나 풍채 역시 마찬가지였다. 성현과 키는 비슷하였지만, 살빛이 희고 섬세한 생김새와 의관을 정제하는 몸가짐은 어느 모로 보아도 품위가 있었다. 고결함까지 엿보였다.

"도성에서 오신 정한군마마이십니다."

성현의 말이 덧붙여지자, 정한군을 보는 황씨 부인의 눈빛이 일순간에 변했다. 탐색하는 듯한 눈빛에서 감탄에 찬 눈빛으로.

"정한군마마시라면, 주상 전하의 사촌 아우 되시는……!"

조금 전까지 두통에 시달리던 것도 잊고 노부인이 얼른 허리를 굽게 숙여 정한군에게 인사를 하였다.

"마마께서 어찌 누추한 저희 집까지 오셨습니까? 오셨으면 진작 알려주시지 않고요. 어서, 어서 안으로 드시지요. 어서요."

노부인이 정한군에게 사랑채로 들 것을 권했다. 그리고선 세 사람의 심상치 않은 분위기 때문에 멀찍이 떨어져서 수군거리고 있던 아랫것들을 불러 주안상을 마련하고, 손님을 극진히 모시라는 명도 내렸다.

"이럇! 하! 핫!!"

연신 말허리를 걷어차며 성현이 속도를 내었다. 성현의 뒤에는 홍천까지 진영을 태워다준 가마가 뒤따르고 있었다.

성현이 탄 말은 넉살 좋게 정한군에게서 빌린 것이었다. 이십 리쯤 떨어진 곳에 있는 오대감의 집까지 걸어갔다 오려면 제법 시간이 걸릴 것이라며, 자신이 탈 말과 진영이 탈 가마를 빌려달라는 말에 정한군은 마지못해 그러마 하고 허락을 해주었다.

정한군이 동행하려 하였지만, 황씨 부인이 한사코 대접을 해야겠다며 붙들어 앉히는 통에 그러지를 못하였다. 아니 황씨 부인이 오씨 문중의 가장 웃어른이란 말을 들었던 터였기에 황씨 부인에게 할 말도 있어, 정한군은 내키지 않는 두 사람의 동행을 묵인할 수밖에 없었다.

그렇게 정한군이 황씨 부인에게 잡혀 사랑채로 들고 나서부터 두어 식경이 지나, 마침내 성현과 진영은 오대감 집 앞에 다다랐다. 성현이 먼저 말에서 내려 진영의 가마 문을 열고는 가마에서 내리는 것을 도와주려 손을 내밀었다. 그러는 동안 내내 진영은 집에서 시선을 떼지 못했다. 높게 솟은 솟을대문과 그 안의 공간은 다섯 해 동안 살아온, 어떤 의미에서는 제집이었던 곳이었다. 속세에 대한 모든 미련과 그리운 추억을 남겨두고 떠났던 그 집, 민영과 함께 살았고, 민영을 떠나보낸 그 집에 마침내 되돌아온 것이다.

"안 들어갈 거요?"

가마에서 영 내릴 생각을 하지 못하는 진영에게 다시 한번 손을 내밀어 재촉하였다. 진영은 제 눈앞의 사내다운 손을 마다한 채, 긴장으로 따가워진 목에 꿀꺽 침을 삼켜 넘기고서는 어렵게 일어나 가마 밖으로 나갔다.

"흥."

머쓱해진 손을 거두며 성현이 얕은 콧방귀를 뀌었다. 그리곤 진영을 세워둔 채 대문 앞으로 다가가 문고리를 거칠게 흔들며 목청을 높여 소리쳤다.

"이리 오너라! 이리 오너라!!"

그런데도 답이 없자 이번엔 쾅쾅쾅쾅! 닫힌 문을 두드리며, 성현이 한층 더 크게 소리쳤다.

"이리 오너라아아!!"

"예에!"

그제야 대문 안쪽에서 희미한 응답 소리가 났다. 그로부터 얼마 안 돼 삐거덕, 문이 열리고는 진영도 잘 아는 얼굴 하나가 고개를 내밀었다.

"뉘시옵……아가씨!"

행랑아범인 엄서방이 진영을 보고서는 얼른 문을 활짝 열고 뛰어 나왔다.

"아가씨! 진영 아가씨! 이, 이게 얼마 만이십니까? 드디어 돌아오신 겁니까?!"

"오랜만일세. 그간 별고 없었나?"

"별고야……뭐…… 하, 하여간 어서 안으로 드시지요."

상투적인 물음에 답을 못하고 눈을 이리저리 돌리며 당황해 하던 엄서방이 허리를 굽혀 진영과 성현을 안으로 모셨다. 진영은 다시는 못 넘을 줄 알았던 대문간을 넘자 특별한 소회에 눈물을 글썽이며 집 안을 둘러보다 이내 눈살을 찌푸렸다. 집안 분위기가 제가 떠났을 때와는 완전히 달라진 때문이었다.

"아이고, 이게 누구십니까? 아가씨이이!"

집 안 곳곳에서 분주히 움직이던 아랫것들이 너나 할 것 없이 진영의 앞에 와 소란을 떨었다.

"진영 아가씨!"

"아이고, 아가씨!"

"아가씨, 왜 이제 오셨습니까요?"

"흑흑…… 아가씨, 잘 오셨습니다요. 저희는 이제 참말로 아가씨를 다시 못 뵙는 줄만 알고. 흑흑……"

"이게, 이게 다 무슨 일인가?"

아랫것들의 눈물 바람을 달래줄 생각도 않고 진영이 물었다.

아직 초저녁인데도 불구하고 대청마루는 물론이고 마당에 이르기까지 처음 보는 이들이 술상들을 차려놓고는 그 앞에 앉아 부어라 마셔라 술판을 벌이고 있었다.

불과 얼마 전에 상을 치른 집이라고는, 지금 현재도 집안 대주가 아파 누워 있는 집이라고는 상상도 할 수 없는 모습들이었다.

"술 가져와! 술! 술!"

"고기 더 없느냐? 야, 이것들아! 고기는 없냐고! 이딴 쇠여물 같은 풀찌꺼기를 뉘더러 먹으라는 것이냐, 어엉?!"

마치 술집에 온 양 술과 안주를 더 내어달라 떼쓰는 술꾼들의 고함 소리가 집 안 곳곳에서 들려오고 있었다.

"저들이 다 누구고, 이 꼴이 다 뭐란 말인가?"

"아이고, 말도 마십시오. 전부 대감마님의 먼 친척 되시는 분들이시라는데, 민영 아가씨 소식을 듣고 찾아오셔서는 아니 돌아가시고 이대로 머문 채 이리 야단법석이십니다요. 아가씨 떠나신 이후부터 줄곧 이 모양이니, 저희도 딱 죽겠습니다요. 크흐흑."

행랑어멈 진천댁이 행주치마로 눈물을 찍어대며 하소연을 하였다. 진영이 그 소리에 다시 한번 둘러보니 취해 널브러진 작자 중에 눈에 익은 이들이 두엇 정도 있기는 하였다.

"할머님께서는, 문중의 다른 어르신들께서는 이걸 보고서 아무 말씀도 아니 하시던가?"

"그게 어느 분도 딱히……"

"아가씨이이!"

행랑어멈이 말하는 중에도 멀리에서 아랫것들이 마침내 돌아온 주인 아가씨를 발견하고는 허둥지둥 달려와 진영의 치마폭에 매달리려 들었다.

"왜 인제 오셨어요?"

"좀 빨리 좀 오시지요. 어이구…… 우리 아가씨, 불쌍해서 어쩌나. 우리 대감마님 불쌍해서 어쩌나…… 으흐흑."

진영과 성현을 둘러싼 하인들은 저마다의 설움에 모두 눈물들을 글썽거렸다.

그때였다.

"야! 이것들아! 술 더 가져오란 소리 안 들어?! 뭣 하느라 다들 우 몰려서서는…… 끅……."

마당의 난장 같던 술상에 앉아 있던 취인(醉人) 중 하나가 온몸에서 술 냄새를 풍기며 비틀비틀 아랫것들 사이를 뚫고 들어와서는 진영과 성현 앞에 섰다.

"끅, 이게 누구야? 누군데…… 다들?"

술에 취해 제대로 떠지지 않는 눈을 끔뻑끔뻑하더니, 사내가 진영을 향해 삿대질을 하며 가까이 다가왔다.

"누구냐? 네 남의 집에 누구 허락을 받고 들어온 것이야?"

"하이고, 어르신. 이러지 마십시오."

"얼른 술 받아 올릴 테니, 잠시만 기다리셔요."

사내의 행패를 겁난 아랫것들이 사내를 막아서려 하였지만 사내는 제게 달려드는 아랫것들을 모질게도 팽개친 후, 진영에게 더욱 가까이 다가왔다.

"너도 우리 일가붙이냐? 끅…… 어느 집의……누구더냐? 누구네 딸년이더냐? 끅……"

"……진영이라 합니다. 실례지만 어르신께서는 뉘신지요?"

다시 사내를 막아서려는 하인들을 눈으로 말린 후, 진영이 사내에게 물었다.

성현은 그런 진영이 하는 양을 보려는 듯 그 곁에서 조금 떨어진 채 팔짱을 끼고 보고 있을 뿐이었다.

"진영이? 어느 집 몇째 진영인가? 나는 이 집 당주의 팔촌 되는 오생원이다만……"

"오, 명자 근자 쓰시는 분이 제 아버님입니다."

"명자 근자라…… 명근이라…… 명근이?!"

진영이 담담히 제 정체를 밝히자, 그 말을 곱씹어 취한 머리에 집어넣던 사내의 표정이 순식간에 흉포하게 변했다.

"너, 너, 이년! 네가 명근이 딸년이구나! 중이 되겠다고 떠났다던! 너, 이녀언! 네 무슨 낯짝으로 이 집에 다시 돌아온 것이냐? 아직도 무슨 욕심이 남아서! 여보게들! 여기 명근이 딸년이 왔다네! 다들 이리와 보게. 얼른! 뭣들 하는가! 얼른 이리들 와보라니깐!"

사내가 주변에 널브러진 취인들에게 고함을 쳤다.

그 소리에 "누구?" "누가 왔다고?" 하는 웅성거림과 함께 취인들이 하나 둘씩 진영을 보고는 무거운 엉덩이들을 들어올리려 하였다. 개중에는 일어서려다 비틀대며 다시 주저앉는 치들도 있었다.

하지만 그들보다 먼저 성현이 다가왔다.

"하이고, 형님. 이게 얼마 만입니까?"

"응? 넌 또……누구야?"

"아, 저입니다. 윤생원이요. 저 몰라보시겠습니까?"

"누, 누구?"

성현이 사내의 어깨를 붙잡고 부러 요란스레 반가운 척을 하며 술상 쪽으로 이끌었다. 그리곤 눈짓으로 진영에게 어서 안으로 들어가라는 눈치를 주었다.

"이렇게 오랜만에 만났는데 술 한잔도 아니 주시렵니까?"

"끅. 내, 내가 아는 이던가?"

"그럼요. 일전에 오영감님 회갑연에서 뵙지 않았습니까? 호형호제하자며 그리 반갑게 맞아주셔놓고 다 까먹으신 겁니까? 이 아우놈 섭섭하기 그지없습니다."

"내가 그랬던가?"

사내가 고개를 갸웃하며 제 희미한 기억을 더듬으려는데, 성현이 그럴 틈을 주지 않고 얼른 술잔에 술을 따라 사내에게 들이밀었다.

"과거의 연이 뭐 그리 중하겠습니까? 이 술 한 잔 먼저 드시고, 저한테도 한 잔 주셔야지요."

"그, 그런가?"

진영에게 못 다한 시비와 갑작스러운 성현의 알은체에 당황스러워하던 사내는 결국 연신 옷자락을 잡아끄는 성현의 곁에 대충 엉덩이를 뭉기고 앉아 성현이 건네주는 술을 받았다.

소리를 질렀던 사내가 그리 사그라지니 다른 취인들 역시 좀 전의 소란을 금세 까먹고는 다시 각자의 취기에 젖어들기 시작하였다.

그렇게 어물쩍 분위기를 속여넘긴 성현이 제 곁에 있는 사내의 술잔이 비기가 무섭게 다시 얼른 술을 권하는 모습을 보며, 진영은 얼른 오대감이 누워계실 사랑으로 향했다.


"큰아버님……."

취인들의 주정으로 떠들썩한 바깥과 달리 오대감이 누워 있는 방안은 고요하기 짝이 없었다. 아랫목에 누워 있는 오대감은 마지막으로 보았을 때보다 한층 더 야위어 있었고, 정돈되지 않은 수염들이 턱과 뺨에 어지럽게 자라 있었다. 제대로 돌봐주는 이 없는 병자의 모습, 그대로였다.

"저…… 진영이에요. ……진영이가 왔습니다. 흑."

의식을 찾을 리 없는 오대감이었지만 진영은 울음을 참으며 공손히 절을 올려, 간만의 귀가를 고했다.

"진작 뵙지 못해서…… 죄송해요. 집이……이리되었을 줄은……정말 몰랐어요."

"단속할 주인이 없으니 당연한 것 아냐?"

어느새 뒤따른 것인지 소리 없이 방문이 열리고, 탈탈 옷자락을 털어대며 성현이 방으로 들어섰다.

"……어찌 된 영문인지 아시나요?"

"처음 인사를 드리러 왔던 때부터 그랬어. 문중 어른들이라는 사람들이 자신들을 대신해서 한가한 친척들을 한두 명씩 불러놓고 간 덕분이지."

"……문중 어르신들이요? 왜요?"

"쯧쯧쯧."

딱하다는 듯, 혹은 무시하는 양 성현이 혀를 찼다.

"이러니, 당신보고 아무것도 모른다고 하는 거야. 지금의 이 집이 어떤 상태인지 알아? 이름 그대로 무주공산(無主空山, 임자 없는 산)인 거야. 그것도 어마어마한 크기의 은광(銀鑛)이 있는 산이지. 처음 여기 오대감님이 쓰러지셨을 때, 이 무주공산을 차지한 건 바로 당신 아버님이셨지. 하나밖에 없는 아우라는 명분이 있었으니 다른 문중 사람들은 욕심이 났어도 그저 손만 빨며 물러날 수밖에 없었을 거야."

성현은 방문을 완전히 닫지 않은 상태였다. 성현은 말을 하는 중간 중간 거의 손바닥 한 뼘쯤 열어놓은 문틈을 통해 바깥을 경계하는 것을 잊지 않았다.

"하지만 당신 아버님이 그리 잡혀간 후 사정이 달라졌지. 이 집은, 이 집의 막대한 재산을 관리할 권한은 절로 오씨 문중의 수중으로 넘어간 셈이야. 그렇다면? 다음 절차는 뻔하지. 문중에서 그럴듯한 친척 하나를 양자로 들여 이 집안의 재산을 관리하게 하는 수밖에 없지."

"그럼······?"

성현이 다음 말을 잇기도 전에 진영의 얼굴이 일그러졌다. 왜, 본 기억도 잘 나지 않는 친척이라는 사람들이 집안을 가득 메우고 있는지 비로소 알아챘기 때문이었다.

"알아들었나보네. 생각만큼 이치에 어둡지는 않은 모양이군. 그래. 지금 당신이 생각하는 그대로야. 문중 사람들은 되도록 자신과 가까운 자, 자신의 아들이나 혹은 자신의 조카가 이 집의 양자가 될 수 있기를 바라지. 그래야만 자신들에게도 만만치 않은 떡고물이 떨어질 테니 말이야. 허나 그리 생각하는 사람들이 어디 한 둘이겠어?"

결국, 또 돈이 문제였다. 민영을 죽이고, 제 아버지와 어머니를 죄인으로 만든 그 돈이, 제 추억이 깃든 집을 더럽히고 있다는 사실에 진영은 구역질이 날 것만 같았다.

"결국 누구를 양자로 택한 것인가에 문중의 의견이 모일 때까지는 시간이 걸릴 터인데, 그동안 혹시 누가 이 집의 재산을 훔쳐가지 못하게 문중 사람들이 한두 명씩 감시자를 남겨둔 거야. 자신들을 대신하여 집 지키는 개가 되어줄 가난한 친척들을 동원한 것이지. 하! 그 가난한 친척들은 혹시 제게도 커다란 고깃덩이 하나가 떨어져주지 않을까, 제 비루한 아들놈이 운 좋게 이 집의 양자로 선택되는 기적이 일어나지 않을까 하여 밤낮없이 여기를 지키게 된 것이고."

"그래서 저를 서둘러 이곳으로 데리고 온 건가요? 당신 재산이 될지도 모르는 재산을 다른 이들이 축내고 있으니 그것을 막으라고요?"

성현이 자신과 혼인하려는 이유쯤은 이미 알고 있었다. 애당초 성현 자체가 먼저 말해주지 않았던가? 돈 때문에 저와 혼인하려 한다고. 아비에게 빌려준 돈의 몇 곱절을 되돌려 받기 위해서 진영과 혼인하려 한다고. 그리 말했던 사내였다.

몰랐던 게 아니었다. 그런데도 진영은 화가 치밀었다. 돈 때문에 이 집안에 죽치고 앉아 소란을 피우는 취객들보다 더, 돈 때문에 저와 혼인하려드는 사내가 미워 견딜 수가 없었다.

"……정말 그게 저를 서둘러 이곳으로 데려온 이유인가요?"

제 눈에서 애써 원망의 빛을 감추며 진영이 성현에게 물었다. 연신 방 바깥의 기척을 살피던 성현이 고개를 돌려 그런 진영을 보았다.

"…… 난……"

성현이 막 무언가를 말하려 할 때, 아랫목 쪽에서 희미한 소리 하나가 들려왔다.

"……그런 게……아니……다."

순간, 진영은 제 귀를 의심하였다. 그리고 천천히, 아주 조심스럽게 제게 말을 건 상대를 돌아보았다.

"큰……아버님……?"

"……진……영아……"

힘없이, 유심히 귀를 기울이지 않으면 들리지 않을 목소리로 말을 걸어온 상대는, 분명 벌써 다섯 해 이상이나 중병으로 누워 있던 오근우 대감이었다. 진영 일가가 살러 들어오기 시작한 이후에 더욱 눈에 띄게 병세가 깊어졌고, 의식이 있어도 그저 가늘게 숨만 쉬는 게 전부일 뿐 이렇다 할 말 한마디 못 하시던 분이었다. 살아 있어도 죽은 것이나 진배없는, 그래서 민영이 살아있을 때 민영에게조차도 이렇다 할 안부 한 마디를 건네지 못하시던 분이었다. 그야말로 산송장과 다름없는, 집안사람 모두가 죽을 날만 기다리고 있던 그가 전에 없이 맑은 눈빛으로 진영을 보며 말을 걸어온 것에, 진영은 온몸을 사시나무 떨듯 덜덜 떨었다.

"큰……아버님."

떨리는 목소리로 진영이 다시 한번 오대감을 불렀다.

"…… 그래. 진영아."

"큰아버지!"

진영이 와락, 오대감의 이불 위에 엎어졌다. 떨리는 양손으로 오대감의 이불자락을 움켜쥐었다. 그리고 이불 위에 얼굴을 묻은 채 어깨를 들썩이며 오래 참아온 울음을 쏟아내었다.

"크…… 큰……아…… 아……버니임."

"그래…… 그래……"

오대감이 이불 속에서 앙상하게 마른 손을 내어, 진영의 등을 다정하게 토닥여주었다.

"……망을 보고 있겠습니다."

괜히 저까지 코끝이 시큰해진 성현이 얼른 방 밖으로 나가, 살며시 문을 닫았다. 방문에 그 앞을 지키고 선 성현의 그림자가 어렸다.

"죄송해요……. 죄송해요. 큰아버……님. 제가, 제가 민영이를 지키지 못했어요."

한 번 터진 울음은 쉽게 그치지 않았다. 자신은 이리 울 자격도 없는 이라는 생각이 들기도 하였지만, 이리 큰아버지가 깨어나신 것을 민영이가 보았다면 얼마나 좋아했을까 생각하니 더더욱 눈물을 멈출 수가 없었다.

"네……탓이 아닌 걸 알아. 민영이가……항상 이야기하곤 했어. 네가……없었더라면……자기 혼자 버텨낼 순……없었을 거라고."

"……그걸, 다 듣고 계셨던 거예요?"

진영의 눈이 더 그러지 못할 정도로 크게 떠졌다.

제 8 장

비밀의 시작

의식을 찾고 있을 때가 드문 아버지였지만, 의식이 있어도 말 한 마디 건넬 힘이 없는 아버지였지만, 민영은 때때로 오대감 방에 들어 이런저런 이야기를 늘어놓곤 했다. 그 이야기의 태반 이상은 언제나 진영에 관한 이야기였다. 진영이 무엇, 무엇을 해주었다. 진영이 무엇, 무엇을 조심하라 일러주었다. 진영이 항시 자신과 있어주었다. 진영 때문에 화를 달랠 수 있었다……등등, 의식이 없는 제 아비가 그 모든 이야기를 듣고 있는 줄도 모르고, 자신이 이 집안에서, 하루하루를 어찌 버텨가고 있는지를 이야기하곤 했다.

　어느 순간, 그런 민영이 며칠째 보이질 않자, 오대감은 딸의 신상에 변고가 생긴 것을 알게 되었다. 희미한 곡소리가 들리는 듯도 싶었다.

　언제나처럼 탕약이며 대소변 시중을 들러 들어온 하인들이 작게 쯧쯧, 혀를 차는 소리도 귀에 들어왔다.

　"차라리 이리 아무것도 모르고 누워 계시는 게 다행일지도 몰라."

　"쉿. 그 입 못 다물어?"

　"뭐 어떤가? 깨어 계실 때도 의식은 없으신 분인데, 이리 잠들어 계시니 들릴 턱이 있나?"

"입단속 잘 해! 괜히 다른 분들이 들으시기라도 하면……"

"대감마님도 민영 아기씨가 돌아가신 걸 알면, 얼마나 원통하시겠어? 그리도 아끼시던 따님이 비명횡사하셨는데…… 에휴."

"어허, 그래도 이 사람이!"

"우리 대감마님이 너무 가엾어서 안그러나? 팔자가 어쩜 이리 기구하신지. 젊은 날 마나님 앞세워, 본인 이리 쓰러지셔, 하나밖에 없는 따님마저 괴한의 칼에 목숨을 잃어…… 하이구, 우리 같은 천것보다 더 기구한 신세가 아닌가?"

"그렇긴 해. 아무리 재산이 많으면 뭐하겠어? 그 돈이 화근이 되어 이 사달이 난 걸…… 에휴."

오대감은 그때 알았다. 왜 민영이가 더는 자신의 방에 오질 않는지, 아니 오질 못하는지. 결국 우려하던 일이 생겨버린 것이었다.

그렇게 오대감은 병석에 누운 채로 집안에, 자신의 딸에게 생긴 일에 대해 모두 알게 되었다. 민영이를 지키기 위해 믿고 들인 제 친동생이 결국 민영이를 해치고 말았다는 것도, 결국은 그 죄가 밝혀져 동생 내외가 관아에 압송되어 갔다는 것도 알게 되었다.

그러면서 손발 하나 꼼짝할 수 없는, 소리 내어 울음조차 낼 수 없는 자신의 몸 상태를 저주하였다. 혀를 깨물 힘만 있었더라도 민영이가 외롭지 않게 그 뒤를 따를 수 있었을 것을, 죽은 것만 못한 산송장이 되어 뭇사람들의 놀림과 동정을 받으며 비탄과 굴욕의 나날을 보내지 않아도 되었을 것을, 자신을 이리도 꼼짝달싹도 못하게 만든 천지신명을 저주하였다.

민영이를 지키지 못한 진영이도 원망하였다. 항시 곁에 있어준다던 그 아이가 왜 민영이 혼자 그런 변을 당하게 한 것인지, 원망스럽고 저주스러웠다.

그러던 어느 밤인가, 진영이 오대감의 방에 몰래 숨어들었다. 그리곤 민영이가 살아있을 때 그러했던 것처럼 제 손을 잡고 울었다.

"죄송해요, 큰아버지……. 죄송해요. 전부 제 잘못이에요. 저 때문에 민영이가 죽은 거예요. 용서하지 마세요……. 아무도, 절대, 용서하지 마세요. 으흐흑."

입을 틀어막고 소리를 죽여, 한참이나 통곡을 쏟아놓던 진영이는 친척들의 손에 이끌려 내쫓기듯 간 후, 다시는 오대감의 방을 찾아오지 않았다.

그로부터 또 한참이 지나서야 입이 싼 하인들의 수군거림을 통해 진영이가 내쫓기듯 집을 떠났음을 알게 되었다. 제 부모의 죄를 밝히는데 앞장 선 그 아이가 민영이의 명복을 빌겠다며, 송화사라는 절로 떠났다는 것을 알게 되었다.

"어떤가? 다시 소생하실 전망은 있나?"

"그게…… 아무래도 힘들 것 같습니다. 기력도 쇠하셨지만 이미 의식을 찾지 못한 지 여러 해가 되시니 소생을 장담할 수 없습니다. 아니, 엄밀히 말하면 그저 숨만 쉬고 계실 뿐, 이미 돌아가신 분이나 진배없으십니다."

간혹 의원이 들 때마다 친척들이 의원에게 은밀히 묻는 소리가 들려오곤 했다. 의원의 진단에 그들의 입에서 새어 나오는 안도의 한숨 소리를 들으며, 오대감은 친척이라는 작자들 모두가 사실은 자신이 깨어나기를 바라지 않고 있음을 깨달았다.

그만 콱, 죽고 싶었다.

민영이도 없는 세상에, 살아도 산 것 같지 않은 몸으로 살고 싶지 않았다. 입이라도 움직일 힘이 있으면 혀라도 깨물어 그만 자진하고 싶었다. 차라리 누군가 들어와 몰래 자신을 죽여줬으면 하기도 했다.

'천지신명이시여, 어찌 이렇게 잔인하시옵니까? 제가 전생에 무슨 억겁의 죄를 지었기에 이리 생지옥을 겪게 하시는 것이옵니까? 죽여주시옵소서. 그만 이 한스러운 목숨을 거둬가주시옵소서. 천지신명이시여, 옥황상제 시여, 염라대왕이시여, 이제 그만…… 부디 그만!'

그리 수십 번, 수백 번, 수천 번을 기도하였다. 그만 죽을 수 있도록 온 마음을 다하여 빌고 또 빌었다.

헌데, 어느 순간부터 몸에 생기가 돌았다. 조금씩 손발도 꿈쩍거리게 되었고, 눈을 떠 천장을 쳐다볼 수도 있게 되었다. 입술도 조금이나마 움직일 수 있게 되었고, 힘을 주면 목구멍 밖으로 소리를 낼 수도 있을 것만 같았다. 하여, 하인들도 나가고 텅 빈 방 안에 혼자 남겨졌을 때는 "민……영……아" 하며 소리 내어 딸의 이름을 불러보기도 하였다.

희미하였지만 분명한 소리가 되어 나오는 말에 감격하여, 동시에 억울하여 눈물을 흘릴 뻔하였다. 민영이 살아 있을 때는 그리 일어나려 애써도 꿈쩍도 않던 몸이, 스스로 죽기를 자처하는 이때에서야 회생하고 있다는 사실이 억울하여 견딜 수가 없었다.

하지만 오대감은 당장 누구에게도 자신이 회복되어가고 있다는 사실을 알리지 않았다. 자신이 죽기만을 기다리고 있는 사람들이 많으니, 자신이 회복되어 간다는 사실을 알게 되면 무슨 해코지를 할지 모르는 일이었기 때문이었다.

그러던 어느 날이었다.

술이 거나하게 취한 친척 나부랭이 한 명이 오대감의 방에 들어와서는 누워 있는 오대감을 발로 툭툭 건드리기 시작하였다.

"어이, 영감. 우리도 이젠 그만 집에 좀 갑시다. 끄억. 영감만 죽어 나자빠지면 모두 해결되는 거 아니오? 푸우, 나머지는 문중의 한다 하는 인간들이 저희끼리 멱살잡이를 해서 누가 한 재산 차지할 것인지 결정만 하면 될 것을. 모두가 아직은 숨이 붙어 있는 영감 눈치를 보느라 우리 같은 한갓진 인사들만 끅, 부려먹는 게 아니오. 도대체 무슨 미련이 남았다고 목숨줄을 그리 꽉 붙들고 계신 건지, 나 참. 그만 죽어나 자빠져주질 않겠소? 끄윽, 그게 우리 모두가 사는 길이……."

한참을 주절거리던 사내가 무엇을 본 건지, 입을 다물었다. 오대감은 그가 무슨 행동을 할지 몰라 겁에 질렸지만, 의식이 없는 행세를 계속할 뿐이었다.

"영감…… 내가 좀 도와주리까?"

어느새 얼굴 가까이에서 술 냄새와 안주 냄새가 섞여 역하기 그지없는 사내의 입 냄새가 느껴졌다. 동시에 머리밑에 베고 있던 베개가 빠져나가고, 자신의 얼굴 위에 점점 그 베개가 가까이 다가오는 기척도 느껴졌다.

'나를…… 죽이려는 거다. 베개로 내 숨통을 막아 나를 죽이려는 거다……'

코끝에 베갯잇의 매끄러운 감촉이 느껴지면서, 그리고 어느새 그 푹신한 천이 자신의 얼굴을 온통 덮어오는 걸 느끼면서, 오대감은 새삼 죽음의 두려움에 직면했다. 몇 년 간 죽는 게 낫다는 생각을 하며 목숨을 부지하여왔거늘, 막상 죽음의 순간을 목전에 두자 미칠 듯이 무서워졌다. 생에 대한 본능적인 갈구가 모든 이성을 앞섰다.

하지만 어쩔 수가 없었다. 베개에 가로막힌 입에서는 소리가 새어나오지 않았다. 손과 팔을 꼼짝거리려 해도 아직은 힘이 부족한 바, 그저 까마득한 어둠이 손과 발을 얽어매며 끌어당길 뿐이었다.

그리고…… 마침내 그 아득한 어둠의 경계로 떨어지며 온몸의 생기가 사라져감을 느낄 때, 문득, 생각지도 못한 자유가 급격히 찾아왔다.

"아이쿠!! 이게 무슨 냄새야!"

막 제 목숨을 앗아가려던 사내가 어느새 제 위에서 벌떡 일어서며 소리를 지르고 있었다.

"뭐야? 똥오줌을 지린 게요? 아이고 냄새야! 어지간히도 쌌나보구려."

사내의 목소리가 조금 더 떨어진 곳에서 들렸다.

"뭐, 이 상태를 보아하니 굳이 내 손까지 더럽힐 건 없겠구려. 어휴 쿠린 냄새."

그렇게 취객인지, 취객을 가장한 자객인지 모르는 사내가 방을 나가고 나서야 오대감은 비로소 크게 한숨을 내쉴 수 있었다. 동시에 앞으로도 또 누군가 이런 짓을 저지르지 않는다는 보장이 없음을 깨달았다.

'누구에게…… 누구에게…… 도움을 요청해야 하나?'

머릿속으로 문중 사람들의 얼굴을 하나하나 떠올려 보았다.

문중 여인 중 가장 웃어른인 당숙모님을 비롯해서 몸이 성했을 무렵 제 신세를 가장 많이 졌던 사촌 아우인 오진사, 먼 조카뻘 되는 오생원 등. 하지만 그들을 믿을 수나 있을는지, 민영이 그리되고 진영이 떠난 이후 자신을 조롱하러 혹은 자신의 상태를 살피러 슬쩍 다녀가는 사람들 빼고 진정 자신을 걱정하여 살피러 오는 사람 하나 없는 작금의 상황에서 누구에게 자신의 뜻을 전할 수 있을는지 가늠이 안 잡히는 오대감이었다.

그렇게 자신만의 생각에 빠져 있느라 시간이 얼마나 더 지난지도 몰랐다. 문득 방문 밖에서 누군가의 소리가 들려왔다.

"대감마님, 문안 인사를 여쭐까 합니다. 들어가도 되겠습니까?"

기억에 없는 목소리였다.

진영이가 집을 떠난 이후에는 방에 들어오기 전 누구 하나 이렇게 제 의사를 물어온 이도 없었다.

'누구지?'

"들어가겠습니다."

다시 정중한 목소리가 들려왔고, 이내 문이 열리는 기척이 들렸다.

그리고 누군가가 방에 들어와 제 앞에 앉는 것 같은 기척도 느껴졌다.

"오랜만에 인사드립니다. 저를 아시겠습니까?"

'누굴까?'

낯선 사내의 음성에, 정중하면서도 아픈 이를 대하는 다정함이 묻어나오는 그 목소리에 오대감은 호기심이 일었다. 진영과 민영을 제외하곤 이리 누워 있는 자신에게 다정히 말 한마디 걸어오는 이가 없었던 만큼, 마치 평소의 자신을 대하듯 정중히 안부를 여쭙는 사내가 누구인지 오대감은 몹시도 궁금해졌다.

"저를 기억하실지 모르겠습니다. 예전에 이모할머님의 손에 이끌려 인사를 드린 적이 있지요. 소인, 하월이라 합니다."

'하월이 누구더라?'

희미한 기억을 더듬던 오대감은 마침내 성현을 기억해냈다.

아주 예전 오대감이 쓰러지기 전, 제 당숙모인 황씨 부인이 친정 일 가라며 소개해준 소년 쌍둥이 중 한 명이었다. 도성에서 낙향하였다며 인사를 하러 온 쌍둥이였던 걸로 기억했다. 무뚝뚝한 말투를 들으니, 쌍둥이 중 아우인 모양이었다. 늘 헤실헤실 웃고 있던 형에 비해 반항적인 눈빛을 하고 있던 아우의 얼굴이 어렴풋이 기억나는 것 같았다.

"편찮으시다는 이야기는 진즉 알고 있었으나 상황이 여의치 못하여 이제야 인사를 여쭙게…… 이 냄새는……?"

인사를 하다 말고, 하월이라는 청년이 코를 킁킁거리는 것을 들으며 오대감은 새삼 수치심을 느꼈다. 자신의 변 냄새에 청년이 욕설을 내뱉으며, 금세 코를 감싸쥐고 방을 뛰쳐나갈 것이라 예상했다. 지금껏 친척들이랍시고 찾아온 작자들이 모두 그러하였듯이.

하지만 청년의 행동은 예상과 달랐다.

"거기! 밖에 아무도 없는가? 이보게들! 이런…… 어찌 병자를 이리 소홀히들 대하는 건지…… 쯧쯧."

하인을 불러도 답이 없음에 혀를 차며 혼잣말을 하던 청년은 잠시 머뭇거리는 듯하였다.

"불편하시어도 잠시만 기다려주십시오."

오대감에게 그리 이른 후, 방을 나간 청년이 오래지 않아 다시 방을 들어오는 기척이 느껴졌다. 놋대야에 찰랑거리는 물소리도 들렸다.

"아랫것들이 손님 대접에 바쁜 듯하니, 제가 옷을 갈아입혀드리겠습니다."

말투는 퉁명스러웠으나, 변을 지린 아랫도리를 씻어주고 옷을 갈아입혀주는 손길은 뜻밖에도 자상하였다. 아랫도리를 모두 닦아준 후에는 윗옷을 들춰 등까지 살펴보는 청년에게 오대감은 못내 감탄할 지경이었다.

"괜찮습니다. 마음 쓰지 않으셔도 됩니다. 병자의 보살핌이라면 이놈은 이제 이력이 난 것을요."

청년의 목소리에 묻어나온 쓸쓸함으로, 오대감은 청년이 보살피던 병자가 누구인지 몰라도 이미 이 세상 사람이 아님을 직감하였다.

"등창은 없으신 것 같으니 그래도 다행입니다."

혼잣말처럼 중얼거리던 청년이 이내 버린 옷가지들이며 대야를 들고 나서려는 기척이 들렸다.

'저이를…… 믿어도 될 것인가?'

오대감은 자신에게 친절을 베푼 청년을 믿어도 될지, 자신의 소생 기미를 보여주어도 될지 망설이고 또 망설였다. 당숙모의 먼 친척이라는 점도 마음에 걸렸다. 당숙모인 황씨 부인 역시 의식이 없는 제게 얼굴을 달리한 이였으니 말이다.

하지만 달리 방도가 없었다. 참으로 오랜만에 자신을 사람답게 대접해준 청년이 아닌가? 몇 년 전 얼핏 보았을 때 제법 강단 있는 눈빛이었던 것까지 기억해낸 오대감은 천천히 입을 열어, 지금의 자신이 낼 수 있는 가장 큰 소리를 내어 그를 불렀다.

"이……보게……."

대야를 들고 나가려던 성현이 흠칫 뒤를 돌아보았다. 그리고선 마른 나뭇가지 같은 손을 들어 자신을 부르고 있는 오대감과 눈을 마주하였다.

"그래서 내가……그에게 일러…… 네 아비에게 돈을 빌려주고…… 너를 데려오라 하였다. 네가…… 아니면 안될 일이 있어…… 그에게 청을 하였던 것이야."

"큰아버지. 무슨……"

"자세한 것은…… 그에게 일러두었다. 그가 네가…… 해야 할 일을 일러줄 것이야."

긴 이야기를 마친 뒤 하아, 하아, 숨을 고른 오대감이 손을 들어 천천히 진영의 얼굴을 쓰다듬었다.

"참으로 신기하구나. 지금의 네 얼굴에서 어찌하여 어렸을 때 그 아이…… 얼굴이 보이는지……."

"큰아버지……."

"흐…… 너희는 한 배를 타고 난 아이도 아닌데 목소리까지 어쩜 이리 비슷한 것이냐?"

오대감이 손을 내려, 진영의 손을 잡았다. 그리곤 입가에 덜덜 경련을 일으키며 청을 해왔다.

"부탁이다. 한 번만…… 한 번만…… 아비라 불러주지 않겠니?"

"……아……버지."

"그래."

오대감이 눈을 감았다. 주름진 노인의 눈꺼풀이 파르르 떨렸다.

"아버지!"

"그래, 민영아…… 내 딸, 내 불쌍한 새끼……. 어, 얼마나……아팠니? 얼마나……무서웠니? 잠시만, 아주 잠시만 기다리거…… 내…… 곧 네 있는 곳으로……갈 것이야. 크흑!"

비로소였다.

지금껏 딸아이와 이별할 기회조차 얻지 못했던 오대감은 비로소 제 딸아이에게 작별의 인사를 건네며, 뜨거운 눈물을 흘렸다.

.

.

"이거, 받아."

어둠이 제법 깊게 가라앉았을 무렵, 오대감의 방에서 나온 진영에게 성현이 불쑥 손을 내밀었다. 꽉 쥐고 있던 손을 스르르 풀어 제 손바닥 안에 감추고 있던 물건을 보였다.

"이게 뭐…… 이건!"

진영이 반가움에 자신도 모르게 덥석 성현의 손을 잡았다. 성현의 손바닥 위에 놓인 것은, 진영이 어머니와의 마지막 인사를 나누기 위해 호송관들에게 줄 뒷돈을 마련하려고 팔았던 향갑노리개였다.

"이건 제가 판 것인데, 어찌 가지고 계신 겁니까?"

"어쩌다 내 손에 굴러들어왔지만, 내 것이 아니니 돌려주는 것뿐이야."

"이걸 어떻게……."

감격에 차 눈물까지 글썽이며 묻는 것도 무시하고, 성현이 진영의 손에서 제 손을 빼내었다. 그리고선 자신도 모르게 사내의 손을 덥석 잡은 것에 새삼 부끄러워하고 놀라는 진영을 버려두고서 마루의 등롱을 집어 들고 안채 쪽을 향해 먼저 성큼성큼 걸어갔다.

사실 그 향갑노리개는 은월각의 기녀 홍란이 팔지 않겠다고 그대로 가져간 후 그 뒤를 쫓아가 여러 번 사정을 하고서야 되사들일 수 있었던 것이었다. 몇 번이고 팔지 않겠다고 고집을 부리던 홍란도 명색이 양반인 성현이 기녀인 제게 머리까지 숙여가며 통사정을 하는 모습을 보고는 고집을 꺾었다. 꼭 주인에게 되돌려줄 것이라는 다짐을 받고서

되팔아주었다.

그런 저간의 사정을 알 리 없는 진영은 저만치 앞서 걸어가는 성현의 뒤를 바라보다, 얼른 걸음을 빨리하여 따라붙었다.

마당에는 여전히 취객들이 가득하였지만, 마당을 가로질러 안채로 향하는 진영과 성현을 유심히 바라보는 이는 아무도 없었다. 진영과 민영의 거처였던 좌, 우 별당 쪽으로 가까워질수록 소란스러운 취객들의 주정 소리는 점점 멀어져갔다.

이제는 제법 밤의 고요함이 느껴지는 마당을 걸으며, 진영이 성현의 등을 향해 물었다.

"왜 처음부터 사실대로 말씀하지 않으셨어요?"

"무얼?"

성현은 돌아보지 않고 되물었다.

"전부요."

진영이 조금 더 잰걸음으로 성현에게 조금 더 가깝게 따라붙어 다시 물었다.

"왜 처음부터 큰아버지께서 시키신 일이라 그리 말해주지 않으셨습니까? 그랬더라면……"

"그랬더라면 뭐, 그 절에서 순순히 따라나왔을 거라고?"

성현에게 보일 리 없건만, 진영은 고개를 끄덕였다.

그랬다. 만약 이 사내가 자신에게 처음부터 사실을 말했더라면 순순히 따라나섰을 것이었다. 그리고 물론 이 사내에 대한 자신의 첫인상도 분명 달랐으리라는 생각이 들었다. 코를 찌르는 발 고린내에 지저분한 옷차림, 선비답지 않은 거칠고 퉁명스러운 말투와 무조건적인 우격다짐 등, 성현의 첫인상은 결코 좋을 래야 좋을 수가 없는 모습이었다.

"편을 지어 노름을 하다보면 말이야."

성현이 걸음을 멈추고 사방을 둘러보며 경계를 한 후 진영을 돌아보았다.

"상대를 속이기 위해 제 편부터 속이곤 하는 법이지. 내 패가 얼마나 좋은 패인지 상대에게 쉽게 눈치채이지 않기 위해서 말이야."

오대감이 성현에게 부탁한 건 딱 세 가지였다.

자신이 의식을 회복하고 있다는 사실을 아무에게도 알리지 말 것, 진영을 절에서 데려올 것, 그리고 또 한 가지였다.

문제는 오대감의 집과는 하등 상관이 없는 성현이 무슨 명목으로 진영을 집 안으로, 그것도 문중의 다른 이들이 의심하지 않게 자연스럽게 끌어들일 수 있느냐는 것이었다. 성현이 집안 친척오라비이기라도 한다면, 출가를 결심한 누이가 불쌍해서 도로 데려왔다 할 수도 있었겠지만, 그럴만한 사이가 아니라는 것이 문제였다.

그렇다고 사실대로 말하고 진영이 스스로 돌아오게 하는 것도 무리였다. 내쫓듯이 보낸 문중 사람들이 이제 와 선뜻 진영이를 맞아줄 리도 없었고, 불자가 되겠다고 나간 진영의 갑작스러운 귀향을 수상히 여기는 자들도 있을 터였다.

"그럼, 이리하면 어떤가……?"

이틀 동안, 머리를 맞대고 고민한 끝에 먼저 억지 혼인에 대한 꾀를 내놓은 것은 오대감이었다. 성현이 황씨 부인 댁에서 오영감이 보낸 심부름꾼들이 돈을 빌리지 못하고 돌아가는 모습을 보았다고 전해준 직후였다.

"자네가…… 명근이에게 돈을…… 빌려……주게. 그리고 담보 대신…… 하아…… 진영이와의 혼인을 허락해달라고 청하게. 아마…… 선뜻 그러……겠다고 나설 거야. 그리만 되면, 자네가…… 혼약자의 자격으로…… 진영이를 집으로 데려온들…… 누가 무어라 하겠는가?"

거기다 오대감의 나머지 부탁 하나를 들어주기 위해서라도 성현이 진영의 공식적인 뒷배가 되어줄 필요가 있었다.

그리하여 결국 성현은 진영의 아버님을 먼저 속여 진영과의 혼인을 허락받은 후 진영을 절에서 데리고 나올 수 있었고, 이렇듯 진영과 민영의 집으로, 오대감에게로 진영을 데리고 올 수 있었던 것이었다.

당사자인 진영에게마저 사실을 말하지 않은 것은 혹여 진영으로 인하여 오영감이나 황씨 부인 혹은 문중의 다른 사람들에게 사실을 눈치채일까 저어하였기 때문이었다. 위험을 무릅쓰느니, 진영마저 속이자고 한 것도 오대감의 뜻이었다.


"이제 와 내가 다른 사람이라도 된 것처럼, 대단한 선인이기라도 한 것처럼 그런 눈으로 보지 마. 나는 대감마님과의 약속을 지키려 한 것뿐이야. 그 세 가지 부탁을 들어주기만 하면, 내게 한밑천 뚝! 떼어주시겠다고 약속하셨거든. 당신이 어찌 생각하건, 이건 내게 있어 여전히 한시바삐 끝내야 할 거래고 내기일 뿐이야."

여전히 무표정한 얼굴에 무뚝뚝한 말투였다. 여전히 눈빛도 거칠었다. 하지만 그 눈빛은 항시 진영이 생각해오던 것처럼 그리 못되고 사납기만 한 것은 아닌 듯 보였다. 속을 알 수 없는 성현의 눈빛은 '무언가'를 애써 감추기 위해 부러 더 사나운 척 번쩍였던 것은 아닌가, 그런 생각이 들 정도였다.

그 눈빛에 담긴 '무언가'에 대한 호기심으로 진영은 자신도 모르게 성현의 앞으로 한 발자국 더 다가갔다. 성현이 눈썹을 추켜세우며 자신의 행동을 수상쩍게 보는 걸 알면서도, 어둠 때문에 잘 보이지 않는 그의 눈빛을 읽고 싶다는 생각에 한 발자국 또 다가갔다.

진영이 한 발 다가서자, 성현의 눈빛이 변하는 것 같았다.

한 발 더 다가서자, 단단하던 눈빛이 흔들리는 것이 보였다.

마침내 진영이 성현의 바로 턱 밑에서 고개를 치켜들어, 자신을 내려다보고 있는 성현과 눈을 마주하였다. 성현이 들고 있던 등롱이 툭, 바닥으로 떨어졌다.

"왜, 왜!"

"그럼 왜 계율을 깰 수 있는 건 당신 혼자만이라고 했나요?"

당황해서 자신도 모르게 말을 더듬은 성현과 달리, 한결 차분한 목소리로 진영이 물었다.

"그저 거래고, 내기일 뿐인데. 왜 내게 다른 사내에게 마음을 주지 말라 한 건가요?"

진영의 물음에 놀란 건 성현만이 아니었다. 진영도 자신이 왜 이리 당돌한 질문을 하는 것인지, 왜 성현의 눈을 이리 뚫어져라 올려다보고 있는 것인지 제 행동에 당황스러울 따름이었다.

"왜, 날 당신의 여인이라 부르며 한눈을 팔면 죽어도 용서하지 않을거라……"

"정말 답이 알고 싶어? 내 입에서 꼭 그 이야길 듣고 싶어?"

어느 결에 본래의 눈빛을 되찾은 성현이 이번엔 제 쪽에서 진영의 얼굴 위로 제 얼굴을 드리웠다. 자신을 향해 한껏 고개를 쳐들고 있는 진영의 눈빛을 맞받으며 천천히 아래로 향했다.

"무슨…… 이야기요? 무슨…… 답이요?"

진영의 속삭임 같은 물음이 채 끝나기도 전에 사내와 여인의 코끝이 맞닿았다. 조금 흐트러지고 뜨거워진 숨결도 상대의 인중을 간지럽히기 시작하였다. 동시에 조금 더 가깝게 다가온 성현의 거칠고 사나운 눈빛이 눈이 부신 양, 진영의 눈꺼풀이 사르르 내려앉았다.

순간,

"낭…… 자? 거기 진영 낭자요?"

둘 모두에게 낯익은 이의 목소리가 후텁지근한 밤공기를 뚫고 들려와 잠시 잠깐 이성을 잃을 뻔하였던 사내와 여인을 갈라놓았다.

·

·

·

"어찌 정한군마마께서 진영이와 함께 걸음하셨습니까? 뜻밖에 귀한 분을 뵙게 되어 이 늙은것, 황망하기 짝이 없습니다."

한 시진 전, 사랑채에 든 정한군에게 황씨 부인은 슬며시 돌려 물어 진영이와의 관계부터 캐려 들었다. 정한군에 대한 소문은 시골의 노부인인 황씨조차도 익히 잘 알고 있을 정도로 조선 팔도에 파다하게 퍼진 상태였다. 혼인을 아니 하고 전국을 유람하는, 미색을 밝히는 호색한 공자. 이것이 바로 주상 전하의 사촌 아우인 정한군에 대한 소문이었다.

"……하월이 진영 낭자의 혼약자라는 것이 사실입니까?"

황씨 부인의 물음에 정한군의 물음이 이어졌다. 그제야 황씨 부인은 이 잘생긴 종친이 진영에게 마음을 두고 있음을 확신할 수 있었다.

'진영이 정한군의 배필이 되기만 하면…… 더는 골치 아플 것이 없지 않은가? 우리 집안으로서는 더없는 광영이 될 것이고, 진영이를 봐서도 더없이 좋은 일이 될 것이 아닌가? 성현이가…… 순순히 물러나 줄지 그것이 걱정이긴 하지만, 설마 군마마와 맞서 제깟 놈이 뭘 어찌하려고?'

대답을 기다리는 정한군을 마주 본 그 짧은 순간 동안, 노부인은 자신이 해야 할 일이 무엇인지 깨닫게 되었다.

"혼약자라니요. 그건 성현이 그 아이 혼자만의 생각일 뿐인 것을요. 아, 그 아이가 제 조카 손자라는 사실을 알고 계신지요?"

"그랬습니까? 미처 몰랐습니다."

"마마, 혹시…… 진영이 부모에 대한 일은…… 알고 계십니까?"

황씨 부인이 다시 물었다. 정한군이 진영이가 죄인의 여식이라는 걸 알고 있는지 확인하려 함이었다.

"……알고 있습니다."

"휴우우."

황씨 부인이 길게 안도의 한숨을 내쉬었다. 진영의 부모에 대한 일을 모두 알고도 진영을 데려다주고 성현과의 관계에 신경 쓰는 걸 보면 진영에 대한 마음이 여간 각별하지 않은 것이 틀림없었다.

"실은 일은 이리 된 것입니다."

몇 번 머뭇거리는 척을 하며 정한군을 더욱 애가 닳게 만든 후에야 황씨 부인이 진영과 성현에 대한 일을 털어놓았다. 진영이 불교에 귀의하겠노라고 절로 들어갔던 것, 성현이 오영감 내외의 옥바라지 비용과 유배에 들 비용을 빌려주고 오영감에게서 진영과의 혼인을 허락 받은 것, 진영에게 마음이 있어서가 아니라 진영과의 혼인 후에 이 집안에 눌러앉아 훗날 오대감이 물려줄 재산을 차지하기 위해 억지로 진영을 데리고 하산했던 것 등이었다.

"그렇다고 해서 오냐, 그러냐? 그럼 어여 혼인하거라 하고 무작정 혼인을 시켜줄 수도 없는 노릇 아닙니까? 그리되면 무엇보다 진영이 그 아이가 너무 딱하게 되는 것을요. 어디 적당한 혼처라도 있으면 연분을 맺어주고 싶지만, 그 아이 부모 일이 있으니 그마저도 여의치 않지요. 에휴!"

슬쩍 정한군의 눈치를 살피며 황씨 부인이 한숨을 늘어놓았다.

"어허, 그런 일이 있었을 줄이야. 낭자의 사정이 딱하기 짝이 없군요."

정한군은 황씨 부인이 바라는 반응이 무엇인 줄 알면서, 부러 진영에 대한 제 마음은 내놓지 않았다. 제 앞에서 마치 보살처럼 인자한 웃음을 짓고 있는 이 노부인은 말로는 진영을 안타깝다, 딱하다 동정하지만 진영이 절에 가도록 내버려둔 것도, 성현이 오영감에게 돈을 빌려주어 혼인을 허락받을 수 있는 빌미를 준 것도 결국은 노부인을 비롯한 이 문중 사람들이라는 것을 깨달았기 때문이었다. 정한군은 그런 얄팍하고 경망스러운 이들에게 굳이 자신의 진심 따위 보여주고 싶진 않았다.

❦

"어쩌면 그 집에서 그대로 머물지도 모르겠습니다. 그 아이한테는 그 집이 곧 제집이나 다름없는 것을요."

정한군이 황씨 부인 집에서 진득하게 기다리지 못하고 오대감 집으로 향한 것은 오후가 저녁으로, 저녁이 밤이 되도록 그들 두 사람이 돌아오지 않은 탓이었다. 저녁상을 물린 뒤, 사랑채로 들어온 황씨 부인은 넌지시 진영과 성현의 늦어지는 귀가를 걱정하는 척 말을 꺼냈다.

"그렇다 해도, 성현이는 돌아와야 할 터인데 그 녀석도 그 집에서 묵으려는 건가? 사랑채는 물론 객방도 손들로 가득 찼을 터인데 도대체 어디서 묵으려고?"

능구렁이 같은 노부인은 괜히 혼잣말로 걱정하는 척하며 애가 타기 시작한 정한군의 염장을 질렀다.

"마마, 밤이 더욱 깊어가오니 먼저 주무시지요. 아랫것들을 불러 채비를 하여 드리겠습니다. 그 아이들이라면, 별일이 있겠습니까? 날이 밝으면 돌아오겠지요."

"……말을 빌려주시겠습니까? 제 말은 하월이 타고 간지라."

결국, 제 조바심을 이기지 못한 정한군이 자리에서 벌떡 일어섰다.

"야밤이니 길을 잃기 십상입니다. 모셔다 드릴 아랫것을 붙여드리지
요."

어디로 갈 것이냐 묻지도 않고, 황씨 부인이 인자한 미소를 지어 보
였다.

'연정(戀情)이란 다 그런 게지요. 아무리 평온을 가장하여도 초조하
고 애달은 마음은 숨길 수가 없지요.'

제 생각대로 맞아떨어져감을 기꺼워한 황씨 부인의 미소는, 겉보기
만으로는 자비롭기 짝이 없는 관음보살의 미소를 닮아 있었다.

정한군이 황씨 부인집 하인의 길 안내를 받아 오대감 집에 도착했
을 때, 이미 밤은 한층 더 무르익어 있었다. 마당에는 술판이 어지럽게
놓여 있었고, 거나하게 취한 사람들이 여기저기 뒹굴고 있었다.

"이들이 다 누구냐? 병자가 있다는 집에 어찌 이런 술판이……."

"모두…… 이 댁 친척들이십니다요. 병문안을 오신 김에 모두……"

길 안내를 한 하인이 괜히 제가 민망해 하며 답하다, 막 안채 쪽으로
들어가는 진영의 뒷모습을 손으로 가리켰다.

"아, 저기 계십니다요. 저어기 별당이 있는 안채 쪽으로 들어가고 계

시네요. 아가씨!"

하인이 목청을 높여 진영을 부르려 하자, 정한군이 손을 들어 말렸다.

"됐다. 넌 그만 돌아가보거라."

"……예."

하인이 허리를 굽혀 인사를 하는 것에 신경도 쓰지 않고, 하인이 들고 있던 등롱을 건네주려 하는 것도 미처 못 보고, 정한군이 마당을 가로질러 안채 대문 쪽을 향해 급히 걸음을 옮겼다. 안채 평대문을 지나 멀지 않은 곳에 서 있는 좌, 우 별당 쪽을 향해 걸어가던 정한군의 눈에, 저만치 스무 걸음쯤 앞에 여인의 뒷모습이 보였다. 등롱이 바닥에 구르고 있었기에 정한군의 눈에 비친 건 제 쪽을 향해 등을 보이고 서 있는 한 여인과 그녀를 마주 보고 선 사내의 어렴풋한 윤곽뿐이었다.

"진……?"

진영의 이름을 부르며 두어 발자국쯤 더 다가서자, 어둠에 익숙해진 눈에 두 남녀의 모습이 조금은 더 분명하게 보였다. 가깝게, 너무 가깝게 몸을 밀착하듯 서서 서로를 마주 보고 있는 하월과 진영의 모습이.

"왜. 날 당신의 여인이라 부르며 한눈을 팔면 죽어도 용서하지 않을 거라……"

"정말 답이 알고 싶어? 내 입에서 꼭 그 이야길 듣고 싶어?"

"무슨……이야기요? 무슨……답이요?"

희미하지만, 두 사람의 이야기 소리도 들렸다. 마치 접문(接吻, 입맞춤)이라도 할 듯 두 사람의 얼굴이 점점 가까워지는 것도 볼 수 있었다.

"낭……자? 거기 진영 낭자요?!"

정한군은 서둘러 목청을 높여 진영의 이름을 불렀다. 그리 말을 걸지 않으면, 제 눈앞에서 벌어질 일이 두려워진 탓이었다. 그리고 제 부름에 잠시 잠깐, 굳은 듯 움직이지 않던 두 그림자가 서둘러 떨어지는 모습을 보며 두 눈을 질끈 감았다.

'웃어야 한다. 웃어라. 나는 아직 아무것도 못 봤어. 아직은 아무것도…… 아니다.'

정한군은 속으로 심호흡을 한 뒤, 잘 움직여지지 않는 입과 볼을 움직여 웃음을 만든 뒤, 떨림을 숨기려 한층 더 경쾌한 걸음으로 두 사람에게 다가섰다.

"어찌…… 여기까지 오셨습니까?"

진영의 물음에 잠시 답을 고민하느라, 정한군이 머뭇거렸다. 성현과 함께 간 것이 걱정되어 왔노라고, 올 시간이 넘었는데 아니 오는 것에 초조해져 왔노라고 말하기엔 조금 전 본 두 사람의 모습이 마음에 걸렸다. 어쩐지 자존심이 상하는 것도 같았다.

"아! 그것이…… 낭자에게 급히 줄 것이 있어 왔다오."

정한군이 자신의 도포 소맷자락 안에 손을 집어넣고선, 무언가를 꺼내 진영의 앞에 보여주었다.

"이……것은?"

어느새 등롱을 들어 올린 성현 덕분에 정한군이 내민 것을 또렷이 볼 수 있게 된 진영은 깜짝 놀라 입을 벌렸다. 동이 놈이 물고 간 후 잃어버렸던, 다시는 찾지 못할 것이라 여겼던 민영의 은향갑이 정한군의 손바닥 위에 있었다.

"궁방에서 없어진 것이 어찌⋯⋯"

"그, 그러게 말이오. 참으로 신기한 일이 있지 않소? 조금 전 노부인 댁에서 짐을 부리던 아랫것이 발견하여 내게 가져다준 것이오. 아마 궁방에서 짐을 쌀 때 딸려 들어간 모양이지 싶소. 낭자가 이것을 잃고 얼마나 낙담하였는지 알기에, 내 한시라도 빨리 낭자에게 전해주고 싶어 이리 왔다오."

정한군이 진영의 손을 잡아, 그 손바닥에 은향갑을 쥐어주며 다정히 말했다.

"다시없는 소중한 것이라 하였으니, 이제는 잃어버리지 마오?"

"고맙습니다. 참으로 고맙습니다."

진영이 깊숙이 허리를 숙여 감사의 예를 표했다. 그 얼굴에 떠오른 좋아 어쩔 줄 모르는 모습에 정한군은 그나마 쓰린 속내를 조금은 달랠 수 있었다. 조금 전에 목도한 광경이 날카로운 비수가 되어 여전히 제 가슴에 깊이 박혀 있었지만, 진영이 기뻐하는 모습을 보니 그 아픔이 조금은 가시는 것만 같았다. 그런 자신이 너무도 어리석고 초라해 보여 실소가 나올 것만 같았다.

"밤이 늦었습니다. 볼일을 마치셨다면 이만 물러가시지요. 이곳은 여인들의 처소입니다."

연신 은향갑을 쓰다듬는 진영의 앞을 막아서며 성현이 퉁명스레 말했다. 제 것을 지키고자 사나움이 깃든 성현의 눈빛을 제 것을 빼앗길 수 없어 사나움이 깃든 정한군의 눈빛이 맞받아쳤다.

"그런가? 처음 온 곳이다 보니, 내 천지 사방 분간을 못 하였네. 그저 낭자의 뒷모습이 보이기에 따라온 것이지. 헌데…… 그러는 자네는 사내가 아니던가?"

정한군이 제 얼굴에서 미소를 걷어내고 성현에게 물었다.

"저야 혼약자이니 내외를 하지 않아도 되지요."

"그것 참, 이상하지 않은가? 내 방금 노부인의 말씀을 듣고 왔는데 그분께서는 하월 자네를 낭자의 혼약자로서가 아닌 빚쟁이로서만 생각하고 계시던데?"

"이미 빙부 되시는 이에게 혼인을 허락받았으니 다른 분의 뜻이야 뭐 그리 중하겠습니까?"

"돈으로 허락받았다 했는가? 그래, 도대체 그 돈이 얼만가?"

"아시면요. 대신 갚아주시기라도 하시겠다는 겁니까?"

"못 그럴 것도 없지. 액수를 말해보게. 내 그 두 배는 더 치러줌세."

"두 배 가지고 되겠습니까? 이왕 쓰실 요량이시라면 더 쓰시지요."

"세 배."

"이 집의 당주이신 오대감과 가장 가까운 인척은 바로 진영 낭자지요. 즉, 오대감이 돌아가시고 나면 가장 많은 재물을 물려받을 이도 낭자이고요. 그깟 세 배 장사에 비할 바가 아닙니다."

"하면 얼마를 원하는가? 불러보게."

"얼마여야 좋을까요? 그럼…… 열 배는 어떻습니까?"

도발이라도 하듯 능글거리는 성현에게 역시 지지 않고 정한군이 맞섰다.

"좋네. 내 스무 배를 더 쳐주지. 그럼, 되었는가?"

"네! 아주 조옿습니다! 당장 주시지요."

두 사내가 서로 턱을 치켜들며 상대를 노려보았다. 두 사람이 이리 서로 뻗대며 맞선 것은 어린 시절 이후 처음 있는 일이었다. 이대로라면 서로 멱살잡이를 하며 싸우는 것도 시간문제일 것만 같았다. 하지만 두 사내 다 의외로 맥없이 물러설 수밖에 없었다.

"제가 장사 물건입니까?!"

이를 악문, 진영의 말소리가 끼어든 때문이었다.

두 사내가 그제야 서로를 향한 시선을 거두고 진영을 보았다.

"군마마와 생원쯤 되시는 분이 저를 두고 흥정을 하시는 겁니까? 너무도 황송하여 몸 둘 바를 모르겠습니다. 참으로, 대에단들 하십니다."

차갑게 일별한 진영이 성현이 들고 있던 등롱을 빼앗아 들더니 저만치 앞에 있는 좌, 우 별당을 향해 걸어가기 시작하였다. 멍청하고 한심한 작자 둘을 어둠 속에 남긴 채.

"민영아……."

민영과 자신이 함께 기거하던 우별당 앞에 다다른 진영은 차마 마루 위에 올라서지 못한 채 멍하니 보고만 섰다.

"왜 이제 와! 얼마나 기다렸는지 알아?!"

당장에라도 그리 말하며 후다닥, 민영이 뛰쳐나올 것만 같았다.

"민영아……."

왈칵 치밀어오른 그리움에 댓돌 위에 한 발 올려놓았지만, 진영은 마루에 올라서지 못하고 다시 흠칫 물러설 수밖에 없었다. 방바닥을 온통 벌겋게 물들였던 민영의 피가 눈앞에 선히 떠올랐다. 마치 입안에 핏덩이를 가득 물고 있는 것처럼 비린 피 냄새에 속이 뒤집어질 것 같았다.

"우욱!"

진영이 본능적으로 치밀어오른 토기를 참지 못하고 마루 기둥을 붙잡은 채 허리를 굽혀 헛구역질을 했다.

괜찮을 것으로 생각했다. 실제로 안채로 들어섰을 때만 해도 아니 별당 앞에 다다랐을 때까지만 해도 괜찮기도 했다. 짧은 시간 떠나 있었지만, 내내 그리워했던 곳이었기에 설마 그날의 기억이 이처럼 생생하게 되살아날 줄은 미처 알지 못했다.

"우욱, 욱."

"낭자……."

진영의 뒤를 따라 별당 마당에 들어선 정한군이 심상치 않은 진영의 모습에 놀라 달려가려 하자, 성현이 그 앞을 막아섰다.

"하월!"

"어차피 혼자 겪어내야 할 일입니다."

"……저곳이 그 일이 일어났던 곳인가?"

"네."

정한군의 안쓰러워하는 마음이 담긴 눈빛이 진영의 뒷모습에 머물렀다.

"······힘들겠군."

"그래도 하는 수 없지 않습니까?"

짐짓 무정함을 가장하는 무뚝뚝한 성현의 말에 정한군이 자신의 눈과 거의 같은 높이에 있는 성현의 눈을 마주 보았다.

"아까 한 말은······ 진심인가?"

정한군이 물었다. 정말 성현이 낸 돈의 몇 배를 내면 진영을 자유롭게 해 줄 것이냐는 물음이었다.

"······흥정은 없습니다. 장사 물건이 아니질 않습니까?"

성현이 담담하게 제 진심을 드러냈다.

"노부인은, 내가 낭자와 혼인하기를 원하시네."

"그분께 다른 의도가 있음을 눈치채셨을 텐데요."

"그래도 내가 솔깃해 한다면? 다른 의도라 해봐야 딱히 내게 손해를 끼칠 일은 아니니, 상관하지 않겠다고 한다면?"

"······정한군마마의 의도는 어떠하십니까?"

"뭐?"

"마마도 사내이시니 여인에게 단박에 끌리실 수야 있지요. 특히 보통의 규수들과는 다른 면모가 많은 여인이니 관심이 가실 수도 있지요. 하지만 아무리 그래도 너무 빠르시단 말입니다."

성현이 고개를 돌려 여전히 움직이지 못하고 있는 진영을 본 후, 다시 정한군과 눈을 맞췄다.

"거기다, 이 댁에서 일어난 일을, 저 여인의 부모가 저지른 일에 대해서 부부인 마님이나 다른 어르신들, 특히 마마의 외가 어르신들께서 아시게 된다면 분명 기꺼워하지 않으실 텐데요."

"그분들을 어찌 설득할지는 자네가 신경 쓸 문제가 아닐 텐데? 그리고 낭자와 만난 시간이 오래지 않은 것은 자네 역시 마찬가지가 아닌가? 거기다 자네는 낭자를 진심으로 연모해서가 아닌 재산 때문에 혼인하려 하는 것이잖나."

"마마는 어떠십니까? 명문 거족의 규수를 아내로 맞으려 하시는 건, 훗날을 위해 힘을 모으려 하시는 부부인 마님과 외친 어르신들의 기대를 꺾기 위함이 아니십니까?"

"……내가 진심이라면? 진심으로 저 여인을 사모하여 내 아내로 맞고자 한다면?"

"……저 또한 진심이라면요? 재물과는 별개로 이미 저 여인을 내 안사람으로 들이고자 작정하였다면요?"

각자의 진심을 털어놓고, 이제는 오랜 벗에서 연적(戀敵)으로 변한 두 사내가 정색을 하고선 서로를 바라보았다.

피차가 서로에 대해 너무 잘 아는 사이였다. 닮은 구석도 많고 그만큼 다른 구석도 많은, 그래서 서로의 가장 친한 벗이면서 가장 껄끄러운 벗이었다.

하여 지금 이 순간도 똑같은 생각을 하며 마주 보고 있는 두 사람이었다. 피차가 모두 진심이라면 이 일을 어찌 매듭지어야 하나, 똑같은 생각을 하고 있는, 별반 다르지 않은 두 사내였다.

그렇게 두 사내가 긴장한 눈빛으로 서로의 의중을 짚으려 할 때, 문득 조심스럽게 마루를 딛는 소리가 들려왔다.

한참 동안 마루의 기둥을 짚고 괴로워하던 진영이 드디어 마루 위에 올라선 것이었다. 그러고도 한참을 또 마루에서 스스로 가슴을 문지르며 호흡을 고르던 진영이 불꺼진 방의 문을 열었다. 순간, '우당탕!' 하는 소리와 함께 '앗!' 하는 짧은 진영의 비명이 들려왔다.

"낭자!"

"무슨 일이야!"

두 사내가 잽싸게 마당을 가로질러, 마루 위에 뛰어올랐다. 어느 누가 먼저랄 것도 없이 방문을 열어젖힌 두 사람은, 어둠 속의 진영을 향해 물었다.

"괜찮소?"

"괜찮아?"

물음과 거의 동시에, 한 발 들어서려는 그들에게 진영이 다급히 외쳤다.

"잠시만요!"

"낭자……"

"어두워 넘어진 것뿐입니다. 호롱을 못 찾았습니다. 밖의 등롱을 가져와주십시오."

진영의 말이 떨어지자마자, 성현이 얼른 돌아서 좀 전에 진영이 댓돌 곁에 놓아둔 등롱을 찾아 들고 왔다.

"도대체 무슨 일이야?"

등롱으로 방을 비춘 성현의 입에서 금세 "끄응" 하는 신음이 터져 나왔다.

"이런……."

성현의 곁에서 함께 방을 들여다본 정한군의 입에서도 나직한 한숨이 배어 나왔다. 두 사내의 눈앞에 펼쳐진 광경은 가관이었다.

분명 한때는 규수들의 방답게 곱게 치장되어 있었을 방 안 광경은 엉망진창, 그 자체였다. 보료나 장식장 등 크고 작은 가구와 세간살이들은 이리저리 넘어뜨려져 있었고, 방바닥에는 온갖 서책이 겉장과 안장으로 분리되어 어지럽게 널려 있었다. 그 가운데에서 아무렇게나 뒹굴고 있던 서안에 발이 걸려 넘어진 듯한 진영 역시 난장판이 된 예전의 저희 방을 둘러보며 심란한 표정을 짓고 있었다.

탁탁.

등롱의 빛에 의지해 호롱을 찾은 진영이 부싯돌을 튕겨 심지에 불을 붙였다.

좀 더 환해진 방 안 광경은 한층 더 심란하기 그지없는 모습들이었다. 가구나 서책만이 아니라 벽장의 창호지들마저 너덜너덜 찢겨 있었다. 흉가나 폐가의 방과 다름없는 모습이었다.

"이게 도대체 무슨…… 아니 누가, 왜?"

정한군이 눈살을 찌푸리며 물었다.

"집안사람들이 이런 것인가?"

심란하기 짝이 없는 얼굴로 성현도 진영에게 물었다.

"두 분의 질문에는 따로 상세히 답해드릴 터이니, 잠시만 조용히 해주시지요."

번갈아 자신을 향하는 질문에 확 짜증이 난 것인지 진영의 답에는 가시가 돋쳐 있었다. 그러더니 묵묵히 가구와 책들을 치우기 시작하는 진영이었다.

성현도 정한군도 얼른 방을 정리하기 시작하였다. 가구들을 제자리에 세운 후에는 겉장이 죄다 뜯겨 나간 서책과 그 잔해들을 모아 대충 정리하였다. 세 사람이 합심하여 일을 한 덕분에 어지러운 방 안 모습은 금세 정돈이 되어갔지만 너덜너덜 찢겨진 벽지들 때문에 끝까지 흉측한 모습을 숨길 수 없었다.

"나머지는 아랫것들에게 일러 치우라 하오."

방 정리를 쉽게 그만두지 못하는 진영을 정한군이 말리고 나섰다.

"지금 이걸 치우는 게 급한 게 아니잖아."

영 일어서려 하지 않는 진영에게 성현도 걱정을 애써 감추며 투덜거렸다.

"여기가 당신 방이었어?"

그래도 일어서지 않는 진영에게 성현이 물었다.

그 순간, 진영이 무슨 생각에선지 자리를 박차고 일어났다.

그리곤 서둘러 등롱을 들고 방을 나섰다. 마루를 내려가 마당을 지나, 좌별당으로 향했다.

그 뒤를 허겁지겁 두 사내가 따랐다.


"참으로, 너무들 하십니다."

민영이 죽기 전 자신을 위해 좋은 향을 입히고 예쁘게 단장해주었던 좌별당 제 방에 당도한 진영은 불빛 아래 드러난 방 안 모습에 한숨을 폭 내쉬었다.

민영이 죽기 전 마지막까지 있었던 곳이란 소릴 들어 그랬는지 그 방은 좀 전의 우별당보다 한층 더 어지럽혀져 있었다. 벽장의 문은 뜯어져 나뒹굴고 있었고, 가구들은 죄다 부서져 있었다. 심지어 왕실이나 대갓집 안방에나 도배되는 귀한 능화 문양의 벽지까지도 군데군데 찢겨져 너덜거리고 있었다.

"도대체 무슨 생각으로 이리 귀한 벽지들까지 죄다 뜯어놓은 것인지……."

정한군이 방의 광경에 충격받은 것인지 혼잣말을 중얼거렸다.

"모두가 제 잘못입니다."

깊은 한숨을 내쉰 후, 다시 한번 방 안을 돌아본 진영은 서둘러 방정리에 나섰다.

방들이 이꼴이 된 이유는 능히 짐작이 갔다. 민영이 진영 부모의 사주를 받은 괴한에게 찔려 죽은 후, 진영 어머니는 한밤중에 몰래 사람의 눈을 피해 민영과 진영이 쓰던 방을 뒤졌었다. 만일의 일을 대비해 민영의 아버지인 오대감이 민영에게 가지고 있으라고 한 땅문서들을 찾기 위해서였다.

그것을 알아챈 진영은 소란을 피워 민영의 장례 때문에 모여 있던 문중 여인들을 불러들였다. 그리고 그 앞에서 제 부모의 죄를 낱낱이 밝혔다.

"그렇게 재산이 탐나십니까? 조카딸을 죽이려 모의하실 만큼? 그래요! 여기 있습니다! 여기요! 어머니가 그토록 찾으시려고 하는 땅문서들이 바로 여기 있습니다!"

진영은 어머니와 문중 여인들 앞에서 민영이 감춰두었던 땅문서들을 꺼내어 뿌렸었다. 서책의 두터운 겉장 사이를 갈라 한 장씩 감춰놓았던 땅문서들을 꺼내 던졌더랬다.

방들이 모두 엉망이 된 것은 자신이 어머니를 책하며 땅문서들을 뿌리는 것을 본 문중 여인들의 탐욕 때문일 것이었다. 생각지도 못한 의외의 곳들에서 나온 수십여 장의 땅문서들을 본 그들은 분명 그것이 전부가 아닐 거라 의심했을 것이었다.

민영의 비밀을 알고 있는 진영이 제 부모의 악행에 절망하여 미친 사람처럼 울부짖으며 내놓은 것들이니, 미처 내놓지 못한 땅문서가 더 있을지도 모른다고 생각했을 것이었다. 하여, 얌전한 얼굴을 한 양반댁 여인들은 부끄러움을 잊고 방 안 구석구석을 이 잡듯이 뒤집었을 것이었다.

제

9

장

익숙한 슬픔

"부러 모르는 척하려던 것은 아니었습니다."

시간을 들여, 공을 들여 대충 방 안을 정리한 진영은 아랫것에게 일러 냉차를 내오라 시켰다. 그리고 정한군에게 잠시 별당의 뒷마당을 거닐지 않겠느냐고 청했다.

바깥 마루의 기둥에 등을 기대고 앉은 성현은 모르는 척 달구경에 열중하였다. 더는 내외하란 잔소리도 하지 않았다.

"내내 제게 깊이 마음 써주신 것, 몰랐다 하면 거짓말이겠지요."

나란히 마당을 거닐며 진영이 드디어 제 본심을 털어놓기 시작하였다.

"더욱 솔직히 말하면 마마 같은 오라버니가 있었으면, 아니 아니에요. 이것도 거짓말입니다."

걸음을 멈춘 진영이 정한군을 마주 보았다.

"그래요. 마마가 저를 보고 웃어주시는 게 좋았습니다. 곱다 봐주시는 그 눈빛에 가슴이 저릿하기도 하였습니다. 마마와 함께 웃고 있노라면 머리 복잡한 일들에 신경 안 써도 좋을 것만 같았지요. 세상 사람들이 자신이 가진 걸 전부를 내놓아 가지고 싶어 하는 그 연모란 감정이 무엇인지, 처음 마마가 제게 웃어주실 때 바로 그때, 알 것만 같았어요.”

“낭자……”

뜻하지 않은 진영의 고백에 감격한 정한군이 앞으로 가지런히 모은 진영의 손을 잡으려 두 손을 내밀었다. 하지만 진영은 정한군의 손이 닿기 전에 제 두 손을 등 뒤로 돌리고선 고개를 저었다.

“하지만 곧 알았습니다. 나는 그럴 자격이 없는 몸이란 것을.”

“불……가에 귀의하기로 한 몸이라서?”

진영이 다시 고개를 저었다.

“은혜 스님은 제게 어떤 강요도 하지 않으셨어요. 무조건 돌아와라, 수행승이 되어야 한다는 당부의 말씀도 없으셨지요. 그저 제 마음이 따르는 길을 걸어가라, 늘 그렇게만 가르치셨어요. 그래서 송화사의 일주문을 나설 때 스스로 경계하고 또 지키겠다 맹약한 계율들을 깨게 되었을 때도 어쩌면 그 심각성을 일부러 간과했는지도 몰라요.”

“그럼, 도대체 뭐가 문제요? 당신 부모님의 죄? 아니면 우리 혼인을 반대할 사람들? 종친이라는 무겁고 거추장스러운 내 신분?”

“아직 아무 속죄도 못 한 나 자신이요.”

이글거리는 정한군의 시선이 버거운 듯 등을 돌린 진영이 지금껏 누구에게도 하지 못했던 말을 털어놓았다.

“민영이가 그리된 것은…… 그리 허망하고 비참하게 죽을 수밖에 없었던 것은…… 제 우유부단함 때문이지요. 그날 어머니가 저와 민영을 떨어뜨려 놓기 위해 송화사의 은혜 스님이 편찮으시니 함께 가자고 하셨을 때, 어쩌면 전…… 그 뒤에 일어날 모든 비극을 조금은 예감하고 있었을는지도 몰라요. 하지만 괜찮을 거라는 민영의 말에, 어리석게도 나 역시 괜찮을 거라 그리 스스로를 속인 것이었지요."

"……그것이 어찌 낭자의 죄요."

"저는 알아차려야만 했습니다. 아니, 아니에요. 어쩌면 처음부터 다 알고 있었을지도 몰라요. 그런데도 비겁하게, 우유부단하게 아닐 거라고, 내 부모가 그리 끔찍한 사람들은 아닐 거라고 나를 속이고 민영이를 속인 것일지도 몰라요! 애초에 두루뭉술하게 말하는 게 아니었어요. 문중 어르신들이건 관아에건 내 발로 찾아가서 내 부모의 죄를 고발했어야 했어요. 내 부모가 큰아버지와 민영이의 재산을 빼앗기 위해 음모를 꾸민다고 누구에게라도 털어놓고, 치죄해 달라 그리 요청해야 했어요!"

진영은 잠시 숨을 고르며 격앙된 스스로를 가라앉혔다.

"그랬더라면, 민영이가 그리되지 않았을 거예요. 죽지 않았을 거예요. 그런데도 전…… 너무 무섭고 너무 비겁해서 침묵하고 말았어요. 결국, 민영이를 죽인 건 제 부모의 탐욕이 아니라 저의 나약함과 두려움이었던 거예요."

진영이 달빛 아래 제 하얀 두 손을 펼쳤다. 피가 흥건히 묻은 비수가 그 손바닥 위에 있는 양, 자신의 손바닥을 내려다보며 덜덜 떨기 시작하였다.

"제 손에 피가 잔뜩 묻어 있어요. 민영이의 몸에서 흘러나온 피가 제 손을 흥건히 적시고 있어요. 나라님이 벌을 아니 준다고 하셔서 이 피가, 이 죄가 사라지는 건 아니잖아요?"

"그러지 마오."

죄악감과 자책감에 떨며 서 있는 진영을 안아주기라도 할 듯, 성큼 다가섰던 정한군은 이내 마음을 바꾸어 떨리는 진영의 어깨를 다정히 잡기만 하였다.

"자신을 나무라지 마오. 부모의 죄를 고발하는 것이 말처럼 그리 쉬운 일이 아니잖소. 내게 피와 살을 준 어미와 아비를, 나를 어여삐 여기고 다정히 대해주었던 그들을 형벌의 고통 속으로 떠미는 짓을 어느 자식이 그리 손쉽게 할 수 있다는 이야기요? 나조차도…… 뻔히 눈에 보이는 사실을 모른 척 눈을 감았던 때가 있다오."

정한군은 예전, 제 외조부와 어머니가 후일을 도모하는 것을 우연히 엿들었던 그날의 기억을 떠올렸다. 그날, 은밀히 주위를 물린 두 사람은 몰래 밀담을 나누었더랬다. 두 사람은 성상(聖上, 살아있는 임금)이 젊고 건강하다 하나, 사람 일은 어찌 될지 모르는 거 아니냐며, 만일 후사를 얻지 못하고 비극적인 일이라도 당하시게 되면 다음 보위는 누가 이을지 장담할 수 없는 것 아니냐는 기대에 찬 이야기들을 나누었다. 그러기 위해서라도 정한군의 배필은 장차를 대비하여 든든한 힘이 되어줄 수 있는 집안에서 골라야 할 것이라며 각오를 다지는 제 어머니와 외조부에게 얼마나 깊이 절망했는지를 떠올렸다.

"누가 낭자가 벌을 받지 않았다 말하겠소? 이처럼 출구가 없는 고통과 번뇌 속을 헤매는 낭자인데…… 죽을 때까지 그날의 기억에 몸을 떨며, 스스로를 나무라고 책하고 괴롭힐 것이 분명한데……."

진영이 정한군의 손에서 빠져나와 돌아보았다. 달빛에 어렴풋이 비친 그 얼굴은 어쩐 일인지 환한 대낮에서보다 더 선명한 인상으로 정한군의 눈에 박혔다.

"조금 전, 여전히 병석에 누워 계신 큰아버지를 뵈었습니다. 사람들의 욕심으로 갈가리 찢겨져 나간 방들을 보았습니다. 그래서 저는 이제야 알 것 같습니다. 아무리 외면하고 싶어 해도, 뿌리치고 싶다 해도 결국 이 모든 것들은 제가 감당해야 하는 제 몫의 짐이라는 것을."

"내가…… 내가 낭자의 곁에서 그 짐을 가볍게 해줄 수는 없는 것이오?"

진영이 희미하게 웃으며 고개를 가로저었다.

"……왜?"

"마마가 너무 좋은 분이어서요. 너무 다정하신 분이시니까요. 마마의 곁에 있으면 마마의 말처럼 모든 게 제 탓이 아니라 부정하게 되고, 어쩔 수 없었던 일이라 그리 변명하게 될 것 같아서요. 곁에 있으면 늘 웃고 싶어질 테고, 이곳에서의 일을 잊고 싶어질 테고, 또 언젠가는 분명 그리될 것 같아서요."

"……결국, 내 다정함이 그대를 내 사람으로 만들 수 없는 이유란 말이요?"

"…….."

"그럼 나도 무정을 가장하면 되겠소? 하월처럼 무례하게 거칠게 대하면 되는 것이오, 이렇게?"

와락, 정한군이 거친 손짓으로 진영의 허리를 감아 제 몸으로 끌어

당기더니, 큰 손으로 진영의 뒤통수를 잡고선 당장에라도 입맞춤을 할 것처럼 진영의 몸을 뒤로 휘게 만들었다.

하지만 정한군의 입술은 그토록 간절히 원하는 장소에 가 닿지 못하였다. 막 코끝이 스치려는 찰나, 아픔과 두려움을 담은 눈빛으로 저를 보고 있는 진영의 눈을 보았기 때문이었다.

"미, 미안하오."

진영의 고통스러움을 담고 있는 눈빛에 화들짝 놀란 정한군이 얼른 진영을 놓아주고 한 발 물러섰다.

"내가…… 내가 잠시 정신이 나갔나보오. 달…… 달빛이 너무 밝아서 내가…… 실성을 한 건지도 모르겠소. 잠시, 잠시 얼굴 좀 씻고 오리다."

그리 말하고선, 정하군은 진영을 놓아둔 채 황급히 발걸음을 옮겼다.

"거 보세요. 이리 다정하시니, 흔들리는 제 마음이 더욱 죄스럽지 않습니까?"

진영이 정한군의 뒷모습을 보며 혼잣말을 하였다.

그때였다.

"이젠 내 차례인가?"

어둠 속에서 불쑥 성현의 목소리가 들려왔다. 정한군이 사라져간 반대편에서 성현이 다가왔다.

"차례라니요?"

"그냥 말해. 어차피 정한군마마 다음엔 나를 불러내어 똑같은 소리를 하려던 것 아니었어? '도와주신 것 감사합니다. 하지만 당신의 아내가 될 순 없습니다. 이런 저를 용서하지 마세요.' 운운······."

어느새 진영의 앞에 와 선 성현이 비죽 웃었다.

"당신이란 여자는 참······ 얍삽하단 말이지. 입으로는 모든 게 다 내 잘못입니다, 다 내 죄예요, 그리 말하면서 그 잘못을, 죄를 바로잡으려는 노력은 아무것도 하질 않잖아?"

"······!"

"마마만 해도 그래. 나는 아니에요, 내가 유혹하지 않았습니다. 그리 시침을 떼며 정한군마마가 보여주는 웃음과 친절을 한껏 즐겼잖아."

거침없이 쏟아내는 성현의 비방에 진영은 아무 말도 할 수가 없었다. 그의 말이 모두 옳음을 제 자신이 더 잘 알고 있었다.

"그래놓고선 내게도 그럴 참이었지? 아무것도 모르는 말간 얼굴을 하고 나를 유혹한 좀 전의 일은 모르는 척, 잊어버린 척 그리 시침을 뗄 작정이었겠지."

"나는 유혹 따원······"

"하지만 걱정 마. 난 당신에게 흔들릴 기회도, 망설일 기회도 주지 않을 거니까."

성현이 와락 진영을 껴안았다. 그리고 진영에게 난생처음 입맞춤이란 것이 얼마나 뜨겁고 위험한 유혹인지 가르쳐주기 시작하였다.

툭.

진영의 손에 들렸던 등롱이 떨어져 땅바닥에 뒹굴었다.

하지만 진영은 미처 알지 못했다.

그것을 알 만한 상태가 아니었다.

자신도 모르게…… 정신이 자꾸만 아득해져갔다. 자꾸만…… 발밑이 서서히 꺼지는 것 같았다. 눈을 뜰 수도 감을 수도 없었다.

눈을 뜨면 바로 보이는 그의 새카만 눈빛이 너무 뜨거워 눈을 감을 수밖에 없었다.

눈을 감으면 제 입에 맞닿은 그의 입술이, 제 등허리를 쓸어내리는 그의 손길이 너무 생생해 눈을 뜨지 않고는 견딜 수 없게 하였다.

"……!"

한참의 시간이 지난 뒤, 성현의 입술이 마침내 제 입술을 놓아주었을 때, 진영은 자칫하면 스르르 주저앉을 뻔하였다. 하지만 무릎이 채 꺾이기 전, 성현의 단단한 팔이 진영의 허리를 감싸쥐며 받쳐주었다.

"있잖아, 정말 사내와 여인이 입을 맞추면 그렇게 기분이 좋은 걸까?"

진영은 말가니 성현의 얼굴을 올려다보며 민영을 떠올렸다. 민영이랑 함께 배를 깔고 누워 패설(稗說) 책을 뒤적이던 옛일이 생각났다. 아랫것들이나 부모님이 보면 규수답지 않은 일이라고 꾸짖을 게 뻔했지만 민영과 진영은 종종 한밤중이면 그리 아랫목에 배를 깔고 누워 같은 책장을 넘기곤 했었다.

"정말로 여기 쓰인 것처럼, 눈앞에는 일곱 빛의 나비들이 둥실둥실 떠다니고 귓가에는 선녀가 퉁기는 은은한 비파 소리가 맴도는 걸까?"

행여 밖으로 소리가 새어나갈까 민영은 잔뜩 목소리를 낮추고 호기심에 두 눈을 빛내며 물었더랬다. 새침한 양반집 규수와 무뚝뚝한 종친 도령이 두 집안의 반대를 무릅쓰고 연모의 감정을 키워가다 어진 임금님의 지혜 덕분에 무사히 혼례를 올리게 되었다는 패설 책을 읽던 중이었다.

"나도, 이 패설 속 여인처럼 훤칠하니 잘생긴 사내에게 어여쁨 받고 싶어. 얼마나 좋을까? 가슴은 얼마나 두근댈까? 세상은 얼마나 아름다워 보일까? 궁금해 미칠 것 같아. 아앙!"

괜히 저 혼자 볼을 붉히며 연모의 감정을 상상해보던 민영은 급기야 패설 책을 가슴에 끌어안고서는 뒹굴뒹굴 구르기까지 했더랬다. 그리고선 그 모습을 보고 웃는 진영에게 묘한 약속을 강요했었다.

"약속해. 둘 중 누구 하나라도 먼저 연모하는 이가 생기면 꼭 입맞춤의 느낌을 가르쳐주기다? 알았지?"

"싫어! 망측하게, 그런 걸 어떻게 말해!"

"얘 좀 봐? 너 은근히 나보다 네가 먼저 입맞춤하는 게 당연하다는 투다?"

"……내, 내가 언제?"

"알았어. 진영이 네가 그리 간절히 원한다니 순서는 양보해줄게. 그 대신 꼭, 어땠는지 자세히 말해줘야 해. 알았지?"

진영의 볼을 손가락으로 쿡 찌르고서는 까르륵, 숨이 넘어가게 웃던 민영이었다. 만약 민영이가 진영과 같은 입맞춤을 했다면, 무어라 이야기했을까? 어떤 표정을 지었을까? 진영은 민영이와 나누고 싶은 이야기가 많았다…….

"그 낭자를 생각하는 거야?"

자신을 보고 있으면서도 어딘가 먼 곳을 더듬는 것 같은 진영의 눈빛을 본 성현이 진영의 턱을 잡아 치켜 올렸다. 상념에서 깨어난 진영이 성현과 눈을 맞추었다. 문득, 이 사내 역시 한 몸과도 같던 형제를 잃었다는 사실을 떠올렸다.

"……쌍둥이라면서요?"

진영의 물음에, 순간 성현의 눈썹이 미묘하게 꿈틀거렸다.

"정한군마마께 들었나? …… 어디까지 들었지?"

"그저…… 쌍둥이 형님 되시는 분이 돌아가셨다는 이야기를 들었어요."

툭, 진영의 턱을 쥐고 있던 성현의 손이 떨어졌다.

"할 얘기가 꽤나 궁하셨나보군. 별소릴 다 하신 걸 보면."

성현이 바닥에 구르는 등롱을 집어 들고는 별당 쪽으로 걸음을 옮기기 시작하였다. 성큼성큼, 누가 봐도 화난 모양새로 몇 발자국 앞서 걷다 말고 우뚝 멈춰 섰다. 그리곤 돌아서서 등롱을 높게 쳐들었다.

"어서 와. 해줘야 할 일이 있어."

등롱 불빛에 그의 표정이 비쳤다. 무뚝뚝함을 가장하고 있는 그 표정은 진영에게는 너무나 익숙한 표정이었다. 민영이 진영의 부모 앞에서 제 속내를 감추기 위하여 부러 짓던 표정과 비슷한 모습이었다. 제 안의 약한 모습을 드러내 보이기 싫어 일부러 심통 난 모습을 짓던 가여운 그 아이와 닮아 있었다.


"응……?"

성현은 치마 앞자락을 말아 올린 뒤 쪼르르 제게로 뛰어오는 진영의 모습에 제 눈을 의심했다. 몇 발자국 떨어져 있지 않은지라 눈 깜짝할 새 자신의 앞으로 다가온 진영은 등롱을 들고 있지 않은 성현의 소맷자락을 잡았다.

"밤길에 넘어지기 싫어서요."

당연한 일이라는 듯 시침을 뚝 떼며, 어서 앞으로 가라는 듯 고갯짓을 하는 진영을 보며, 성현은 진영이 가진 얼굴이 몇 개나 되는지 또한 번 궁금해지기 시작했다.

사랑채 마당으로 돌아온 두 사람은 정한군이 웬 관원 하나와 말을 섞고 있는 것을 보았다. 술자리들이 모두 파했는지, 좀 전까지 마당을 가득 채우고 있던 취객들의 모습은 이미 온데간데없었다.

"알았다. 내 아침 일찍 상경하도록 하마."

정한군의 말이 떨어지자마자, 관원이 꾸벅 인사를 한 뒤 얼른 대문간으로 뛰어 나갔다.

"무슨 일이십니까?"

성현의 물음에 정한군이 돌아보았다. 둘이 나란히 오는 모습에 잠시 언짢은 기색이 비쳤지만, 그저 그뿐이었다. 정한군이 진영에게로 다가와 섰다. 그리곤 성현에게 일렀다.

"잠시 자리를 피해주겠나?"

"그러겠습니다."

성현이 고개를 숙여 보인 뒤 진영을 보았다.

"대감마님께 밤 인사라도 여쭙고 올게."

성현이 오대감의 방으로 향하는 것을 본 뒤에야, 정한군이 진영에게
말했다.

"실은…… 내 사촌 현무군이 수삼 일 뒤 갑작스레 혼례를 올린다 하
오. 혼례에 빠져서는 아니 되니, 하루빨리 도성으로 돌아오라는 어머
님의 전갈을 받았소."

"그러십니까? 그럼 의당 가보셔야지요."

"……낭자는 참으로 무정한 이구려. 의당 가야 하는 길인 것만 알
고, 떠나기 싫어 주저되는 내 마음은 조금도 모르겠소?"

"마마……."

"함께 가지 않겠소? …… 그런 눈으로 보지 마오. 나도 아오! 이러는
게 얼마나 사내답지 못하는 일인지. 저 싫다고 하는 여인에게 매달리
는 꼴이라니!"

스스로를 탓하며, 제 추하게 일그러진 얼굴을 보여주기 싫어 사내는
갓양태를 잡아 앞으로 깊게 기울였다. 진영은 그 손이 가늘게, 아주 가
늘게 떨리는 걸 보며 자신 때문에 아파하는 이 귀공자에게 아무것도
해줄 수 없는 제 처지를 원망하였다.

"낭자……?!"

정한군의 눈이 놀라 커졌다. 진영이 맨흙바닥에서 자신에게 절을 올
렸기 때문이었다.

"어찌 이러오? 어서 일어나시오."

정한군이 서둘러 진영을 일으키려 하였으나 진영은 고개를 가로저으며 마다하였다.

"제 단정치 못한 마음 때문에, 제 우유부단한 처신 때문에 마마의 마음에 근심이 들게 하였습니다. 이를 어찌 사죄드려야 할지 모르겠습니다. 소녀의 죄를 용서하지 마십시오."

진영이 흙바닥 위에 다시 고개를 조아렸다.

진영의 마음도 아팠다. 쓰렸다. 하지만 이제 더는 머뭇거리고 지체할 수가 없었다.

"내게 해줄 수 있는 말은 그것뿐이오?"

진영은 답을 하지 않았다.

할 수가 없었다.

자신이 어떤 말을 하건, 지금의 상황에서는 그 어떤 말도 정한군에게 위로가 될 수 없음을 알았기 때문이었다.

침묵.

침묵.

계속되는 침묵.

끝없이 계속될 것만 같은 침묵에 먼저 백기를 든 건 정한군이었다.

"……마지막으로 얼굴을 보여주지 않겠소?"

정한군의 청에 고개를 든 진영의 눈에, 이제는 담담한 가운데 서글픈 미소를 짓고 있는 정한군의 모습이 비쳤다.

"마마."

"이젠 진짜 작별이구려."

"……만수무강하시옵소서."

"하월에게는…… 일생, 다시 만나지 말자 그리 전해주겠소?"

"마마……."

"훗, 내가 이렇다오. 마음에 품었던 여인을 빼앗기고도 아무 일 없었던 것처럼 태연히 얼굴을 보며 살 도량도 없는 소인배라오. 그러니 낭자 역시 이…… 소인배랑 있었던 작은 인연 따위 처음부터 없었던 것인 양 그리 사시오. 진심으로 바라노니, 내내 무탈하기를……."

정한군이 꾸벅 작게 고개를 숙여 작별의 뜻을 전했다. 그리곤 여전히 꿇어앉아 저를 보고 있는 진영에게서 등을 돌려 대문간으로 향했다.

.

.

.

툭,

사랑하는 이에게서 사랑받지 못하는 익숙한 슬픔이 정한군의 발등 위로 떨어져내렸다.

제

# 10

장

## 문중총유

정한군이 밤길로 도성으로 향한 그다음 날.

오대감 집 주변에서는 사람들이 두서넛씩 모여 쑥덕거리고 있었다.

"진영 아가씨가 돌아오셨다고? 아이고, 잘됐네. 아무것도 모르고 누워 계신 대감마님 불쌍해서 어쩌나 싶었더니, 그래도 착한 아가씨가 오셨으니 얼마나 다행이야!"

"그러게 말이야. 문중 사람들이라고는 모여서 맨날 놀자판에 먹자판에 술판 벌이기만 바쁘고 누구 하나 앓아누운 대감마님 들여다보는 사람 하나 없다고 하더니, 아가씨가 병구완하시려고 오신 건가보이."

"근데, 아가씨가 그냥 대감마님 병구완하러 온 것만은 아니라고 하던데?"

"그럼??"

"잘 모르겠는데…… 어젯밤 내내 진영 아가씨와 그 혼약자 되시는 양반이 별당 안에서 뭘 그렇게 뒤적뒤적 찾고 있다고 하더라고."

"뭐얼?"

"그거야 나도 모르지."

사내들끼리 이런 이야기를 나눌 때, 빨래터에서는 오대감 집 하녀와

같은 동리에 사는 오대감네 친척집의 하녀들이 모여 입방아를 찧기에
바빴다.

"뭘 찾기는 찾은 모양이야."

"뭘?"

"그게…… 돌아가신 민영 아가씨께서 몰래 숨겨놓았던 대감마님의
재산이라는 소문이 파다하더라고."

"아직도 남은 재산이 있다고? 마님들께서 두 별당 안을 이 잡듯이
뒤져도 작은 땅뙈기 문서 한 장 없었다고 하던데?"

"그러니 몰래 숨겨놓은 재산이라는 거지. 소문에는 돌아가신 마님
께서 민영 아가씨께만 은밀히 남겨준 진짜 알짜배기 땅문서라고 하던
데?"

"에이, 내가 들은 이야기는 전혀 다른데?"

"자네는 뭘 들었는데?"

"그게 말이야…… 어제 진영 아가씨께서 뭘 찾기는 찾으셨는데……
그게 뭐냐 하면 말이야?"

아랫것들이 머리를 모아 수군거리고 있을 무렵, 황씨 부인은 오대감
집 별당, 어젯밤 진영이 그대로 머물렀던 좌별당 방문을 열어젖히고 씩
씩거리며 들어왔다.

"아직도 몸이 무거우시다 들었는데, 여기까진 어인 일이십니까?"

여전히 어지럽기 그지없던 방 안을 정리하던 진영이 황씨 부인을 맞
았다.

"멍청한 것! 아둔한 것! 어젯밤 늦게 정한군마마가 도성으로 떠나셨

다면서? 알고 있었니?"

"……네."

진영이 공손히 눈을 내리깔며 얌전히 답했다.

"그분이 어젯밤 너를 찾아와 한 말씀이 있으실 텐데?"

"별다른…… 말씀은 없으셨습니다."

"없긴 왜 없어! 그분이 너랑 혼인하고 싶어 하신 걸 내 아는데!"

"……제게는 너무 과분하신 분입니다."

"과분하지! 과분하고 말고. 그러니 그 과분하신 분이 너를 아내로 얻고 싶으시다는데, 어이해 그걸 마다해!"

소리를 질러 머리가 울린 탓인지, 황씨 부인은 오만상을 다 찌푸리며 손을 들어 제 이마를 짚었다.

"진영아, 네가 군부인 마님이 되기만 하면 우리 집안으로서는 다시 없는 광영이 되었을 것이야. 그뿐이냐? 네 부모님도 조금은 일찍 풀려 나실 수도 있었던 일이야."

"……."

묵묵부답.

고개만 숙이고 있는 진영을 답답하게 여긴 황씨 부인의 언성이 또 다시 높아졌다.

"너는 또 어떻고? 지체 높은 종친가 부인으로서 평생을 아무 근심 없이 떵떵거리며, 숱한 귀부인들을 눈 아래로 내려보며 살 수 있었어. 어찌해 그런 복을 네 발로 찬 것이냔 말이다. 지금이라도 마음을 돌려보거라. 발 빠른 놈을 시켜 정한군마마의 뒤를 쫓게 하면 얼마든지······."

"할머님."

진영이 황씨 부인의 말을 끊었다.

"제가 그분과 혼인하고자 한다면, 분명 또다시······ 민영이 일이 세간을 떠들썩하게 만들 것입니다. 아무리 주상 전하의 은혜로 제가 벌을 면했다고는 하나, 제가 주상 전하의 아우 되시는 분과 혼인을 한다하면, 분명 유림의 많은 분들이 불가하다 외치며 나서실 것입니다. 친족을 살해한 죄인의 여식이 어찌 종친의 일원이 될 수 있냐며 반대하실 것이 분명하질 않습니까?"

"······그래도 마마께서 정히 너와 혼인을 하시겠다고 고집하신다면 누가 막을 수 있겠니?"

"두고두고 그분께 누(累)가 될 것입니다. 제 욕심만 차리자고 죄 없는 그분께 그리 막중한 짐을 지워드릴 수는 없는 노릇 아닙니까?"


정한군의 다정함에 처음부터 진영은 내내 마음이 흔들렸었다. 성현이 보여주는 의외성에 마음이 움직인 것처럼 자신을 세상에서 가장 귀한 꽃인 양 소중히 대해주는 정한군의 자상함에 늘 가슴은 두근두근하였다. 하지만 그리 흔들리고 있을 수만은 없었다.

진영이 갈피를 잡을 수 없는 제 마음을 억지로 다잡은 데에는 다른 이유가 있었다. 바로 오대감이었다. 의식이 없으시다면 모를까, 큰아버지의 의식이 돌아왔다면 그를 돌볼 수 있는 사람은 자신밖에 없었다.

의식이 없는 이라 여겼을 땐 그냥 두고 넘겼을지 몰라도, 의식이 돌아온 상태라는 걸 알면 분명 또 누가 큰아버지의 재산을 노리고 흉악한 짓을 저지를지 모르는 일이었다. 누군가, 믿을 수 있는 사람이 그를 지키고 도와야 했다. 그리고 진영이 아는 한, 그 누군가는 자신밖에 없었다.

"또한, 저는 당분간 절에 돌아가지 않고 큰아버지의 병구완을 할 생각입니다. 그분께 이런 제 곁에 머물러 달라 할 수는 없지 않습니까?"

"네가 아니더라도 병구완할 사람은 얼마든지 있어!"

"그래서 제가 없는 동안 집안을 이런 꼴이 되도록 방치하신 건가요?"

진영이 만만치 않은 눈빛으로 방 안을 휘휘 둘러보았다.

황씨 부인도 새삼 여기저기 벽지가 뜯겨나간 방 안을 둘러보며 눈썹을 찌푸렸다.

"흐음, 그, 그렇다고 해도 네가 이 집에 머무르는 걸 문중에서 허락해 줄지 모르겠다. 거기다 너, 밤 내내 이 집에서 무언가를 뒤지고 다녔다면서? 도대체 뭘 찾은 것이냐?"

"아직은…… 알려드릴 수 없습니다."

"대체 뭐기에!"

황씨 부인이 한 번 더 추궁하였지만 진영은 고집스레 입을 꾹 다물 뿐이었다.

"오냐! 알았다! 네 맘대로 해보려무나."

황씨 부인이 치마를 떨치며 일어섰다.

그리곤 방을 나서기 전 마지막 한 마디를 잊지 않았다.

"조만간 정식 문중회의가 열리면 너를 소환할 것이야. 그때는 네가 찾아낸 것이 무엇이건, 내어놓아야 할 것이다. 알겠니? 이 집에서 발견된 모든 것은 문중총유(門中總有, 문중 모두의 공동소유)임을 명심하거라."

"네."

일어서서 황씨 부인을 배웅한 뒤, 진영은 여전히 을씨년스럽게 보이는 방 안을 둘러보며 나지막이 중얼거렸다.

"문중총유란 말씀…… 절대 잊지 않겠습니다."

"문중총유란 말이 그래 뭐, 뭐가 궁금하다는 것인가?"

그날 낮, 성현은 오대감 집에서 그리 멀지 않은 곳에 위치한 오진사 댁 사랑채에 들어 있었다. 진영의 혼약자로서 인사를 드리고자 찾아왔다는 성현을 그냥 돌려보낼 수 없는 까닭에 오진사는 떨떠름한 기색으로 성현과 마주 앉아 있었다.

"소인이 불민하여 문중의 규약에 대해 아직 모르는 바가 많아서 여쭙는 것입니다. 만약 오대감님의 모든 재산이 문중총유라 하면, 앞으로 그 댁 재산의 관리는 누구의 손에 의해, 어찌 운용되는 것입니까?"

"아직 장가도 들기 전에 셈부터 하는 것인가? 쯧쯧쯧. 사람 그렇게 안 봤는데 소인밸세그려."

"하하하. 돈 앞에 귀천이 어디 있고 군자와 소인이 어디 있겠습니까? 맹자 왈 공자 왈 읊으려 해도 뱃속은 채워져 있어야 읊을 힘이라도 나지요. 허니, 영감마님, 제 물음에 답을 내려주시지요.”

“……앞으로 문중에서 어느 집 누구를 양자로 삼을지는 모르겠으나, 누군가가 그 집 대를 잇는다고 친다면 그는 곧 문중의 모든 재산을 관리하는 소임을 맡게 될 것일세.”

“그럼, 그 사람이 모든 재산을 운용할 권리를 갖게 되는 것입니까?”

“꼭 그렇지는 않네. 가장 큰 권한을 가지게는 되지만, 엄밀히 따지면 문중총유의 뜻 그대로, 문중에서 충분한 논의가 있어야 운용할 수 있게 되는 것이라네. 헌데 이것을 어찌 묻는가?”

성현이 가만히 무언가를 살피는 듯한 눈빛으로 제 앞의 오진사를 보았다.

“어허, 어찌 묻느냐고 내 묻지 않는가?”

“영감마님. 그럼, 이런 경우는 어찌합니까?”

“무슨……?”

“만약, 지금 누워 계신 대감마님이 빌려주시고 아직 돌려받지 못한 돈이 있다면, 그 돈 또한 문중총유에 해당하는 것입니까?”

“그, 그, 그렇겠지. 당연히…….”

오진사의 근엄한 얼굴에 순식간에 당황하는 기색이 어렸다.

‘서, 설마 그 빚에 대해 이자가 알고 있는 것인가? 아냐. 그럴 리 없지. 그 일은…… 그 댁 형님과 나만 아는 일이거늘.’

“그럼, 만약 그 빚에 관한 기록이 있다면 일단 문중에서는 전부 그 빚부터 받아내려 하시겠군요? 설령 같은 문중 일원에게 빌려주셨다 하더라도 말입니다.”

성현이 슬며시 오진사의 눈치를 살폈다.

"그, 그야 당연한 일이 아닌가? 무, 문중총유라 함은 단순히 말로써 문중의 것이라 이르는 것이 아니라, 문자로 뚜렷이 기록하여 후대에까지 남겨야 하는 문중 모두의 공동재산이니 말일세."

"아하, 그러시군요. 그렇다면 진사 어른께서 갖고 계신 남월리 땅과 호격골에 있는 논밭들도 이젠 오씨 문중의 총유재산이 되어야겠군요."

"헉!"

오진사의 얼굴에서 순식간에 핏기가 사라졌다.

남월리 땅과 호격골에 있는 논밭들은 모두 십여 년 전 오대감에게 빌린 돈으로 마련한 땅덩이들이었다. 처자식을 굶겨 죽일 순 없는 노릇 아니냐며 바짓가랑이를 붙잡고 몇 날 며칠을 사정하여 어렵게 빌린 돈이었다. 물론 다른 이들에게는 자신의 면(面)이 있으니 비밀로 해 달라는 청도 잊지 않았었다. 그 뒤로 그 땅에서 나는 곡식들을 이자를 대신하여 오대감 집에 가져다주곤 하였다. 하지만 오대감이 앓아누워 의식을 잃은 후부터는 그러지 않았다. 자신이 오대감에게 빚을 졌다는 사실을 아는 이가 없으니, 그대로 오대감이 세상을 하직하기만 기다릴 뿐이었다.

'이, 이자가 그 일을 어찌 아는 것일까? 그, 그냥……떠보는 것이겠지?'

"내, 내 재산이 어찌하여 문중총유가 된다는 것인가?"

"정말 그 연유를 모르십니까? 거 참 이상하군요."

성현이 순진한 소년이기라도 한 양 두 눈을 똥그랗게 뜨고 고개를 갸웃거리더니 피식 한쪽 입꼬리를 올리며 웃었다. 그리곤 제 품에서 아이 손바닥 두 장 크기 정도 되는 낡은 서책 하나를 꺼내어 들고는 파라락 파라락 책장을 넘긴 후, 목소리를 높여 낭독하기 시작하였다.

"유월 열닷새. 희근이가, 아 진사 어른의 존함이 희자 근자 되시지요? 하여간 희근이가 울며 통사정을 하다. 식솔이 모두 굶고 있으니 형님이 도와주시지 않으면 일가가 모두 목을 매어 자진을 할 것입니다. 그리 청하기에 일금 삼천 냥을 빌려주다. 희근에게 그 돈으로 남월리와 호격골에 각각 땅을 살 수 있도록 중재하여 주었다."

성현이 낭독하는 동안 오진사는 입을 딱 벌리고 자신이 앉아 있는 보료에 손을 짚어 어찔어찔한 제 몸을 지탱하였다.

"그, 그것은?"

"대감마님께서 민영낭자에게 남겨주신 비망록(備忘錄)입니다. 지난밤, 저와 진영낭자가 함께 찾아낸 것이지요. 보통의 분들이 남기시는 비망록과 달리 대감마님께서는 당신께서 누구에게 얼마의 돈을 어떤 사정으로 빌려주셨는지 꼼꼼히 기록해놓으셨더군요."

"이, 이리 내어보시게."

오진사가 떨리는 손을 들어 성현에게 내밀었다. 하지만 성현은 다시 서책을 덮어 제 품속 깊숙이 집어넣고서는 자리에서 일어섰다.

"진영낭자와 저는 이 비망록을 내일 문중회의에 내놓을 작정입니다. 이 서책 또한 문중총유이니 의당 그리해야 하지 않겠습니까? 그럼, 내일 뵙겠습니다."

성현이 문을 열고 나서려는데, 거의 구르다시피 하여 뒤따라붙은 오진사가 성현의 바짓가랑이를 잡고 늘어졌다.

"이리 가면 어찌하나? 나, 나랑 잠시 이야기를 함세. 응? 우리, 해야 할 이야기가 있지 않겠나?"

"그럼, 그리할까요?"

성현이 씨익 웃으며 다시 돌아서 좀 전에 오진사가 앉았던 아랫목 보료 위에 떡하니 자리를 잡고 앉았다.

"낭자는 대감마님 방에 계신가?"

"아이고, 나리 오셨습니까? 피곤하시지요?"

그날 밤. 하루 온종일, 멀고 가까운 오씨 문중 사람들의 집을 돌아다니느라 땀에 전 성현이 오대감 집 대문을 넘자마자 전날과는 다른 상황들이 펼쳐졌다. 어제보다는 적은 수이지만, 그래도 여전히 마당에서 술판을 벌이고 있는 작자들은 성현의 등장에 잔뜩 경계심이 섞인 시선을 보내며 저희끼리 수군거리기 시작하였고, 오대감 집 아랫것들은 하던 일을 멈추고 조르르 달려와 허리를 굽실거리며 인사를 하였다. 전날이나 전전날까지만 하더라도 낯선 인물이기에 마지못해 공손하게 대하던 아랫것들의 눈빛부터가 달라져 있었다.

"안 그래도 오실 참이 되었는데, 어이 안 오시나 목이 빠지게 기다리고 있었습니다요."

행랑아범인 엄서방도 싹싹하게 인사를 해왔다.

"상당히 더우시지요? 어서 이리로 오세요, 어서요."

반색을 하며 엄서방이 성현을 데리고 간 곳은 사랑채 뒤편에 조그맣게 마련되어 있는 별저(別邸)였다. 며칠 동안 내내 집안을 들락거렸지만 성현이 미처 못 본 장소였다.

"드시지요."

은은한 향기가 스며 나오는 문 앞에 선 엄서방이 안으로 들기를 재촉하였다.

"여기가 어딘가?"

"정방입니다. 오늘이 유난히 무덥지 않았습니까? 생원 나리 땀이나 식히시라고 미리 준비해두었습니다."

"알았네."

안 그래도 땀이 말라 서걱거리는 몸이 꽤나 불쾌했던 참이었기에, 성현은 선선히 그러마 하며 정방 안으로 들어섰다. 정방 입구의 문 양옆에는 때를 씻어낼 거친 면포와 물기를 닦아낼 수건이 나무못에 걸려 있었다. 한가운데에 있는 커다란 나무탕에는 김이 폴폴 올라오는 뜨끈뜨끈한 물이 채워져 있었고, 그 옆의 조금 작은 탕에는 차가운 물이 채워져 있었다. 두 탕 모두 은은한 쑥 향이 가득하였다.

"먼저 뜨거운 물에 몸을 푹 담가 피곤부터 씻으시지요. 옷을 벗어주시면, 갈아입으실 새 옷을 들려 등목을 도와줄 이를 보내드리겠습니다."

"음. 그리하지."

성현은 엄서방의 도움을 받아 땀과 냄새에 찌든 옷들을 훌훌 벗어

던졌다.

보통의 양반네들이 목욕간에서 몸을 씻을 때 홑저고리를 걸치는 것에 반해, 성현은 지켜보고 있는 엄서방의 눈을 저어하지도 않고 저고리부터 바지를 비롯해 가장 안에 갖춰 입은 속곳과 냄새가 지독한 버선까지 모두 홀홀 벗어 던져, 태어난 그대로의 몸이 된 채 조금 작은 목욕통 앞에 섰다.

"어푸푸푸."

목통에 냉수를 받아 머리끝에서부터 몇 번이고 뒤집어써 먼지를 대강 씻어낸 성현은 뜨끈한 탕 안으로 조심스레 들어가 앉았다. 가부좌를 틀고 앉으니 목 아래까지 뜨끈한 목욕물이 차올랐다.

"그럼, 소인은 물러나겠습니다요."

엄서방이 성현이 벗어둔 옷을 집어 들고 슬며시 미소를 지으며 정방에서 나갔다.

"으아, 좋구나."

욕조 난간에 두 팔을 걸치고 머리를 뒤로 늘어뜨린 성현은 오래간만에 맛보는 호사스러운 휴식을 만끽하였다.

모든 일이 잘되어 가고 있었다.

이제 필요한 사람들을 모두 구슬려놨으니, 내일의 문중회의는 보나마나 대감마님의 의중대로 결말이 날 터였다. 그리되면 자신이 더 이상 여기서 미적거릴 이유가 없었다. 일이 다 마무리되면, 왔을 때보다 한결 넉넉한 이가 되어 아이들 곁으로 돌아갈 수 있을 터였다.

집으로 돌아가면 몇 날 며칠은 그저 아무것도 안 하고 아이들 곁에서 뒹굴뒹굴하며 게으름을 피울 것이었다. 진영이는…… 자꾸만 마음에 걸리는 그 여인은, 할 수만 있다면 함께 데려가고 싶었다.

'대감마님이 걱정되어 못 떠난다고 하면…… 함께 모시고 가자고 할까? 아님, 내가 아이들을 데리고 이곳으로 온다고 할까? 설마, 이제 와서 절로 다시 돌아가겠다고 하지는 않겠지?'

혼자 이런저런 궁리를 하다 말고, 성현은 제 자신이 우스워 피식 웃음을 흘렸다.

'떡 준다는 놈은 생각도 않는데, 김칫국부터 먹는다는 게 꼭 나를 이름이로군. 후후후.'

아직 진영은 스스로의 거취에 대해 이렇다 저렇다 말을 하지 않았다. 정한군의 청혼을 거절하긴 했지만, 자신과 미래를 약속하지도 않았다. 아직은 그저 성현, 혼자만의 생각일 뿐이었다.

그리 성현이 제 앞선 생각에 혼자 민망해하고 있을 때, 바깥에서 자박자박 얌전한 걸음 소리가 들려왔다. 이윽고 끼익 하고 문이 열리는 소리가 들렸다.

등을 밀어주러 온 하인이겠거니 문을 등 쪽으로 둔 채 탕 안에서 느긋이 눈을 감고 있던 성현은 탕 안에서 일어났다.

그때였다.

"누구세요?"

날카로운 여인의 목소리가 들려왔다.

동시에 끼익, 쾅 하는 소리와 함께 나무문이 닫혔다. 황망히 소리가 들리는 쪽으로 몸을 튼 성현은, 제 알몸을 보자마자 "어머나!" 하며 두 손으로 얼굴을 가리고 돌아서는 진영을 보았다.

"어, 어!"

뜻밖의 일에 당황한 성현이 첨벙, 물소리를 내며 얼른 주저앉았다.

"뭐야. 당신이 여긴 왜!"

"저, 저도 몰라요!"

뒷목까지 새빨갛게 달아오른 진영이 돌아선 채로 답했다. 그리곤 방금 저를 가둔 문을 열려 애써보았지만, 밖에서 단단히 걸어 잠근 탓인지 문은 꿈쩍도 하지 않았다.

"나리!"

"아가씨!"

문밖에서 조금 전 성현을 정방으로 안내한 엄서방과 진영을 데리고 온 진천댁의 조심스러운 목소리가 들렸다.

"푹 쉬고 나오십시오. 우리 빼고는 아는 사람 아무도 없으니, 신경 쓰실 것 하나도 없습니다요."

"왜들 이러는 거야? 나 정말 화낼 거네! 진천댁, 이 문 열게. 어서!"

진영이 요란스레 문을 흔들었지만, 문은 꿈쩍도 않았다.

"추후에 쇤네를 죽이신대도 문은 못 열어드립니다. 아가씨가 또 언제 절로 쫓겨나실지 모르니, 저희가 아가씨를 지키자면 이러는 수밖에 없습니다요."

"그게 무슨…… 진천댁, 우선 이 문이나 열게. 열고 이야기하세."

"천천히 땀이나 식히세요. 쇤네들은 뱃가죽이 등가죽에 들러붙을 지경이라 잠시 요기 좀 하고 오겠습니다요."

그리고선 발걸음이 멀어지는 소리가 들렸다.

"진천댁, 이보게 진천댁! 진천댁!"

열심히 문을 두들기며 고함을 쳤지만 진천댁에게서도 엄서방에게서도 대답은 없었다.

"무슨 일이야?"

탕 안에 앉아있던 성현이 물었다.

문 앞에 얼굴을 박기라도 할 듯이 딱 붙어선 진영이 마지못해 답했다.

"갑자기 머리를 감겨주겠다고 데리고 오더니 밖에서 문, 문을 잠그고 갔습니다."

"으흠."

문 앞에 찰싹 달라붙어 선 진영의 뒷모습, 특히 귀 뒤와 목덜미가 새빨갛게 물이 든 모습을 보며 일의 전후를 되짚어보던 성현이 쿡쿡대며 웃기 시작하였다.

"왜…… 웃으시는 겁니까?"

"아랫것들이 나름 머리를 쓴 게 기특해서 그래. 이런저런 이야기들이 들려오니 자기들 딴에는 당신을 다시 절로 못 가게 하려고 수를 쓴 것 같은데?"

"그게 무슨……."

"생각해봐. 만약 당신이 나랑 이 밤을 이렇게 단둘이서 보낸 게 세상에 알려지면, 당신은 하늘이 두 쪽 나는 수가 있어도 절로는 못 돌아가는 거 아닌가? 쿡쿡…… 이젠 하는 수가 없게 생겼네. 누가 뭐래도 당신은 나와 혼인을 해야 할 처지가 되어버렸으니 말이야."

"누, 누구 맘대로요? 난 아직…… 아무것도 결정하지 않았습니다."

"홋, 멀쩡한 사내의 알몸을 다 봐놓고 이제 와서 시침을 떼겠다? 여인에게 내 몸을 보인 건, 나 또한 처음이니 당신이 의당 그 책임을 져줘야 할 것 같은데?"

"누가 봤단 말이에요? 나, 난 아무것도 못 봤어요."

"저엉말?"

성현이 놀리듯 말을 천천히 늘여 물었다.

"……못 봤어요."

조금 전보다 어쩐지 확신이 없어 보이는 말투로 진영이 답했다.

"저엉말? 아무것도 못 봤다고?"

"그, 그렇다니까요? 제가 보기는 뭘……"

문에 코가 닿을세라 바짝 다가선 진영은 등 뒤에서 찰방, 하는 물소리가 나자 긴장으로 뻣뻣이 몸을 굳혔다.

"뭐, 뭐하는 거예요?"

찰박, 찰박,

물기 가득한 발이 바닥을 딛고 걷는 소리가 점점 더 가까이 들려왔다.

"못 봤으니 꽤나 섭섭하겠네?"

어느새 제 귓전 바로 옆에서 들려오는 성현의 나직한 말소리에 진영은 두 눈을 꼬옥 감고선 어깨를 움츠렸다.

"지금까지 계율은 몇 개나 깼어?"

진영이 얼굴을 박고 있는 문에 손을 짚어 진영을 제 팔 안에 가두고, 성현은 파르르 떨고 있는 진영의 어깨에 제 고개를 올렸다.

"……몰라요."

성현에게 제 뺨이 닿을까 저어한 진영은 얼른 다른 쪽으로 고개를 돌리며 말을 얼버무렸다. 하지만 자신이 여전히 지키고 있는 계율과 지키지 못한 계율이 무엇인지 진영은 이미 알고 있었다. 지금 이 순간 자신은 '음행하지 말라'는 계율을 깨고 있는 중이기도 했다.

여태 남의 금전을 훔치지 않았고, 축생을 죽이지도 않았다. 하지만 이미 몇 번인가 제 마음을 숨기며 거짓말을 하였고, 때가 아닌 음식도 먹었으니 사미십계 중에서는 이미 세 가지나 계율을 어기고 만 것이다.

모두가 자신의 나약한 마음 때문이었다. 우유부단한 성정 때문이었다. 단정치 못한 처신 때문이었다.

"자책할 것 없어. 처음부터 당신은 불가에 귀의할 운명이 아니었던 것뿐이야. 그러니 노스님도 그리 선선히 당신을 하산시켜주신 거 아닐까?"

"……."

어쩌면 성현의 말이 옳을지도 몰랐다. 그러려고만 했다면 은혜 스님은 진작 자신을 받아주셨을 것이었다. 자신이 향갑들을 갖고 있는 것을 그르다, 아니 된다 지적도 않고 그저 스스로 깨달을 때까지 묵묵히 지켜보고만 계셨던 것도 그래서였는지도 몰랐다.

"나를 봐."

진영의 어깨에서 제 고개를 들어올린 성현이 진영을 가두고 있던 양

손을 내려 진영의 작고 동그란 양어깨를 잡았다.

붕붕, 진영은 소리가 날 정도로 고개를 저었다.

"보라니까?"

성현이 힘을 주어 진영을 돌려세웠다. 진영은 자칫, 또 못 볼 것을 볼까 민망하고 두려워 온 얼굴에 힘을 주어 두 눈을 꽉 감았다.

"훗."

성현이 소리 내어 웃은 뒤, 진영의 어깨를 잡고 있던 손을 들어 진영의 양 뺨을 감쌌다.

갑작스레 제 볼에 와 닿는 성현의 손길에 진영이 흠칫, 몸을 떠는데 이내 진영의 입술에 차가운 무언가가 닿았다 떨어지는 느낌이 들었다.

"무, 무슨……,"

아무리 둔하고, 남녀의 일에 무지한 진영이라 하더라도 그것이 사내의 입술인 걸 모를 리 없었다. 그것도 이미 한 번 뜨겁게 닿았던 기억이 있는 입술인 것을…….

갑자기 와닿은 사내의 입술에 놀라 눈을 떴던 진영은 얼른 다시 눈을 꾹 감고 고개를 외로 틀었다.

"눈을 안 뜨면, 내가 또 무슨 짓을 할지 모를 텐데?"

성현이 웃음기 어린 목소리로 겁박 아닌 겁박을 하였다. 그리고선 커다랗고 거친 손가락으로, 진영이 고개를 돌린 까닭에 정면으로 향해져 있는, 얼굴에 비해 조금은 작다 싶은 귀의 모양을 따라 그린 후, 턱선을 따라 조금씩 움직이기 시작하였다. 고집스럽게 다물고 있는 아래턱까지 내려온 손가락은 이제 조그만 턱을 거슬러올라가 조금 전 자신의 입술이 닿았던 통통한 아랫입술까지 올라갔다. 그 손짓에 본능적으로 조금 열리고만 입술의 윤곽을 따라 그리던 손가락은 오뚝한 콧날과 콧등을 거슬러 올라간 후, 맑은 빛으로 빛나는 이마에까지 가 닿았다. 그리고 다시 손가락은 이마 옆 잔털을 몇 가닥 휘감고 희롱을 하더니, 다시 조그맣고 새하얀 귀의 뒤편으로 자리를 옮겼다.

"흐읍……."

두 사람이 모두 침묵을 지키고 있는 까닭에, 진영이 숨을 삼키는 소리가 더욱 크게 들렸다. 제 소리에 당황한 진영의 온 얼굴이 발갛게 물들어갔다.

그리고 성현의 손가락은 이제 귀 뒤에서 목줄기를 따라 내려간 뒤 목 아래 우묵하게 패어져 있는 빗장뼈(쇄골) 위에서 잠시 노닐기 시작하였다.

"하아……."

성현과 진영의 숨소리가 동시에 커져갔다. 성현의 손가락이 그다음 어디로 향할지는 두 사람 모두 짐작하고 있는 사실이었다. 그 짐작대로 성현의 손가락은 진영의 가슴 위를 아슬아슬하니 스쳐 지나가 단단히 묶여 있는 옷고름에 가 닿았다.

"……안 돼요."

여전히 눈을 감은 채, 진영이 제 두 손을 들어 고름이 풀려나가는 것을 막았다.

"눈을 떠."

평소보다 한층 더 낮아진 성현의 목소리에 진영은 어찌 된 일인지 부끄러움이 한층 더 배가되는 것 같았다.

"안 뜨면 계속……할 거야."

성현의 손이 옷고름을 '사수'하고 있는 진영의 손을 덮었다.

"뜨, 뜰게요! 뜨면 되잖아요."

그렇게 말하고서도 잠시 동안 온 얼굴을 찡그리고 있던 진영은 조심스레 눈을 떴다. 눈을 뜨자마자 생각보다 더 가깝게 자신의 얼굴을 들여다보고 있는 성현의 눈빛에 놀라 눈을 아래로 내리깔려다가, 너무 노골적으로 드러난 사내의 살빛에 놀라 다시 얼른 고개를 들었다. 성현과 마주할 수도, 시선을 아래로 내리깔 수도 없으니, 진영은 눈을 어디로 둬야 할지 몰라 당황스러워 다시 눈을 감으려 하였다.

"안 돼."

얼른 성현이 진영의 두 뺨을 감싸 자신을 향하게 했다.

"나를 봐. 내 얼굴만 봐."

파르르 속눈썹을 떨던 진영이 성현의 주문에 떨리는 시선으로 성현의 눈빛과 마주하였다.

"당신은 정말 나쁜 여자야. 우유부단하기가 조선 최고의 여인네라 할 만하지. 이쪽도 저쪽도 상처 입히기 싫어 우물쭈물하다가 결국은 양쪽 모두를 상처 입히는 최악의 선택을 하는 그런 여자야. 정한군마마의 마음도 나란 사내의 마음도 모두 쥐고서는 이리 흔들, 저리 흔들 두 사내의 마음을 모두 갖고 논 요부이기도 하고."

진영이 늘 자책하고 있던 바를 성현이 소리 내어 지적하였다.

하지만 진영은 그런 성현이 밉지 않았다. 민영이 사건이 일어난 이후부터 사람들이 입 밖으로 내어 하지 않았던 비난들을 성현이 해주는 것이 되려 후련하기까지 하였다. 정한군마마에게 그런 식으로 상처 입힌 자신을 비난해주는 것도 고맙기 그지없었다.

"하지만 진짜 나쁜 건 나야."

진영의 뺨을 감싸고 있던 성현의 엄지가 진영의 입술 가장자리를 더듬기 시작하였다.

"원치 않는 당신을 하산시킨 것도, 정한군마마의 궁방에 들러 당신과 마마를 만나게 한 것도, 마마의 마음을 다시 아프게 한 것도, 당신이 다시 절에 돌아갈 수 없게 된 것도 모두 내 탓이야."

"그게 어째서……"

반론하려는 진영의 입술을 성현의 엄지가 부드럽게 쓰다듬었다.

"지금부터 일어날 일도 마찬가지야. 모두 내가 당신의 뜻은 묻지 않고 내 뜻대로, 내 억지로 하는 일이니 당신은 그냥 나를 미워하고, 나만 원망하기만 하면 돼. 그래 주겠어?"

성현이 하는 말의 본의를 반도 못 알아들은 채 진영은 얼결에 고개를 끄덕이고 말았다.

솔직히 말해 진영에게는 이것저것 생각해 볼 여유가 없기도 했다.

성현의 얼굴이 너무 가까이 있었기 때문에,

자신의 입술을 더듬는 성현의 손가락이 너무 뜨거웠기 때문에,

그런 성현이 아무것도 걸치지 않고 제 앞에 서 있는 이 상황 때문에,

자신의 숨소리가 무엇 때문인지 점점 더 커지고, 숨을 내쉬고 들이마시느라 제 가슴이 너무 크게 오르내리고 있음에 민망해졌기 때문에,

더는 아무것도 재고 따지고 들 여유가 없었다.

"나쁜 건 나야."

진영의 코끝에 제 코를 비비며 성현이 한 번 더 속삭였다. 그리고는 허리를 굽혀, 금세라도 무너질 듯 떨리고 있는 진영의 다리 뒤에 손을 집어넣고서는 진영을 안아 올렸다.

"당신은 그저 나만 미워하면 돼."

무슨 주문인 양 몇 번을 그리 되풀이 말하며 성현은 아직 채 식지 않고 따뜻한 김을 뿜어내고 있는 욕조를 향해 발걸음을 옮겼다.

물 안으로 들어가자 진영의 치맛자락이 둥실 떠올랐다. 하지만 그것도 잠시뿐, 이내 두 사람을 방해하는 모든 옷자락이 욕조 밖으로 휙휙 나가떨어지기 시작하였다.

"아, 안 돼요."

성현이 진영의 몸에 마지막 남은 옷가지를 벗겨내려 할 때, 서둘러 진영이 물속에서 성현의 손을 잡았다.

"나…… 난, 아직……"

"아직 뭘?"

성현의 낮은 목소리에는 어느새 욕망이 가득하였다.

"아직 뭘?"

진로에 방해가 되는 진영의 손을 제 손에서 떨어뜨려 내며, 진영의 눈을 빤히 바라다보며 성현이 물었다.

"난 아직…… 듣지 못했어요."

진영이 갈 곳을 잃은 두 손으로 성현의 단단한 얼굴을 감싸 안았다.

그리곤 제 쪽에서 먼저 입술을 가까이 가져가며 물었다.

"말해줘요. 나는…… 왜 당신과 혼인해야 하죠? 당신은 왜 나랑 혼인하려 하는 것이죠?"

하아

성현과 진영의 숨결이 교차했다.

성현이 고개를 들어 진영의 입술을 좇았지만, 간신히 그 입술에 스치기만 할 뿐 원하는 만큼 탐하지 못했다.

"말해줘요."

열기에 들뜬 눈빛을 하고 볼을 붉게 물들인 진영이 물었다.

"그야…… 내가 당신을 연모하니까. 나한테 찻물을 끼얹고, 박치기를 하고, 다른 사내와 시시덕거리며 내 애간장을 모두 태운 당신이라는 여자를 간절히 원하니까. 밤이 되면 당신과 한 베개를 베고, 아침이 되면 가장 먼저 당신의 얼굴을 보고 싶으니까. 그리고……"

성현의 말을 뜨거운 진영의 입맞춤이 막았다. 진영의 손길이 입술만큼 뜨거운 열기를 지니고, 성현의 뒤통수를 감쌌다. 조심스럽지만 부끄러움을 잊은 혀가 먼저 성현의 입 안으로 성큼 들어섰다.

하지만 진영이 주도권을 가진 것은 오직 거기까지였다.

그 뒤로는 다부진 사내의 손이, 입술이, 다리가 두 사람 사이의 욕망을 급격한 속도로 진두지휘해나갔다. 매끄러운 여인의 품을 파고들어 아주 조금 남은 망설임까지 모두 뜨거운 열기로 산화시키고야 말았다.

.

.

그 밤. 오대감 집의 몇몇 아랫것들은 웬일로 정방의 불빛이 그리 오래 켜져 있는지 궁금해 했더랬다. 엄서방과 진천댁이 철통같이 주변을 경계한 탓에 누가 정방에 들었는지는 몰랐지만, 밤이 늦도록 정방의 불이 꺼지지 않고 있음에 엄서방과 진천댁이 서로 옆구리를 찔러가며 좋아라 하는 모습에 고개를 갸웃거리는 아랫것들도 많았다.

하지만 정방에 머문 이에 대한 비밀은 그리 오래가지 않았다.

밤이 한참이나 더 무르익은 뒤 정방에서 "엄서방!" 하는 소리가 들리자마자 엄서방과 진천댁이 앞서거니 뒤서거니 나란히 옷 한 벌씩을 정방 안으로 들여보내는 것을 본 계집종이 있었기 때문이었다.

계집종이 궁금해 하는 제 동무에게 몰래 이르기를, 엄서방 아저씨와 진천댁 아줌마가 물러간 뒤 얼마 안 되어 살며시 정방 문이 열리고, 젊은 생원 나리가 탈진이라도 한 듯 축 늘어진 진영 아가씨를 껴안고 나와 좌별당 쪽으로 급히 걸음을 옮겼다고 했다.

그동안 진영 아가씨는 내내 젊은 생원 나리 어깨에 얼굴을 포옥 묻고 있었다고 했다.

그리고 그런 두 분의 모습을 보고 있자니 어쩐 일인지, 괜히 제 볼이 후끈후끈 달아올라 혼났다고도 했다.

제
11
장

결
해

방문 밖이 환해지는 걸 보며, 진영은 어느새 아침이 온 걸 깨달았다.

'……이제 일어나야지. 오늘은 유난히 긴 하루가 될 거야.'

손발이 천근만근인 듯, 무거웠지만 억지로 몸을 일으켜 앉았다.

습관처럼 잠결에 흐트러진 머리를 쓸어올리며 멍하니, 텅 빈 방 안을 둘러보았다. 그러다 문득, 자신이 속저고리와 속치마 차림인 것을 눈치채곤 뺨을 붉혔다.

정방을 나설 때는―물장난이 지나쳐 기력을 소진해 혼절한 것이나 진배 없었던지라 정확하게 기억은 나지 않지만―분명 진천댁이 넣어준 저고리와 치마를 걸쳤더랬다.

성현의 품에 안겨 정방을 나서 자신의 방으로 옮겨지는 중간에 깜빡 잠에 빠져들어 확실치는 않지만, 분명 그 전에 정방 안에서 성현의 시선을 부끄러워하며 치마와 저고리를 갖춰 입었던 기억이 났다. 그런데도 지금 이처럼 살빛을 제대로 가려주지 못하는 얇은 속저고리와 속치마 차림으로 있다는 것은, 자신이 잠에 빠진 동안 누군가 옷을 벗겨주었다는 뜻일 것이었다.

"……!"

문득, 어젯밤의 일을 더듬어가던 진영은 한층 더 화끈 달아오른 얼굴을 두 손에 묻어 감추었다. 방 안에는 저 혼자뿐이었지만, 지난밤 이 방에서 있었던 일이 떠올라 감히 얼굴을 들고 있을 수 없었던 것이었다.

"이제 어떡하지?"
정방에서 방까지 진영을 안아 옮겨준 성현은 방에 들어선 이후에도 진영을 내려놓을 생각도 하지 않고 짐짓 걱정스러운 표정을 지어 보였다.

"뭐가요?"
"아까 정방을 나올 때 이 집 하인들 몇 명이 우릴 본 것 같아서 말이야."

"그런……몰라요!"
진영이 성현의 가슴에 얼굴을 묻었다. 그리곤 괜히 손을 들어 성현의 단단한 가슴을 두드렸다.

"다 당신 탓이에요."
"내 탓이라고 그랬잖아."
"원망할 거예요."
"그러라니까?"
부끄러워서 딱 이 자리에서 연기처럼 사라지고 싶은 제 심정도 모르고 넙죽넙죽 말을 잡아채는 성현이 미워 진영이 다시 한번 콩콩, 성현의 가슴을 두드렸다.

"그런데 말이야."

진영의 손짓이 멈췄다.

"어차피 하인들은 이미 우리가 정을 통한 것을 알고 있을 텐데……"

망측한 이야기에 화들짝 놀란 진영이 얼른 손을 들어 성현의 입을 막았다.

"누가 들으면 어쩌려고요!"

"읍우우웁!"

고개를 털어 진영의 손에서 자유로워진 성현이 제가 진짜 하고 싶었던 말을 기어이 하고야 말았다.

"하여간 말이야, 이제 와서 우리가 정방에서 잠시 물장난만 하고 아무 짓도 안 했어요, 한다고 해서 누가 믿어나줄까? 처지를 바꿔 생각해봐. 당신이 이 집 하인이라면 제집 주인 아가씨가 한밤중에 기진맥진해서 사내의 품에 안겨 정방에서 나와 방으로 들어가는 걸 봤다고 쳐. 그럼 무슨 생각을 할까? 우리가 아까 목욕간에서 했던 그 모든……"

은밀하게 눈을 빛내며 좀 전에 정방에서 있었던 일을 떠올리는 성현을 보며, 진영이 다시 한번 사내의 가슴팍을 야무지게도 두들겼다.

"제발 그 입, 입 좀 막지 못해요?"

"이렇게?"

성현이 안고 있던 진영을 놓아 진영의 발이 방바닥에 닿도록 하였다. 그리곤 진영에게 달리 생각할 여유도 주지 않고 진영을 당겨 제 품에 다시 한번 얼굴을 묻게 하였다.

"아니면 이렇게?"

성현의 사내다운 큰 손이 진영의 작은 턱을 잡아 위로 향하게 하였다. 그리곤 마치 입맞춤을 기다리듯 지그시 눈을 감고 윗입술과 아랫입술을 열어 "하아" 하는 간지러운 한숨을 내쉬는 진영을 향해 고개를 숙였다.

순간, 진영의 손이 성현의 옷자락을 움켜쥐어 커다란 주름들을 만들었다.

성현의 손이 진영의 뒤통수에서 부러질 듯 가는 목을 타고, 완만하게 곡선을 그리는 척추를 타고 흘러내려갈 때, 진영의 손은 단단한 사내의 가슴을 훑으며 올라가 넓은 어깨선을 더듬었다. 성현의 손이 진영의 허리를 잡아, 위로 치켜 당기듯 제 쪽으로 더 힘 있게 끌어들였을 때는, 진영의 손 역시 다부진 어깨를 잡고 제 쪽으로 더 간절히 잡아당겼다.

"하아, 하아…… 오늘 밤, 내가 이 방에 머무르지 않아야 할 이유를 말해봐."

길고 짙었던 입맞춤을 끝내며, 떨어지기 아쉬운 듯 이미 조금 부풀어 오르기 시작한 진영의 아랫입술을 한 번 더 지그시 물고 난 후, 성현이 물었다.

"……모르겠어요."

저 역시 성현처럼 하아 하아 숨을 몰아쉬며, 조금 전 성현이 물었던 아랫입술을 혀로 축이며 진영이 말했다. 분명 그래선 안될 이유가 있을 것 같은데, 어쩐 일인지 그 이유가 무엇인지 제대로 생각이 나질 않았다.

그러자 이번엔 성현이 진영의 저고리 옷고름을 슬그머니 손에 쥐고는 너무도 간절한 눈빛으로 물었다.

"……내가 당신을 다시 안으면 안되는 이유를 말해봐."

진영이 또다시 "모른다"라고 말하려는 찰나, 스르륵 옷고름이 당겨졌다. 그리고 정방에서 옷을 입힐 때 그러했던 것처럼 지나칠 정도로 느린 성현의 손이 진영의 앞섶을 열어젖혔다. 동그랗게 가슴을 받쳐 올리고 있는 치마끈을 푸는 것도 정방에서 치마끈을 묶어줄 때와 별반 다르지 않았다. 하지만 나머지는 전부가 다 달랐다. 서로를 어루만지는 방법도, 뜨거운 입맞춤이 향하는 곳도, 서로의 온기에 녹아드는 속도도 그전과는 조금도 같지 않았다.

모든 달콤한 과정이 끝난 후 서로의 품에 안겨, 서로의 높아진 체온을 느끼며, 서로에게 완벽히 속해 있음을 느낀 그 순간 역시, 몇 번을 거듭하여도, 매번 새로웠다.

매번 더 충만하였다.


"……아냐, 계속 이러고 있을 순 없어."

얼굴을 붉힌 채, 성현의 이마에서 흘러내리던 땀방울을 떠올리던 진영은 찰싹찰싹 제 뺨을 두들기며 정신을 차리려 애썼다. 얼른 속치마 위에 겉치마를 두르고, 속저고리 위에 겉저고리도 입었다. 비록 지난밤의 일로 몸이 무겁고 불편하기까지 하였지만, 아침이 오기 전에 꼭 해야 할 일이 있기에 진영은 나른한 피곤함에 마냥 게으름을 부리고 싶어 하는 제 손발을 재촉하여 부지런히 움직였다.

진영은 아침을 맞은 아랫것들의 분주한 움직임에도 불구하고 아직은 고요하기만 한 아침 공기를 가르며, 별당 밖으로 향했다. 계집종 몇

몇이 자신을 훔쳐보며 웃음을 참는 모습을 보며, 진영은 간밤에 성현이 말한 대로 이미 자신들의 일이 많은 이들의 입을 탔음을 깨닫고 부끄러움에 자꾸만 아래로 처지려는 고개를 애써 치켜세우며 걸었다.

"아침 일찍 웬일이야? 더…… 쉬지 않고."

사랑채 오대감 방 앞의 마루에는 성현이 있었다. 맨상투 차림으로 마루의 기둥에 머리를 기대고 쉬고 있던 그는 가까이에서 느껴지는 인기척에 흠칫 놀라 일어났지만 이내 그 상대가 진영임을 깨닫고는 다시 마루에 걸터앉았다.

"큰아버지를 뵈러 왔어요. 새벽에 여기서…… 주무신 거예요? 이대로?"

"당신 곁에 있으면…… 계속 당신을 귀찮게 할 것 같아서 말이야."

성현이 햇살을 받고 서 있는 진영을 눈부신 듯 쳐다보더니, 눈가에 희미한 주름을 잡으며 웃어 보였다.

"잘 잤어? 어디…… 아픈 데는 없고?"

"없어요."

진영이 딱 잘라 답했다.

"다들 이르기를 그…… 다음 날에는 좀 힘들다고 하던데……?"

슬쩍 주변의 눈치를 살피는 척하더니, 성현이 진영의 귀에 대고 속삭였다.

"무슨 소릴 하는 거예요……! 안에서 들으시면 어쩌려고!"

진영이 기겁을 하여 성현을 밀어내고 넉살 좋게 웃음을 흘리는 그를 짐짓 노려보기까지 하고선 이내 마루로 올라 오대감이 누워 있는 방 안으로 들어갔다.

"기침하셨어요?"

밖에 성현이 지키고 있기에 진영은 목소리를 낮출 생각도 안 하고, 오대감의 안부부터 물었다.

"으음."

오대감이 살며시 눈을 뜨곤 보일 듯 말 듯 고개를 끄덕였다.

"오늘…… 문중회의가 있는 날이냐?"

"……네."

"힘들겠구나."

"큰아버지."

"그래."

"오늘 문중회의에 가기 전에 큰아버지께 허락받고 싶은 일이 있어요."

"……허락?"

"밖에 사람과 관련된 일입니다."

두 사람이 마주 보았다.

오대감은 질녀의 눈에 담긴 진심을 읽었다.

진영도 오대감의 눈에 담긴 진심을 읽었다.

"저쪽 옷장…… 두 번째 칸을 들어내보아라."

오대감이 아직은 잘 움직여지지 않는 손을 들어 머리맡의 장을 가리켰다. 진영은 오대감이 시키는 대로 옷장 두 번째 칸을 빼내었다.

"끝까지 깊숙이 손을 집어넣어보아라. 잡히는 것이 있을 거야."

오대감의 말 대로였다. 서랍을 빼낸 자리에 손을 집어넣자 손끝에 조그만 천 자락이 닿는 것이 느껴졌다. 꺼내 보니 무언가를 감싼 비단 주머니였다.

"끌러보아라."

서랍 안 깊숙이 숨겨진 지 오래된 것이지 먼지가 폴폴 날리는 비단 주머니의 매듭을 진영이 조심스레 끌러내자 그 안에서는 생각지도 못한 물건들이 나왔다.

"민영이 어미가 혼인할 때 친정에서 가지고 온 것들이란다. 맨 밑의 것은…… 필경 오늘 너희의 힘이 되어 줄 것이야. 그리고 맨 위에 놓인 것들은…… 네게 주는 혼인 선물이다."

"큰아버지……!"

"……민영이가 혼인을 하면 건네줄 참이었어. 그건 네 아버지도 알고 있는 물건들이지. 헌데, 그 녀석도 그것만큼은 부러 모르는 척해주더구나."

"저는…… 받을 수 없어요. 받을 자격이 없어요."

"니가 내게 아비라 불러주었으니, 너 역시 이젠 내 딸이 아니더냐. 아비가 주는 혼인 선물이야. 기쁘게 받아주려무나."

"……네!"

치밀어 오르는 울음을 감추려, 진영이 깊이 고개를 숙였다.

"다행이야. 참으로 다행이야. 그것들이 주인을 찾지 못할까 내 걱정을 하였거든. 네가 이리 또다시 내 걱정을 덜어주었으니, 나는 이제 그

진영낭자전  275

은혜를 어찌 갚아야 할꼬?"

오대감이 오랜 병세에 쪼그라든 늙고 앙상한 손을 들어 진영의 손등을 쓰다듬어주었다.

"갑자기 별당엔 왜?"

진영은 방에서 나오자마자 성현에게 먼저 좌별당의 내실로 가 있으라 당부하였다. 이유도 설명해주지 않았다. 그저 먼저 가서 기다리고 있으라고만 하였다.

심상치 않은 진영의 표정에 성현은 그러마 하고는 순순히 말에 따랐다. 지난밤 진영을 뉘이고 조심스레 옷을 벗겨주었던 그 방에 다시 든 성현은 앉지도 못한 채 서서 서성거리며 방 주인을 기다렸다.

"들겠습니다."

성현이 든 지 한 다경쯤 지난 후, 진영이 방에 들었다. 비단 보자기를 품에 안은 진영의 뒤를 따라 진천댁이 계집종 하나와 함께 상건(床巾, 상 보자기)이 곱게 덮인 그리 크지 않은 상을 들고 들어왔다.

"거기 내려놓게."

진영의 명에 따라 진천댁과 계집종은 방 한가운데 상을 내려놓은 뒤 성현에게 깊숙이 허리를 숙여 보이고, 뒷걸음질로 종종대며 방을 나섰다.

"이게 다 뭐야?"

성현이 허리를 굽혀 상보를 들어 올리려 하자 진영이 그 손을 잡았다.

"?!"

먼저 자신에게 닿아온 진영에게 놀란 성현이 엉거주춤, 허리도 펴지 못한 채 진영을 보았다.

"잠시, 여쭙고 싶은 것이 있습니다. 이것은 그 뒤에 열어보시지요."

진영은 성현을 자리에 앉힌 뒤 바로 정면에 앉아 담담히 그의 얼굴과 마주하였다.

"······저와 혼인하시려는 생각에 변함이 없으신가요?"

"뭐?"

진영의 말이 너무 나직해서가 아니라, 미처 예상치 못한 말이었기에 성현은 자신이 잘못 들은 건가 싶어 당황하여 다시 물었다.

"어젯밤 제게 청혼하신 뜻에 변함이 없다면, 오늘······ 지금 이 자리에서 저와 혼례를 올려 제 지아비가 되어주시지 않겠습니까?"

성현을 향한 진영의 눈빛에는 주저함도, 머뭇거림도, 불안함도 없었다. 그 눈빛을 읽고서야 성현은 진영이 갖고 들어오게 한 상에 올려 있는 것이 무엇인지 짐작할 수 있었다.

"당신이야말로 괜찮겠어? 여인네라면 누구나 혼례에 대한 기대가 있을 것 아냐. 이렇게 정화수 한 그릇으로 대신해도, 정말 후회하지 않겠어?"

진영은 희미한 미소를 지으며 고개를 끄덕였다.

"대신 작은 부탁 하나를 들어주세요."

"무슨……?"

진영이 오대감에게서 선물로 받은 비단 보자기를 바닥에 내려놓아 매듭을 끌렀다. 보자기 맨 위에 놓인 쌈지를 들어, 은가락지 한 쌍을 꺼내 성현에게 건넸다.

"이것을 제게 끼워주세요."

"이것은……"

"민영이 어머님, 제 큰어머니가 혼인하실 때 가지고 오신 것이라 합니다."

성현이 진영에게서 가락지를 받았다. 그리곤 진영의 하얗고 가는 손가락을 내려다보며 한참을 머뭇거렸다.

"……당신이야말로 괜찮겠어? 정말……나 같은 놈의 지어미가 되어도?"

"후후, 그 질문은 어제 정방에서 먼저 하셨어야 하는 것 아닌가요?"

"그, 그렇긴 하지만…… 당신도 알다시피 어제 우리는……그럴……"

"쉿."

저답지 않게 민망하여 말을 고르며 더듬는 성현의 입을 진영이 막았다. 그리곤 고갯짓으로 어서 가락지를 끼워달라는 의사를 표시했다.

그 뜻에 따라 성현의 손에 의해 새하얀 은가락지가 진영의 가느다란 약지 깊숙한 곳으로 서서히 밀려 들어갔다. 성현은 진영에게 끼운 은가락지를 제 손가락들로 몇 번을 쓰다듬고는, 그 새하얀 손을 들어 다섯 개의 손가락 하나하나에 차례대로 입을 맞추며 맹세의 말을 전했다.

"맹세해. 당신 이외의 여인에게는 눈길 하나 주지 않겠어. 그 어떤 다정함을 뵈어주지도 않겠어. ……그러니 평생 내 곁에 머물러줘."

손가락에 입맞춤이 끝나자마자 성현이 진영의 하얀 손목 위, 두근두근 맥이 뛰는 그곳에 제 뜨거운 입술을 눌렀다.

.

.

.

잠시 뒤, 성현과 진영은 정화수 한 그릇이 놓인 상을 사이에 두고 맞절을 하였다.

서로 오래 마주 보아 진심을 나누고, 정화수 한 모금을 나누어 마셔 자신들만의 성례(成禮)를 올렸다.

"……서방님의 손으로 머리를 올려주세요."

성례를 마친 후, 진영이 성현에게 옥비녀를 내밀었다. 맑은 투명감이 돋보이는 옥색 비녀는 오대감이 가락지와 함께 건넨 혼례 선물이었다.

경대를 펼쳐놓고 앉은 진영의 뒤에 성현이 가 앉았다. 성현은 진영의 댕기를 풀고 땋은 머리를 풀어 참빗에 동백기름을 묻혀 오랫동안 거듭하여 빗어 내렸다.

그리곤 다시 참빗으로 진영의 앞이마 중간쯤에서 가르마를 곱게 탄 후, 양옆은 물론 정수리 부분의 머리카락까지 잘 모아, 뒤 중심에 모아 쥐었다.

"한 두 번 빗어보신 솜씨가 아니시네요?"

진영은 능숙한 성현의 손짓에 괜히 심사가 뒤틀려 비꼬듯 칭찬하였다.

"한 두 번 빗어본 게 아니니 그러지."

"……누구 머리를요?"

"어어, 돌아보지 마. 머리 흐트러져."

따져 물으려 돌아보려는 진영의 머리를 앞으로 고정시킨 채 성현이 피식 웃었다. 그리곤 뒤 중심에 모아쥔 머리를 섬세하게 세 갈래로 나누고, 그것들을 교차시켜 한 갈래로 땋아 조금 전 진영이 새로 내놓은 붉은 댕기를 드렸다. 그 뒤 땋은 머리를 원으로 만들어 댕기로 감아 돌려 원의 중간에 놓고서는 오른쪽에서 옥비녀를 찔러 넣어 그 끝이 왼편으로 나오게 하였다.

"어디 보자. 흠흠, 역시 내 솜씨는 여전한걸?"

잠시 고개를 뒤로 빼어 진영의 뒤통수에 잘 들러붙은 쪽을 감상한 성현이 이번에는 진영의 어깨 위로 제 얼굴을 내밀어 경대에 비춘 진영의 얼굴을 확인하였다.

"쪽 찐 머리가 당신처럼 어울리는 여인네도 없을 거야. 평소보다 훨씬 더 고와 보여. 물론, 어젯밤만큼은 아니지만……."

여태껏 무례하고 무뚝뚝하기만 했던 성현에게서 처음 듣는 칭찬에 거울 속 진영의 얼굴에 살포시 미소가 떠올랐다가 금세 사라졌다.

"그래서 도대체 얼마나 많은 여인의 머리를 빗어주었는데요?"

"글쎄…… 몇이나 되더라?"

성현이 답을 생각하는 척 고개를 갸웃하더니, 조금 전 제 지어미가 된 여인을 앉은 채로, 제 품에 끌어당겼다.

"뭐, 뭐하려는 거예요?"

"그러게. 내가 뭐하려는 걸까?"

그로부터 잠시 동안…….

환한 대낮, 은밀한 별당의 내실에서 조금 전 지아비와 지어미가 된 사내와 여인은 혼례날에 의당 치러야 할 일들을 서두르지 않고 찬찬히 해나갔다.

그러는 바람에, 곱게 빗은 보람도 없이 쪽을 찐 여인의 머리는 다시 흐트러졌지만, 능숙한 사내의 손길로 손쉽게 본래의 어여쁜 모양을 되찾을 수 있었다나, 뭐라나?

진영과 성현이 문중회의가 열리고 있는 황씨 부인의 집으로 오라는 부름을 받은 것은 그날 오후 신시(申時, 오후 3시) 무렵이었다.

단정한 미색 도포를 걸친 성현과 쓰개치마를 뒤집어쓴 진영은 황씨 부인 댁 아랫것의 안내를 받아 오씨 문중의 인사들이 모두 모인 사랑채 앞에 섰다.

값비싸 보이는 고급 신발들이 사랑채 댓돌에 좌르르 놓인 것을 보며, 성현이 은근히 손을 내밀어 진영의 손을 잡아주었다. 일전(一戰)을 앞둔 동료에게 용기를 북돋워주듯 제 손을 꽉 쥐는 성현에게 진영은 준비가 되었다는 듯 가만히 고개를 끄덕여 보였다.

"진영 아가씨와 생원 나리 오셨습니다."

"들라 하게."

아랫것의 말에 무겁고 차가운 답이 돌아왔다.

성현과 진영은 다시 한번 마주 본 후 나란히 댓돌에 저들 신을 벗어 두고 마루로 올라섰다. 두 사람이 든 방에는 황씨 부인이 가장 상석의 보료 위에 앉아 있었고, 황씨 부인보다는 젊지만 제법 나이가 든 십여 명의 오씨 문중 인사들이 양쪽으로 줄을 지어 나뉘어 앉아 있었다. 그 한가운데, 진영과 성현의 자리인 듯 방석 두 개가 나란히 놓여 있었다.

"늦어서 죄송합니다."

방문을 열고 들어선 진영이, 뒤늦게 쓰개치마를 벗었다.

"아니, 너!"

진영의 쪽 찐 머리가 드러나자 방 안 모든 사람들의 눈빛이 일제히 험악해졌다.

삿대질까지 해가며 나무라는 이들도 있었다.

"너…… 그 머리! 도대체 무슨 짓을 한 거야?"

"혼인도 아니 한 처녀아이가 쪽을 찌다니, 이런 민망한 일을 보았나?"

"머리 꼴 하고는, 쯧쯧쯧!"

"말세일세, 말세야!"

진영은 아무 변명도 안 하고 그저 무심한 얼굴로 방 한가운데로 들어가 섰다. 성현도 그 곁에 나란히 섰다.

"소녀, 문중 어르신들께 문안 여쭙겠습니다."

진영이 얌전한 몸짓으로 큰절을 올렸다. 물론 성현도 함께였다.

황씨 부인이 못마땅한 듯 눈살을 찌푸리며 반쯤 틀어 앉아 절을 받지 않겠다는 뜻을 보였다. 문중 사람들도 마찬가지였다. 모두 앉은 자리에서 몸을 틀어 노골적인 반감을 드러내었다.

"그 모양새는 무엇이냐? 네, 나도 모르는 혼인을 하였더냐?"

황씨 부인이 진영에게 물었다. 성현이 진영을 대신해서 입을 떼려 했지만, 진영이 슬그머니 바짓자락을 잡아당기자 입을 다물었다.

"미처 말씀드리지 못하여 송구합니다. 소녀, 제 곁에 있는 이를 낭군으로 맞아 이미 혼례를 치렀습니다."

"뭐야?"

"무슨 헛소리를……."

진영의 말이 떨어지자마자 주변의 문중 사람들이 놀라 저마다 얼굴을 맞대고 수군거렸다. 황씨 부인이 손을 들어 그 소란을 일시에 조용히 시켰다.

"혼례를 치렀다……?"

"네."

"나나 다른 문중의 어르신들께는 일언반구의 의논도 없이, 적합한 혼인의 절차도 밟지 않고 혼인하였다고? 이런, 이런. 쯧쯧쯧. 그것을 어찌 혼인이라 하겠느냐? 반가의 여식이 집안의 허락도 받지 않고 외간 남정네와 통정을 하였으니, 야합(野合, 부부가 아닌 남녀가 서로 정을 통함)이라 불러야겠지."

"부끄러운 줄도 모르고. 에잉."

"집안이 어찌 되려고 저런 망종(亡種, 몹쓸 종자. 행실이 좋지 못한 사람)이 나왔나?"

"하긴 그 부모에 그 딸년이 아닌가?"

"당장 파문당해 쫓겨나도 할 말이 없을 처지인 것이야!"

황씨 부인이 진영과 성현의 사이를 야합이라 단정 짓자 문중 사람들이 저마다 "옳다" 하며 한 마디씩을 거들어 진영과 성현을 비방하고 나섰다.

"어르신들, 이미 아시는 분들도 계시겠지만 제 내자의 부모님께서는 진작에 허혼을 해주셨습니다. 하여 저와 제 내자는 검약에 뜻을 함께하여 거창한 혼례잔치 대신 두 사람의 앞날을 약조하는 조촐한 혼례를 하였지요. 그것이 어찌 혼인이 아니라 하십니까? 저희의 혼인을 인정하지 못하시겠다는 분이 계시면 나서보시지요."

성현이 눈을 부라리며 사람들에게 일갈하였다.

"파문이라 하셨습니까? 무슨 죄가 있기에요? 망종이요? 무슨 짓을 했는데요? 어찌 아랫사람이라 하여 그리 막말들을 하십니까?"

무섭게 양 눈썹을 치켜세운 성현의 말에 문중 사람들은 일제히 입을 다물었다. 애초에 기 싸움에서 성현을 당해낼 만한 이가 달리 없었던 것이었다.

"저희 내외에게 이렇듯 예를 지켜주지 않으시겠다면, 송구하지만 저희 역시 어르신들에 대한 예를 지키지 않으려 합니다!"

성현의 무례한 언동에 사람들은 각자 불만스러운 표정이 가득했지만, 그 어느 누구도 나서서 꾸짖으려 하는 이가 없었다.

대신, 진영이가 나서 성현의 잘못을 나무랐다.

"어찌 이러십니까? 모두 저희를 걱정하여 하신 말씀이신걸요? 서방님께서 이리 무례한 언동을 하시면 제가 집안 어른들을 무슨 낯으로 뵙겠습니까?"

그리고선 좌우를 둘러보며 집안 어른들에게 사죄의 말을 늘어놓았다.

"성정이 급하긴 하나 나쁜 이는 아닙니다. 모두들 너그러이 용서해주세요. 제가 대신하여 잘못을 빌겠습니다."

진영이 그리 잘못을 빌자, 그제야 사람들은 "되었다. 그럴 수도 있지." "아직 젊은 혈기다보니 무례를 범할 수도 있다. 너무 걱정하지 말아라." 하며 짐짓 너그러운 양 용서하는 시늉을 해주었다. 아직도 서슬 퍼렇게 자신들을 노려보고 있는 성현에게서 자신들의 체신을 지키기 위해 거짓 아량을 베푼 것이었다.

"자자, 이제 사담은 그만들 하시고, 오늘의 안에 대해 말씀들을 나눠 보시지요."

사람들의 하는 양을 지켜보며 침묵을 지키고 있던 오진사가 분위기를 정리하였다. 그리고선 황씨 부인에게 고개를 숙여 이야기를 이을 것을 청하였다.

"진영이 네가 돌아온 이후 집안 안팎이 소란스럽기 그지없다. 또한, 거기 네 서방 된 자는 내 친정 집안의 일문이기도 하다만, 그 아이가 내게 오장령(오대감의 전 벼슬, 장령)의 재산들에 대해 문중의 의중을 물어 왔다. 하여 금번(今番)의 문중회의를 통해 모든 것을 명확히 한 후 더는 시끄러운 일들이 없도록 하려 한다."

"그리하시옵소서."

진영이 고개를 숙여 보였다.

"너희가 오기 전에 먼저 문중의 이들과 뜻을 모았다. 사람들이 입을 모아 말하기를, 올해 열아홉이 되는 안내리 오생원의 차자(次子)가 영민하고 검약하여 인근 동리의 청년들 중에서도 인망이 두텁다고 하더구나. 하여, 문중에서는 정식으로 그 아이를 오장령의 양자로 들여 집안을 잇게 하기로 하였다."

황씨 부인의 말에 좌우의 문중 사람들이 일제히 고개를 끄덕였다. 그중에는 전날 성현이 비망록으로 회유했던 자들도 있었지만, 어쩐 일인지 모두 성현의 눈을 피해 딴청을 피울 뿐이었다.

'설마 이자들이……?'

"그러니 자네가 진영이와 혼인을 하였다 하여도 오 장령의 재산에 더는 왈가왈부할 수 없게 된 것이다. 진영이 너도 마찬가지야. 지금까지는 오장령에게 있어 네가 가장 가까운 인척이었으나, 정식으로 양자가 들여지는 이상 네게는 그 어떤 유산도 주어지지 않을 것이야."

"……그렇습니까?"

"뻔뻔스럽기는. 민영이가 누구 때문에 그렇게 되었는데."

"그 아비에 그 딸인 거지."

"얌전한 얼굴을 하고선 재산을 탐내다니. 어릴 땐 저런 아이가 아니었는데, 쯧쯧쯧."

사람들의 비난 섞인 수군거림에도 진영의 낯빛은 변하지 않았다. 대신 성현이 함부로 입을 놀리는 자들을 노려보며 입을 다물게 했을 뿐이었다.

"그리고 하나 더. 너희가 오장령의 집에서 장령이 남긴 비망록을 발견했다고 들었다."

"그걸 어찌……!"

비밀을 지키라고 신신당부했던 약속을 어긴 이들을 성현이 노려보았다.

"그리 볼 것 없어. 그깟 비망록 한 권으로 문중 사람들을 회유하려한 그 비겁한 술책을 부끄러워해야지."

오진사가 거만한 태도로 수염을 쓸어내리며 으름장을 놓았다.

"윤생원, 네가 감히 문중총유를 운운하며 비망록을 근거로 사람들에게 진영이가 오장령의 재산을 상속받는 걸 인정해달라 그리 겁박하였다지?!"

황씨 부인의 노성이 성현을 향했다.

그랬다.

실은 성현은 문중의 몇몇 사람들을 찾아가 문중회의에서 진영에게 힘을 실어 달라는 요구를 했더랬다. 진영의 존재를 마땅치 않게 여겨 문중 사람들이 분명 이번 문중회의를 통해 진영을 축출하려 할 터이니, 그들에게 맞서 진영을 지켜주고, 진영이 오대감의 정당한 상속인으로 인정받을 수 있도록 도와달라는 요구였다. 그렇게만 해준다면 비망록에 있는 그들의 빚을 없애주겠다는 약속도 해주었다.

모두 선뜻 그러겠다고 했었다. 내놓을 재산이 적지 않으니 그렇게 하여 자신들의 재산을 지키려 했던 것이었다.

'헌데, 이리 나온단 말이지……?'

"네 이놈! 그 방자한 눈빛은 무엇이냐? 내 그깟 협박에 문중에 등을 돌릴 줄 알았더냐? 빚이 있으면 갚으면 그뿐. 내 어찌 선비 된 자로서 인의를 저버리겠느냐!"

오진사가 언성을 높였다. 전날 성현이 만나 약속을 받았던 다른 이들도 마찬가지였다.

"어찌 이리도 어리석은가? 비망록이 있다 하나, 문중에서 그것을 인정치 않으면 그뿐인 것이다. 그것이 진짜 오장령의 비망록이라는 증좌도 없고, 증인도 없다. 허니, 그것은 그저 사특한 위조문서에 불과하다. 그러니 그것이 무슨 힘이 되겠니?"

"문중에서 비망록을 인정치 않겠다, 그리 말씀하시는 겁니까?"

진영이 담담한 어조로 물었다.

"그렇다. 여기 있는 그 누구도 이 비망록을 인정하지 않을 것이야."

황씨 부인의 말에 문중 사람들이 모두 일제히 고개를 끄덕였다. 거기에는 연유가 있었다. 실은 성현이 다녀가고 난 뒤, 고민에 고민을 거듭하던 오진사가 진영과 성현을 부르기 전 문중회의에 성현이 제게 남기고 간 말을 모두 고했기 때문이었다.


"그래요. 제가 형님께 돈을 빌렸습니다. 그것이 비망록에 적혀 있을 줄은 저도 몰랐지요. 그래서 어제는 저도 모르게 겁이 나 그자에게 도움이 되어주마 약조하였지요. 그런데 곰곰이 생각해보니 그럴 일이 아니더라는 말입니다."

오진사는 사람들을 둘러보며 그들의 안색을 살폈다.

"얼핏 보기에도 그 비망록은 제법 두께가 있어 보였습니다. 즉, 저 말고도 그 비망록에 이름이 올라 계실 분들이 많다는 뜻이겠지요?"

오진사의 말에 제법 많은 이들의 낯빛이 변하였다. 대부분 오진사와 다름없이 오대감에게 손을 빌린 이들이었다.

"그러니 비망록이 드러난다면 저 말고도 당황하실 분들이 많으시겠지요."

"저기…… 실은 그자가 어제 저한테도."

"저한테도 왔었습니다."

"저, 저도……."

오진사가 먼저 이야기를 털어놓자, 성현이 찾아갔던 다른 이들도 서둘러 나서 성현이 저들에게 약조하였던 것을 털어놓았다.

"보십시오. 우리를 겁박하여, 문중의 재산을 한입에 털어먹겠다는 속셈이 아닙니까?"

"끄응! 흉악한 놈 같으니."

문중의 많은 사람들이 고개를 설레설레 저었다.

"이 일을 어찌한다? 자네들이 사실을 밝혀준 것은 고맙기 그지없으나, 비망록이 실재한다면 일이 참으로 곤란하게 생겼네. 진영이를 상속인으로 인정하지 않으려면, 자네들의 재산을 문중 앞으로 돌려세울 수밖에 없는 노릇이니 말일세."

"방법이 없지는 않지요."

근심하는 황씨 부인에게 오진사가 눈을 빛내며 은근한 어투로 이야기하였다.

"방법이라 하면?"

"헌데, 괜찮으시겠습니까? 그자가 당숙모님의 조카 손자……"

"문중의 일에 어찌 사사로운 정을 논하겠는가? 이곳에서 나는 그 아이의 할미가 아닌, 오씨 문중의 일원이라네. 허니 괘념치 말고 방법이 무엇인지 이야기해주시게."

오진사가 슬며시 황씨 부인의 의중을 떠보자, 황씨 부인이 정색을 하고는 성현의 편을 들지 않을 것임을 단언하고 나섰다.

"그러시다면, 말씀드리겠습니다."

오진사가 말한 방법이란 다음과 같았다.

"그 비망록을 인정하지 않으시면 됩니다. 그들이 내어놓아도 문중에서 인정을 하지 않으면 그것이 무슨 힘을 가지겠습니까? 거기다, 이리 나선 저희뿐만 아니라 여기 계신 다른 분들도 그 비망록에 이름이 올라 있을 터인데 그게 밝혀지면 집안의 많은 분이 큰 손해를 감수하게 되시겠지요. 물론 문중의 처지에서 본다면 문중총유가 되어야 할 재산이 늘어나지 않는다는 점에서 불만일 수도 있지만, 그래도 그 자와 진영이 모든 재산을 관리하게 되는 것보다는 낫지 않겠습니까?"

즉, 비망록을 없었던 것으로 하면 지금의 문중 입장에서 손해 볼 일은 없다는 뜻이었다. 만약 진영이 오대감의 재산을 상속받게 되면, 언젠가 진영의 아비가 유배에서 풀려나 돌아오게 되면, 결국은 모두 말짱 헛것이 되고 마는 일이었다. 예전에 그랬듯이 다시 진영의 아비에게 고개를 숙여 비참하게 아부를 떨어 콩고물이 떨어지기를 바라는 처지로 돌아가야 할지도 모르는 일이었다.

"그럴 수는 없지……."

"자네 말대로 함세."

문중 사람들 모두가 한마음 한 뜻으로 오진사의 의견에 찬동하였다. 그리고 좀 더 일을 확실히 하기 위해 오대감의 양자가 될 이를 의논해 정하고, 집안에 분란을 야기하였다는 명목으로 진영을 파문시키기로 의견을 모았다.

．

．

．

"파……문이오?"

진영이 담담히 되물었다.

성현은 뜻밖의 무거운 징치에 말을 잃은 듯, 미간을 찌푸렸다.

파문(破門)은 문중에서 행할 수 있는 최고의 징치로, 파문을 당한 이와 그 가족들은 족보에서 그 이름이 삭제될 뿐 아니라 향리에서 축출당하게 된다. 진영의 아버지, 오영감이 친족살해라는 무시무시한 죄를 지었어도 지금껏 파문을 당하지 않았던 것은 오영감 내외의 죄를 그 식솔들에게 묻지 말라는 어명이 계셨던 때문이었고, 이는 곧 진영이 양반의 지위를 유지할 수 있는 근거가 되기도 하였다.

"허나 이번 일로 너 역시 네 부모와 다르지 않은 인사임을 우리 모두가 목도하였다. 하여, 너를 파문시킴으로써 너와 네 부모가 우리 오씨 문중과는 아무런 연이 없는 사람임을 증명하고자 한다. 비록 네가 여인이라 파적(족보에서 삭제함)의 의미는 크지 않으나, 이로써 너는 더 이상 반가의 여식이 아니게 된다. 알아들었느냐?"

"……파적은 언제 행해지게 됩니까?"

진영이 물었다. 황씨 부인도 그것은 알지 못한 듯 좌우를 둘러보았다. 비록 자신이 가장 연장자에다 항렬이 높긴 하지만 엄연히 자신도 여인인지라 문중의 처사에 대해서는 알지 못하는 것이 많았던 때문이었다. 그런 황씨 부인을 대신하여 오진사가 나섰다.

"지금 당장이다. 족보와 지필묵을 가져오시게!"

오진사의 명이 떨어지자 가장 말석에 있던 사람 중 하나가 미리 준비해 놓았던 사람 몸통만 한 족보와 지필묵을 가져다 진영과 성현의 앞에 놓았다.

오진사가 족보를 펴 오근우 대감과 오명근 영감의 이름이 나란히 쓰인 쪽을 펼쳐 놓았다. 그리곤 붓에 먹물을 묻혔다.

"내 문장(門長, 문중에서 항렬과 나이가 가장 높은 사람) 어른과 문중 사람들의 뜻을 대신하여 오명근 일가의 파적을 행한다!"

좌우를 둘러본 후, 진영을 향해 그리 외친 오진사가 족보에 기재된 오명근 영감의 이름에 붓을 들어 천천히 길게 한 획을 그었다. 진영은 바로 제 눈앞에서 족보에 있는 아비 이름과 어미의 성에 검은 획이 그어지는 것을 보며 부르르 몸을 떨었다.

'조금만 더 견뎌……'

성현이 가만히 손을 뻗어 진영의 손을 잡아주었다.

"파(破)! 완(完)!!"

오진사가 이름을 지우는 것을 끝낸 후, 방 안의 사람들을 향해 외쳤다. 그제야 사람들은 저마다의 긴장을 풀고 한숨들을 내쉬었다. 황씨 부인도 마찬가지였다.

"혼인을 미리 한 게 다행이라면 다행이구나. 혼례를 아니 올렸다면 이제 양반의 여식이 아니게 되었으니 제대로 된 혼인이나 할 수 있었겠느냐?"

황씨 부인이 비아냥거렸다.

양반가에서 파적을 당해 평민이 된다 한들, 법적으로는 여전히 양반과의 혼인이 가능했다. 하지만 파적당한 여인을 아내로, 며느리로 맞아들이려는 양반가는 거의 없었기에 사실상 파적당한 반가의 여식들은 대부분 평민들에게나 시집을 갈 수밖에 없었다.

"이제 모든 절차가 끝났으니, 한시바삐 집을 나가거라."

황씨 부인의 차가운 명이 떨어졌다.

사람들은 여전히 앉아 있는 진영과 성현을 내버려둔 채 일어서 나갈 차비를 하였다. 그때, 진영이 벌떡 일어섰다. 성현도 마찬가지였다.

"다시 한번 여쭙겠습니다. 이제 저는 오씨 문중의 사람이 아닌 것입니까?"

"그렇대도!"

"왜, 이제야 네 잘못이 무엇인지 깨닫게 되었느냐?"

"이제 와 후회해도 소용없다. 네 아비가 저지른 일로 봐서도 진즉 이리했어야 하는 일들이었어!"

진영의 물음에 문중 사람들이 한 마디씩 비웃으며 답했다. 이제 너따위는 아무것도 아니라는 투였다.

"알겠습니다. 허면, 지금부터 제가 드려야 하는 말씀이 있으니 모두 들 앉아주시지요."

"뭐?"

"여러분께서 꼭 들으셔야 할 일입니다."

진영의 말투는 여전히 공손하고 나긋나긋했다. 하지만 어쩐지 그 부드러운 말투에서 느껴지는 왠지 모를 위협감에 문중 사람들은 나가려다 말고 다시 자리로 가 앉았다.

"할 말이라니?"

황씨 부인의 물음에, 성현이 제 도포 안에서 비망록을 꺼내 들었다. 그리곤 펼쳐 읽기 시작하였다.

"유월 열닷새, 희근에게 일금 삼천 냥을 빌려주다. 그 돈으로 남월리와 호격골에 각각 땅을 살 수 있도록 중재하여 주다.

칠월 열아흐레. 정근에게 일금 이천 냥을 빌려주다.

삼월 초하루. 혼례를 앞둔 조카 일영에게 삼능골 논과 밭 각 열 마지기를 빌려주다.

오월 열……"

"그마안! 이제 와 그것을 읽는 이유가 뭣이냐? 우리 문중에서는 그 비망록을 인정치 않는다니까!"

성현의 낭독을 오진사가 냅다 소리쳐 막았다.

"그래!"

"치워라!"

"무슨 꿍꿍이냐!"

다른 문중 사람들도 언성을 높였다. 그중에는 이미 이름이 나온 사람도 있었고, 곧 제 이름이 나올까 떨고 있는 이들도 있었다.

"그래서 말입니다."

비망록을 읽다 말고 사람들의 반응을 보며 슬며시 웃음 짓는 성현 앞에 진영이 나섰다. 그리곤 오진사와 황씨 부인을 담담하게 바라보았다.

"저는 조금 전 파문을 당하였으니 이 집안의 사람이 아닙니다. 그리고 이 비망록은 문중에서 받아주시지도, 인정하시지도 않았지요?"

"그, 그래서. 뭘!"

"허니, 저는 이 비망록의 주인으로서 여기에 존함이 적혀 있는 모든 분이 빚을 갚아주시기를 청합니다."

"뭐, 뭐?!"

"비망록의 소유권이 제게 있으니, 제가 빚을 돌려받을 근거가 충분하지 않습니까?"

"그것이 진짜라면 그렇겠지."

오진사가 비죽 야비한 웃음을 지었다. 그는 자신만만했다.

"그것이 진짜임을 증명할 방법이 네게 있느냐? 문중이 인정치 않는 비망록 따윈 관아에서도 인정해주지 않을 것이야! 또한, 그것의 소유권이 네게 있다는 것은 어떻게 증명할 참이야?"

"이걸 쓰신 분께서는 진짜임을 아시지요."

"하! 형님이? 인사불성으로 그리 누워 계신 형님이 아시긴 뭘 아셔! 네 괜히 형님의 의식이 없는 것을 빌미로 거짓 주장을 하려 들 생각은 말아라!"

"그래!"

"아무도 네깟 것의 말을 믿어주지 않을 것이야!"

"헌데…… 증명할 방법이 있다는 말입니다."

좀 전의 오진사보다 더 자신만만한 태도로 능글맞게 웃음을 흘리며 성현이 품속에서 작은 서책 한 권을 꺼내 들었다. 아침에 진영이 오대 감을 찾아뵈었을 때 받은 보자기 맨 밑에 있던 책이었다. 진영에게 힘이 되어줄 것이라던.

"그, 그것이 뭔가?"

성현과 가장 가까이에 있는 이가 물었다.

"대감마님이 쓰시던 어음책입니다."

성현의 말이 끝나자마자 문중 사람들의 대다수가 "헉!" 하며 숨을 들이켰고, 개중 몇몇은 놀라 뒷걸음질까지 하였다.

"그, 그것을 어찌 너희가?"

"어찌 손에 넣었느냐가 중요한 게 아니지요. 이것이 바로 비망록이 사실임을 드러내주는 증거라는 게 중요한 거지요."

성현이 비망록과 어음책을 나란히 펼쳐 사람들 앞에 드러내 보였다.

사람들의 시선이 일제히 두 책 사이를 오갔다. 그리곤 누구에게선가 모르게 "하이고……" 하는 탄식의 한숨이 흘러나왔다.

이유는 하나였다. 비망록과 어음책에 찍힌 인장이 똑같은 것이었기 때문이었다.

오대감이 작성한 비망록에는 언제, 누구에게, 무엇을, 얼마만큼 빌러 주었느냐가 적혀 있었고 그 말미마다 하나같이 진한 인장이 찍혀 있었다.

어음은 보통 채권자와 채무자의 이름을 한옆에 적어 수결 혹은 인장을 지른 다음 두 쪽으로 나눠 가지게 된다. 아직 돌려받지 못한 돈 대신 받은 어음들을 묶어 놓은 오대감의 어음책에는 오대감이 늘 상용하는 인장이 찍혀 있었다. 그리고 너무나 당연하게도 비망록의 인장과 어음책의 인장은 한 도장에서 찍어낸 것이 분명했다. 즉, 이 어음책들이야말로 비망록이 오대감이 직접 쓴 것이라는 걸 증명해주는 직접적인 증거인 셈이었다.

"또한 공교롭게도 여기 어음들 중에는 진사 어른을 비롯해서 문중의 많은 분의 존함이 적혀 있는 것들도 제법 되더군요. 즉, 비망록에 있는 빚들 이외에 갚아야 하실 돈들이 제법 더 있다는 이야기지요?"

보는 사람들이 속 터질 만큼 성현이 얄밉게 웃어 보였다.

"너, 너희가 인장을 훔쳐서 비망록에 몰래 찍었을 수도 있지 않은가? 이런 일들을 꾸미는 너희니 그런 짓을 꾸며내지 않으리란 법이 없잖은가?!"

문중 사람 중 하나가 부들부들 떠는 손으로 삿대질을 하며 그리 외쳤다. 다른 사람들도 거기에 솔깃하여 성현을 몰아붙이듯 다가왔다. 그때, 사람들 뒤에 물러나 있던 황씨 부인은 급격한 현기증을 느끼며 바닥으로 주저앉았다. 하지만 시장바닥처럼 소란스러워지기 시작한 방 안의 사람들은 그 누구도 황씨 부인이 주저앉는 것을 본 이가 없었다. 아니 봤어도 거기에 신경 쓸 계제들이 아니었다.

"그런 일은 있을 수 없습니다. 여길 보시지요."

진영이 어음책 삼분의 이 지점쯤을 가리켰다. 사람들의 시선이 일제히 그리로 쏠렸다.

"인장 하나를 오래 쓰다 보면, 테두리 부분이 낡고 뭉개지게 마련입니다. 특히 싸구려 나무로 만든 목인(木印, 목도장)은 더욱 그러하지요. 아마도 제 추측에는 이 인장은 큰아버지께서 아주 예전, 재산이 없으시던 무렵부터 쓰시던 게 아닌가 사료됩니다. 어음책의 뒷부분으로 갈수록 여기 테두리의 갈라짐이 더욱 눈에 띄지 않습니까?"

실제로 그랬다. 진영의 눈짓에 따라 성현이 파라락 넘겨 보여주는 어음책들에 찍힌 인장은 뒤로 가면 갈수록 이름의 끝 부분을 새긴 인장의 테두리가 갈라지고 있는 것이 역력하게 보였다.

"그리고 여기 이 비망록을 보세요. 여기 또한 뒷장으로 갈수록 인장의 테두리가 갈라지는 모습이 보이지 않습니까? 만약 저희가 인장을 훔쳐내어 찍었다면 비망록의 인장이 이리 갈라지는 모습은 꾸며낼 수 없었겠지요."

진영의 말이 끝나자마자 성현이 득의양양한 웃음을 지으며, 어음책과 비망록을 제 품속에 다시 집어넣었다. 그리곤 마지막 한 마디로 사람들의 남은 희망마저 산산이 깨어버렸다.

"이제 일문도 아니니, 여러분들의 사정을 보아드릴 이유가 없지요. 어음책과 비망록에 이름이 오르신 분들은 이레 안에 저희에게 돈을 갚아주셨으면 합니다."

"서……설사 그 비망록과 어음책들이 진짜라고 해도 그것들이 너희

것은 아니지 않느냐!"

오진사가 마지막 한 가닥의 기대감으로 짐짓 허세를 부렸다. 하지만 이미 그 눈에서는 조금 전까지의 자신감을 찾아볼 수 없었다.

"어찌!" 성현이 방이 울리도록 호통을 쳤다.

"양반된 도리로 일구이언을 하시려 하오! 좀 전에 분명 이 비망록은 우리 것이라 그리 말씀하지 않으셨소이까!!"

성현의 호통에 오진사는 물론이요, 방 안의 모든 이가 고개를 숙였다.

"다시 한번 말씀드리지요. 이레, 이레 안에 모두 돈을 갚으십시오."

"이, 이 사람아. 그건 너무 급하……"

"제 입으로 말씀드리긴 뭣하지만, 저는 양반답지 않게 돈에 대해서는 꽤나 깐깐한 놈이랍니다. 제 성정에 대해서는 할머님께서도 자알 알고 계시지요? 받아야 할 돈이 있다면 조선 팔도를 다 뒤져서라도 받아내고 마는 게 바로 저란 말입니다. 참고로 오늘부터 하루가 지나면 지나는 대로 이자를 붙일 생각이오니, 부디 알아서들 하시옵소서."

청천벽력과도 같은 선고를 한 후 성현과 진영이 방을 나서자 사람들의 원망 어린 눈이 온통 황씨 부인과 오진사에게 쏠렸다.

진영을 파문시킨 것에 대한 원망이었다. 진영이 문중의 일원으로 남아 있었다면, 성현이 진영의 남편 되는 자격으로 오대감의 뒤를 이었다면, 오씨 문중 사람들이 갚을 빚은-비록 속이 쓰리긴 하겠지만-어차피 대부분 문중 재산으로 남을 것이었다.

허나, 진영을 파문시킨 까닭에 그들이 갚을 돈은 모두 진영과 성현 개인의 재산이 되게 생겼다.

"이제 어쩝니까? 우리 재산의 대부분이 그 아이들에게 넘어가게 생겼어요!"

"그 돈을 다 갚고 나면, 예전 그때! 이름만 양반인 시절과 다를 바 없게 되는 것을요!"

"말씀 좀 해보세요. 이제 저희는 어떻게 되는 겁니까?! 네?"

"아이구우…… 우리는 망했네, 다 망했어!"

문중 사람들의 곡소리를 뒤로 하고, 진영과 성현은 다시 오대감 집으로 향하였다. 이제 일이 다 끝났다는 것을 알리고, 오대감의 마음을 편히 해주기 위해서였다.

"헌데 그때 네 백부님은 어찌하여 본인께서 직접 나서시지 않고 너희를 세워 그리 둘러 일을 처리한 것이냐?"

몇 달 후. 송화사의 요사채.

진영은 참으로 오래간만에 뵙는 은혜 스님과 마주 앉아 국화차를 마시고 있었다.

"큰아버지께서는 집안 어르신들께 말로 할 수 없을 정도로 실망감을 느끼고 계셨어요. 재산 다툼에만 열을 올리고, 당신을 제대로 돌보아주지 못한 것에 대한 병자로서의 당연한 실망감이죠. 거기다 민영의 장례를 그리 허술히 한 것에 대한 원망도 크셨어요. 당신께 충격을 주지 않기 위해 민영이 일을 숨기려 그리했다 하더라도 번변한 곡소리 하나 듣지 못하고 민영이 간 것에 대해 마음이 매우 아프셨나봐요."

"그러셨겠지. 하늘이 울리고 땅이 흔들리도록 곡을 늘어놓아도 망자가 가는 길은 서글픈 것이거늘, 제대로 된 곡소리 하나 듣지 못하고 간 딸아이를 생각하면 그 마음이 오죽하셨겠니?"

"그래서요. 그래서 나눠준 재산을 거두는 방법으로 응징을 하고 싶으셨는데, 몸이 그 정도로 쾌차하신 상태는 아니니 저희에게 대신 일을 맡기신 거죠. 실제로 만약 큰아버지께서 재산을 내놓으라고 했다면 아마 그분들은 큰아버지께 몰려가서 아픈 분을 붙잡고 무슨 악다구니를 썼을지 몰라요."

"쯧쯧쯧."

은혜 스님이 혀를 차며, 국화차 한 모금으로 입을 적셨다.

"거기다 나중에야 안 사실인데, 큰아버지께서 그리 오랫동안 의식 없이 누워 계신 것도 다른 이유가 있었더라고요."

"설마……."

"네. 문중의 어떤 이가 빚을 갚을 길이 요원하자 큰아버지께서 병환으로 누우신 틈을 타 병문안을 올 때마다 탕약에 못된 짓을 했나봐요. 그러던 게 저희 아버지가 그리되시고 난 후 집안에 재산을 노리는 사람들이 북적이게 되면서 사람들의 눈을 피하기가 어려워지자 탕약에 더는 독초를 넣을 수 없게 된 것이지요. 그러다 보니 점점 큰아버지의 병세가 호전되어 마침내 의식을 차리게 되신 거구요."

"나무 관세음보살……."

은혜 스님이 지그시 눈을 감고 합장을 하며 읊조렸다.

진영도 은혜 스님을 따라 합장을 하며, 관세음보살의 이름을 불렀다.

"그래, 요즘은 어찌 지내시니? 부디 마음의 안정을 찾으셨어야 할 터인데……."

"많이 좋아지셨어요. 요즘은 이런 저를 대신해 아이들 뒤치다거리까지 다 해주실 정도인걸요?"

진영이 슬쩍 제 부푼 배를 쓰다듬었다.

"이제 여섯 달째라고 했지? 헌데도 배가 꽤 부르구나."

"그렇죠? 모르는 사람들은 만삭인 줄로 알더라니까요? 혼인한 지도 얼마 안 됐는데, 배만 이리 부르니 민망해서 사람들 앞에 나설 수가 없다니까요?"

"쌍둥이라니까!"

성현이 스님 방 안으로 불쑥 들어서며 말했다. 그리곤, 진영의 곁에 털썩 주저앉아 진영의 배를 사랑스럽게 쓰다듬었다.

"나와 내 형님이 쌍둥이였으니, 분명히 이 배 안에도 두 놈이 들어 있을 것이야."

"어찌 벌써 왔어요? 벌써 다 끝낸 거예요?"

"아니. 오생원, 그 양반도 참 질기고 질기더만! 백부님께서 의식을 되찾았다는 걸 알고 다른 사람들은 다 자진해서 돈을 갚았는데, 그 양반만 아직 돈 없네, 나 죽여라 하고 엎어지고 있잖아!"

성현과 진영이 자신이 부탁한 일을 제대로 해냈음을 확인한 후, 오대감은 그 며칠 뒤에 자신이 의식이 돌아왔음을 문중에 공표했다. 그리고 성현 가족 모두를 오대감 집으로 옮겨와 살게 하였다.

또한 동시에 자신의 재산은 문중의 재산과 하등의 관계가 없음을 세상에 천명하였다. 아내의 친정 재산에서 시작된 부이니만큼, 문중 앞으로 남길 이유가 없다는 것이었다. 그러기에 그 후로도 성현은 오대감을 대신하여 오씨 문중에서 빚을 받아내느라 공을 들여야 했다.

"이제 대충 해요. 그만큼 받아냈으면 됐어요. 큰아버지도 이젠 뭐라 안 그러시니 그냥 사정 좀 봐줘요."

"안 돼! 내가 누군데? 난 못 받은 돈 있으면 잠을 못 자는 사람인 거, 당신 몰라?!"

"어유, 저 쇠고집하고는?"

진영이 밉지 않게 성현을 향해 눈을 흘겼다. 성현은 그런 진영을 본 척만척 진영의 배에 귀를 갖다 대며 "인석들아, 아비가 왔다. 그동안 아비가 보고 싶지 않았느냐?" 하며 능청을 떨 뿐이었다.

진영이 그런 성현의 머리를 고이고이 쓰다듬었다.

은혜 스님은 부부의 다정한 모습을 보며 흐뭇한 미소를 지었다.

"몰라보게 달라졌구나. 너도, 네 서방도."

"후후……, 그래요?"

진영이 쑥스러운 웃음을 지었다.

"그래. 세상과는 담을 쌓은 듯, 죽은 듯이 모든 것을 포기한 듯이 고요하기만 하던 너와 그저 소리만 벅벅 지르고 무뚝뚝하던 네 서방이 이리 변할 줄을 누가 알았겠니?"

은혜 스님의 말에 진영과 성현이 마주 보며 이젠 점점 서로를 닮아가는 눈웃음을 주고받았다.

"아, 그런데 변하지 않은 것이 하나 있구나?"

"그게 뭔데요?"

두 사람이 동시에 물었다. 은혜 스님이 그때서야 코를 감싼 후, 코맹맹이 소리로 답하였다.

"윤생원의 발 냄새 말이다. 이 고약한 냄새는 예전 그대로지 않느냐?"

"스님!"

성현이 민망하여 스님을 부르는 데 반해, 진영은 정색을 하고 스님을 쳐다보았다.

"왜 그리 보누?"

"이상해요, 스님."

"으응? 뭐가?"

"이 사람 발 냄새 말이어요."

"발 냄새가 뭐?"

"하나도 안 고약하게 느껴지는 거 아세요? 이거 혹시 큰 병인 걸까요?"

"하하하하, 역시 우리 부인이 최고라니까?!"

능청인지 진심인지 알 수 없는 진영의 대답에 성현이 더는 그럴 수 없을 정도로 크게 입을 벌려 웃으며 와락, 어여쁜 제 안사람을 껴안았다.

그리고 그런 두 사람을 보며 어이없어진 은혜 스님은 여전히 코를 막은 채, 자신도 모르게 나직이 한 마디를 읊조리고 말았다.

"나무 관세음보살."